OSSESSIONI INTIME

Le Cronache dei Krinar: Volume 2

ANNA ZAIRES

Pubblicato da Mozaika Publications, stampato da Mozaika LLC.
www.mozaikallc.com

e-ISBN: 978-1-63142-324-6
ISBN: 978-1-63142-325-3

Il Krinar fissò l'immagine davanti a lui, con le mani strette a pugno.

L'ologramma tridimensionale mostrava Korum e i guardiani che si avvicinavano alla capanna sulla spiaggia. Uno dei guardiani alzò il braccio, e la capanna esplose in mille pezzi, con i frammenti di legno che volarono ovunque. La fragile struttura costruita dagli umani chiaramente non poteva competere con l'arma nano-esplosiva che tutti i guardiani portavano con loro.

Il K alzò la mano e l'immagine cambiò, con il dispositivo volante di ripresa che si avvicinava alle macerie per dare un'occhiata più da vicino. Non si preoccupava che il dispositivo potesse essere individuato; era più piccolo di una zanzara ed era stato progettato da Korum stesso.

No, il dispositivo era perfetto per quel compito.

Mentre volteggiava sopra la capanna, il K poteva

vedere il dramma che si stava consumando nel seminterrato, dopo l'esplosione. I guardiani saltarono giù, mentre Korum rimase a studiare attentamente i resti della capanna sul terreno.

Certo, pensò il K, il suo nemico sarebbe stato molto attento. Si sarebbe assicurato che niente e nessuno si fosse allontanato dalla scena.

I Keith—anche il K avevano iniziato a chiamarli con quel nome tra sé e sé—erano in preda al panico, e Rafor attaccò stupidamente uno dei guardiani. Una stupida mossa da parte sua, pensò il K spassionatamente, guardando lo scudo protettivo invisibile che circondava i guardiani respingere l'attacco. Ora il maschio Krinar con i capelli neri si stava contorcendo in modo incontrollato sul pavimento, con il sistema nervoso fuso per il contatto con lo scudo mortale. Se fosse stato umano, sarebbe morto immediatamente.

I guardiani non lo lasciarono soffrire a lungo. Al comando del loro leader, uno dei guardiani rese Rafor rapidamente incosciente con l'arma integrata tra le dita.

Gli altri Keith furono abbastanza intelligenti da evitare il destino di Rafor e rimasero fermi, mentre i collari argentati venivano chiusi intorno al loro collo. Sembravano arrabbiati e sprezzanti, ma non potevano fare niente. Ora erano prigionieri, e sarebbero stati giudicati dal Consiglio per il proprio crimine.

Un paio di minuti dopo, anche Korum saltò giù nel seminterrato, e il K poté vedere che il suo nemico era furioso. Sapeva che lo sarebbe stato. I Keith erano finiti; Korum non avrebbe avuto pietà.

Sospirando, il K disattivò l'immagine. L'avrebbe osservata nel dettaglio più tardi. Per ora, doveva trovare un altro modo per neutralizzare Korum e realizzare il suo piano.

Il futuro della Terra dipendeva da quello.

CAPITOLO UNO

"Benvenuta a casa, tesoro" disse Korum dolcemente, quando il verde paesaggio di Lenkarda apparve sotto i loro piedi, e la navicella atterrò in silenzio, così come era decollata.

Con il cuore che le martellava nel petto, Mia si alzò lentamente dal sedile che aveva cullato il suo corpo così comodamente. Korum era già in piedi, e allungò la mano verso di lei. La ragazza esitò un attimo, e poi accettò, stringendogli il palmo con una forte presa. L'amante che aveva ritenuto un nemico nell'ultimo mese ora era la sua unica fonte di conforto in quella strana terra.

Uscirono dal velivolo e camminarono per pochi passi, prima che Korum si fermasse. Tornando verso la navicella, fece un piccolo gesto con la mano libera. All'improvviso, l'aria intorno alla capsula cominciò a brillare, e Mia sentì di nuovo quel suono basso, che indicava l'attività delle nanomacchine.

"Stai generando qualcos'altro?" gli chiese, sorpresa.

Lui scosse la testa con un sorriso. "No, la sto smontando."

Mentre Mia guardava, strati di materiale color avorio sembravano essere stati raschiati dalla superficie della navicella, dissolvendosi davanti ai suoi occhi. Nel giro di un minuto, scomparve completamente, con tutti i componenti che tornarono ad essere i singoli atomi da cui erano stati realizzati a New York.

Nonostante lo stress e la stanchezza, Mia non poteva fare a meno di meravigliarsi per il miracolo a cui aveva appena assistito. La navicella che li aveva appena portati a migliaia di chilometri di distanza in pochi minuti era completamente scomparsa, come se non fosse mai esistita.

"Perché l'hai fatto?" chiese a Korum. "Perché l'hai smontata?"

"Perché non c'è bisogno che esista e occupi spazio in questo momento" spiegò. "Posso ricrearla, ogni volta che abbiamo bisogno di usarla."

Era vero, poteva farlo. Mia aveva assistito a ciò solo pochi minuti fa sul tetto del suo appartamento di Manhattan. E ora l'aveva smontata. La capsula che li aveva trasportati fin lì ormai non esisteva più.

Man mano che rifletteva sulle implicazioni di ciò, la sua frequenza cardiaca aumentava, e improvvisamente trovò difficile respirare.

Un'ondata di panico l'attraversò.

Ormai era in Costa Rica, nella colonia principale

dei K—completamente dipendente da Korum per tutto. Era stato lui a creare la navicella che li aveva portati lì, e l'aveva appena smontata. Se c'era un altro modo per uscire da Lenkarda, Mia non lo sapeva.

E se le aveva mentito? Se non avrebbe mai più rivisto la sua famiglia?

Si doveva vedere sul viso quanto fosse terrorizzata, perché Korum le strinse dolcemente la mano. La sensazione della sua grande mano calda era stranamente rassicurante. "Non preoccuparti" disse piano. "Andrà tutto bene, promesso."

Mia cercò di respirare profondamente per scacciare il panico. Non aveva altra scelta che fidarsi di lui. Anche a New York, poteva fare tutto quello che voleva con lei. Non c'era motivo di farle promesse che non intendeva mantenere.

Eppure, quella paura irrazionale la corrodeva dall'interno, aggiungendosi alle spiacevoli emozioni che si agitavano dentro di lei. La consapevolezza che Korum l'aveva manipolata per tutto il tempo, usandola per schiacciare la Resistenza, era come un acido nello stomaco, che la divorava dall'interno. Tutto quello che aveva fatto, tutto quello che aveva detto—faceva parte del suo piano. Mentre lei si sentiva addolorata spiandolo, probabilmente l'amante rideva segretamente dei suoi patetici tentativi di sconfiggerlo, per aiutare la causa che lui sapeva fin dall'inizio sarebbe fallita.

Ora si sentiva un'idiota per aver creduto a tutto ciò che la Resistenza le aveva detto. All'epoca, le era sembrato che avesse tutto senso; si era sentita così nobile contribuendo alla lotta contro gli invasori che avevano preso possesso del pianeta. E invece, involontariamente, aveva partecipato al tentativo di presa di potere da parte di un piccolo gruppo di K.

Perché non si era fermata a riflettere, ad analizzare meglio la situazione?

Korum le aveva detto che l'intero movimento della Resistenza era sbagliato, che avevano completamente frainteso la loro missione. E suo malgrado, Mia gli aveva creduto.

I K non avevano ucciso i combattenti per la libertà che avevano attaccato i loro Centri—e quel semplice fatto le diceva molto sui Krinar e sulle loro opinioni riguardo agli umani. Se i K fossero stati davvero dei mostri, come li ritraeva la Resistenza, nessun combattente sarebbe di certo sopravvissuto.

Allo stesso tempo, non si fidava pienamente della spiegazione che le aveva dato Korum su cos'era un charl. Quando John le aveva parlato della sorella rapita, Mia aveva percepito troppo dolore nella sua voce per considerarla una bugia. E le azioni di Korum nei suoi confronti combaciavano più con la spiegazione di John che con la sua. Il suo amante aveva negato che i K tenessero gli umani come schiavi del piacere; tuttavia, finora le aveva lasciato poca scelta su qualsiasi cosa nel loro rapporto. La voleva, e lei non era più padrona della propria vita. Faceva tutto quello che voleva lui, nel suo attico di TriBeCa—e ora era lì, nel Centro K della Costa Rica, seguendolo in una destinazione sconosciuta.

Per quanto temesse la risposta alla sua domanda, doveva sapere. "Dana è qui?" chiese Mia attentamente, non volendo provocarne la collera. "La sorella di John? John ha detto che è una charl a Lenkarda..."

"No" rispose Korum, guardandola con un'espressione illeggibile. "John è stato informato male —credo, volontariamente—dai Keith."

"Non è una charl?"

"No, Mia, non è mai stata una charl nel vero e proprio senso della parola. Era quella che voi definireste uno xeno—un essere umano ossessionato da tutte le cose dei Krinar. La sua famiglia non lo sapeva. Quando incontrò Lotmir in Messico, lo supplicò di andare con lui, e lui accettò di portarla con sé per un certo periodo di tempo. A quanto ne so, qualcun altro l'ha portata su Krina. Immagino che sia molto felice lì, viste le sue preferenze. Per quanto riguarda il motivo per cui se n'è andata senza dire una parola alla famiglia, credo che abbia qualcosa a che fare con suo padre."

"Suo padre?"

"Dana e John non hanno avuto un'infanzia molto felice" disse Korum, e lei sentì la mano dell'alieno stringersi nella sua. "Loro padre è qualcuno che avrebbero dovuto eliminare molto tempo fa. In base alle informazioni che abbiamo raccolto sui tuoi contatti con la Resistenza, il padre di John ha una particolare perversione, che riguarda i bambini molto piccoli—"

"È un pedofilo?" chiese Mia sottovoce, con la bile che le salì fino alla gola a quel pensiero.

Korum annuì. "Sì. Credo che i suoi figli siano stati i principali destinatari delle sue attenzioni."

Nauseata e carica di intensa compassione per John e Dana, Mia distolse lo sguardo. Se era vero, allora non poteva biasimare Dana per aver voluto allontanarsi, lasciarsi alle spalle tutto ciò che era legato sua vecchia vita. Anche se la famiglia di Mia era normale e affettuosa, aveva interagito con le vittime di abusi domestici e sui minori durante il tirocinio della scorsa estate. Sapeva delle cicatrici che lasciavano sulla psiche del bambino. Crescendo, alcuni di questi bambini iniziavano a fare uso di droghe o a bere per alleviare il dolore. Dana, a quanto pareva, aveva scelto il sesso con i K.

Certo, tutto questo presupponeva che Korum non le avesse mentito del tutto.

Pensandoci, Mia decise che probabilmente non l'aveva fatto. Perché avrebbe dovuto? Non che avrebbe potuto rompere con lui, anche se avesse scoperto che Dana era tenuta lì contro la propria volontà.

"E che mi dici di John?" chiese. "Sta bene? E Leslie?"

"Credo di sì" disse, con voce notevolmente più fredda. "Nessuno di loro è stato ancora catturato."

Sollevata, Mia decise di lasciar perdere. Aveva il sospetto che parlare con Korum della Resistenza non fosse la cosa più intelligente da fare. Così, tornò a concentrarsi sull'ambiente circostante.

"Dove stiamo andando?" chiese, guardandosi intorno. Stavano attraversando quella che sembrava una foresta incontaminata. I ramoscelli e le felci scricchiolavano sotto i loro piedi, e sentiva i suoni della natura ovunque—uccelli, insetti ronzanti, foglie fruscianti. Non sapeva che cosa avesse in mente l'alieno per il resto della giornata, ma aveva una gran voglia di seppellire la testa sotto una coperta e nascondersi per diverse ore. Gli eventi di quella mattina e i conseguenti sconvolgimenti emotivi l'avevano lasciata completamente esausta, e aveva bisogno di tranquillità per riflettere su tutto quello che era accaduto.

"A casa mia" rispose Korum, girando la testa verso di lei. C'era di nuovo un sorrisetto sul suo volto. "È a pochi passi da qui. Potrai rilassarti e riposare, non appena arriveremo lì."

Mia lo guardò con sospetto. La sua risposta era incredibilmente vicina a quello che aveva appena pensato. "Mi leggi nel pensiero?" domandò, spaventata dalla possibilità.

Le sorrise, mostrando la fossetta sulla guancia sinistra. "Sarebbe bello—ma no. Però, ti conosco abbastanza ormai da capire quando sei esausta."

Sollevata, Mia annuì e cercò di mettere un piede davanti all'altro, mentre camminavano nella foresta. Nonostante tutto, quel sorriso smagliante dell'extraterrestre le provocò una calda sensazione in tutto il corpo.

Sei un'idiota, Mia.

Come poteva sentirsi così, dopo tutto quello che le aveva fatto passare, dopo averla manipolata in quel modo? Che razza di persona era per essersi innamorata di un alieno che si era impossessato della sua vita?

Si sentiva disgustata da se stessa, ma non poteva farci niente. Quando l'extraterrestre sorrideva in quel modo, lei dimenticava quasi tutto ciò che era accaduto, provando gioia stando semplicemente con lui. Nonostante l'amarezza, era felice che la Resistenza avesse fallito—che lui fosse ancora nella sua vita.

I suoi pensieri continuavano a rivolgersi a quello che le aveva detto prima... alla sua ammissione di essersi affezionato a lei. Non voleva che succedesse, aveva detto, e Mia capì che all'inizio aveva fatto bene a temere e a resistergli—che in un primo momento la considerava davvero un giocattolo, un piccolo giocattolo umano da poter usare e gettare via quando lo desiderava. Naturalmente, essere "affezionato" non equivaleva a una dichiarazione d'amore, ma era più di quanto si sarebbe mai aspettata di sentirsi dire da lui. Come un balsamo applicato a una ferita aperta, le sue parole l'avevano fatta sentire un po' meglio, dandole la speranza che forse sarebbe andato tutto bene dopo tutto, che forse avrebbe mantenuto le promesse e lei avrebbe rivisto la sua famiglia—

Qualcosa di viscido sotto al piede la distolse da quel pensiero. Spaventata, Mia guardò giù e vide che aveva calpestato un grosso insetto scricchiolante. "Ohh!"

"Che cosa succede?" chiese Korum, sorpreso.

"Ho schiacciato qualcosa" spiegò Mia disgustata, cercando di pulire la scarpa sulla zolla d'erba più vicina.

Sembrava divertito. "Non dirmi che... Hai paura degli insetti?"

"Non ne ho paura" disse Mia con cautela. "Ma li trovo davvero repellenti."

Rise. "Perché? Sono solo delle creature viventi, proprio come te e me."

Mia si strinse nelle spalle e decise di non dargli ulteriori spiegazioni. Non era certa di capirlo appieno nemmeno lei. Così, decise di studiare meglio l'ambiente circostante. Pur essendo cresciuta in Florida, non si era mai sentita molto a proprio agio con la natura tropicale. Preferiva i sentieri ben curati dei bei parchi paesaggistici, dove poteva sedersi su una panchina e godersi l'aria fresca con la minima possibilità di incontrare insetti.

"Non avete strade o marciapiedi?" chiese a Korum con stupore, sussultando a causa di quello che sembrava un formicaio.

Le sorrise con indulgenza. "No. Ci piace che il nostro ambiente sia il più vicino possibile allo stato originario."

Mia arricciò il naso, dato che quell'affermazione non le piaceva affatto. Le sue scarpe da ginnastica erano già sporche, ed era grata che la stagione umida della Costa Rica non fosse ancora iniziata ufficialmente. Altrimenti, le sarebbe sembrato di fare trekking in una palude. Dato lo stato avanzato della tecnologia Krinar, trovava strano che avessero scelto di vivere in condizioni tanto primitive.

Un minuto dopo, entrarono in un'altra radura, una molto più grande. In mezzo c'era una struttura insolita color crema. Aveva la forma di un cubo allungato con gli angoli arrotondati, non aveva finestre o porte—né aperture visibili.

"Questa è casa tua?"

Mia aveva visto strutture simili sulla mappa tridimensionale dell'ufficio di Korum. Le erano sembrate molto strane e aliene da lontano, e quell'impressione era ancora più forte ora che si trovava accanto a una di esse. Sembrava così *strana*, così diversa da qualunque altra avesse mai visto.

Korum annuì, conducendola verso l'edificio. "Sì, questa è casa mia—ed ora è anche tua."

Mia deglutì nervosamente, con l'ansia che crebbe nell'ultima parte della sua affermazione. Perché continuava a dirlo? Voleva davvero che lei vivesse lì in modo permanente? Aveva promesso di riportarla a New York per finire il suo ultimo anno di college, e Mia si aggrappò disperatamente a quel pensiero, mentre fissava le pallide pareti della casa davanti a lei.

Man mano che si avvicinavano, una parte della parete improvvisamente si dissolse davanti a loro, creando un'apertura abbastanza grande da farli passare.

Mia ansimò dalla sorpresa, e Korum sorrise per la sua reazione. "Non preoccuparti" disse. "Questo è un edificio intelligente. Prevede le nostre esigenze e crea porte, se necessario. Non c'è nulla di cui temere."

"Lo fa per chiunque o solo per te?" chiese Mia, fermandosi prima dell'apertura. Sapeva che la sua riluttanza ad entrare era illogica. Se Korum voleva tenerla prigioniera, non poteva farci niente—era già in una colonia aliena senza alcuna via di uscita. Tuttavia, non poteva permettersi di entrare volontariamente nella sua nuova "casa," a meno che non fosse sicura di poterla lasciare da sola.

Intuendo la fonte della sua preoccupazione, Korum le rivolse un'occhiata rassicurante. "Lo farà anche per te. Potrai entrare e uscire ogni volta che vorrai, anche se sarebbe meglio che tu rimanessi al mio fianco per le prime settimane... almeno, finché non ti sarai abituata al nostro modo di vivere e non avrò avuto la possibilità di presentarti agli altri."

Tirando un sospiro di sollievo, Mia lo guardò. "Grazie" disse, con una parte del panico che svanì.

Forse stare lì non sarebbe stato così male, dopotutto. Se l'avesse davvero riportata a New York alla fine dell'estate, allora il suo soggiorno a Lenkarda si sarebbe rivelato esattamente quello—un paio di mesi trascorsi in un luogo incantevole che pochi umani potevano immaginare, con la straordinaria creatura di cui si era innamorata.

Sentendosi leggermente meglio sulla situazione, Mia attraversò l'apertura, entrando in un'abitazione Krinar per la prima volta.

L'AMBIENTE che l'accolse all'interno era assolutamente inaspettato.

Mia era preparata a qualcosa di alieno e altamente tecnologico—forse sedie fluttuanti, simili a quelle della navicella che li aveva trasportati lì. Invece, la stanza era identica all'attico newyorkese di Korum, compreso il divano color crema. Mia arrossì al ricordo di ciò che era avvenuto su quel divano poco tempo fa. Solo le pareti erano diverse; sembravano essere fatte dello stesso materiale trasparente della navicella, e poteva vedere la vegetazione all'esterno anziché il fiume Hudson.

"Hai gli stessi mobili qui?" chiese sorpresa, lasciandogli la mano e facendo un passo avanti per rimanere a bocca aperta davanti allo spettacolo. Non riusciva a immaginare che i negozi di mobili facessero consegne ai Centri K—ma probabilmente lui poteva tranquillamente far apparire ciò che voleva usando la nanotecnologia.

"Non esattamente" disse Korum, sorridendole. "Ho sistemato tutto prima del tuo arrivo. Ho pensato che ti saresti abituata più facilmente, se avessi potuto rilassarti in un ambiente familiare per le prime due settimane. Quando ti sentirai più a tuo agio qui, ti mostrerò come vivo abitualmente."

Mia sbatté le palpebre. "Hai sistemato tutto solo per me? Quando?"

Anche con una rapida fabbricazione—o in qualunque modo Korum chiamasse la tecnologia che gli permetteva di creare cose dal nulla—probabilmente avrebbe avuto bisogno di un po' di tempo per fare tutto quello. Quando lo aveva avuto, visti gli eventi di quella mattina? Cercò di immaginarlo creare un divano, mentre catturava i Keith e quasi le sfuggì una risata.

"Un po' di tempo fa" disse Korum con fare ambiguo, scrollando leggermente le spalle.

Mia si accigliò. "Quindi... non oggi?" Per qualche ragione, la tempistica di quel gesto sembrava importante.

"No, non oggi."

Mia lo fissò. "La stavi pianificando già da un po'? La mia venuta qui, voglio dire."

"Certo" rispose con disinvoltura. "Io pianifico tutto."

La ragazza fece un respiro profondo. "E se non fossi stata in pericolo a causa della Resistenza? Mi avresti portata qui lo stesso?"

La guardò con un'espressione indecifrabile. "Ha importanza?" chiese piano.

Aveva importanza per Mia, ma non se la sentiva di avere quella discussione in quel momento. Così, alzò le spalle e distolse lo sguardo, studiando la stanza. In qualche modo, *era* confortante stare in un luogo che sembrava familiare, e dovette ammettere che era stata una cosa premurosa—creare per lei un ambiente simile a quello umano in casa propria.

"Hai fame?" chiese Korum, sorridendole.

Prepararle il cibo sembrava essere una delle sue attività preferite; le aveva addirittura dato da mangiare quella mattina, quando aveva temuto che l'avrebbe uccisa per aver aiutato la Resistenza. Era proprio quella una delle cose che l'avevano sempre fatta sentire così in conflitto riguardo a lui, riguardo alla loro relazione in generale. Nonostante l'arroganza, sapeva essere incredibilmente premuroso e gentile. A Mia infastidiva che non si comportasse mai come il cattivo che lei lo riteneva.

Scosse la testa. "No, grazie. Sono ancora sazia per il panino di prima." E lo era. Tutto ciò che desiderava era sdraiarsi e cercare di far riposare il cervello.

"D'accordo, allora" disse Korum. "Riposati un po'. Devo uscire per un'ora o giù di lì. Pensi di poter stare da sola?"

Mia annuì. "Hai un letto da qualche parte?" chiese.

"Certo. Ecco, vieni con me."

Mia seguì Korum, incamminandosi lungo un familiare corridoio che conduceva nella camera da letto, identica a quella che aveva a TriBeCa. Notò anche la posizione del bagno.

"Quindi, tutto quello che vedo, è roba che so già usare?" chiese.

"Sì, più o meno" disse lui, cercando di sfiorarle la guancia. Quelle dita sembravano calde sulla pelle della ragazza. "Il letto probabilmente è più comodo di quello a cui sei abituata, perché utilizza la stessa tecnologia intelligente della sedia nella navicella e delle pareti di questa casa. Ho pensato che non ti sarebbe dispiaciuto. Non aver paura se si adatta al tuo corpo, ok?"

Nonostante la tensione alle tempie, Mia sorrise, ricordando quanto fosse comoda la sedia della navicella. "Ok, va benissimo. Non vedo l'ora di provarlo."

"Sono sicuro che ti piacerà." I suoi occhi brillarono per qualche sconosciuta emozione. "Fa' un pisolino, se vuoi, tornerò presto."

Piegandosi, le diede un bacio casto sulla fronte e si allontanò, lasciandola sola in una casa intelligente all'interno dell'insediamento alieno.

~

A MENO DI un miglio di distanza, il Krinar osservò il nemico arrivare con la sua charl.

Il modo gentile in cui Korum le teneva la mano, mentre la conduceva verso casa, era così strano che il K quasi ridacchiò tra sé e sé. Il coinvolgimento di una ragazza umana era uno sviluppo interessante. Sarebbe cambiato qualcosa? In qualche modo, ne dubitava.

Il suo nemico non si sarebbe lasciato distrarre dal proprio obiettivo, certamente non da una ragazza umana.

No, c'era solo un modo per salvare la razza umana.

E lui era l'unico a poterlo fare.

CAPITOLO DUE

Mia si svegliò nell'oscurità più totale.

Rimase sdraiata lì, cercando di capire che ora fosse. Si sentiva incredibilmente ben riposata, con tutti i muscoli del corpo rilassati e la mente assolutamente lucida. Comprese immediatamente di essere nella casa di Korum a Lenkarda, sdraiata sul suo letto "intelligente." Stiracchiandosi con uno sbadiglio, si chiese come avesse fatto Korum a dormire su un normale materasso umano a New York. Non avrebbe mai più voluto dormire su un altro letto per il resto della sua vita.

Aveva le lenzuola avvolte intorno al corpo, che le accarezzavano la pelle nuda con un leggero tocco sensuale. Non sentiva caldo, né freddo, e il cuscino le cullava la testa e il collo nello stesso modo. La tensione di prima era scomparsa.

Non avrebbe voluto addormentarsi, ma il riposino

aveva davvero fatto magie sul suo stato d'animo. Dopo che Korum se n'era andato, si era fatta la doccia ed era salita sul letto con l'obiettivo di riposare qualche minuto. Appena salita, le lenzuola si erano spostate intorno a lei, avvolgendola in un dolce bozzolo, e aveva sentito sottili vibrazioni nelle parti più tese del corpo. Era come se delle delicate dita le stessero massaggiando i nodi della schiena e del collo. Ricordò che adorava quella sensazione, e doveva essersi addormentata, perché non riusciva a ricordare nient'altro.

Apparentemente percependo che si era svegliata, la stanza si illuminò gradualmente, anche se non c'era alcuna fonte di luce artificiale.

Era un'idea intelligente, pensò Mia, che la luce si accendesse così lentamente. La luce troppo brillante dopo la completa oscurità spesso è dolorosa per gli occhi, ma era così che funzionava la maggior parte degli apparecchi di illuminazione umana; si accendeva e si spegneva—ignorando il fatto che la transizione luce-tenebre in natura è molto più delicata.

Riluttante ad abbandonare la comodità del letto, Mia restò lì, cercando di immaginare quale sarebbe stata la mossa successiva. La sensazione di panico era scomparsa, e ora riusciva a pensare più lucidamente.

Era vero che Korum l'aveva usata e manipolata.

Ma, ad essere sincera, lo aveva fatto per proteggere la propria specie—proprio come lei aveva pensato che stesse aiutando tutta l'umanità spiandolo. La sensazione di tradimento che aveva provato ieri era stata irrazionale, fuori luogo considerata la natura della loro relazione e le sue azioni contro di lui. Il fatto che l'alieno non avesse fatto nulla per *punirla* a causa del tradimento la diceva lunga sulle sue intenzioni.

Aveva sbagliato a pensare così male di lui. Se finora non le aveva fatto del male per quello che era successo, probabilmente non l'avrebbe mai fatto.

Tuttavia, Korum chiaramente non si faceva problemi a ignorare i suoi desideri. Infatti, Mia era lì a Lenkarda. Eppure, se le aveva detto la verità, presto avrebbe rivisto i genitori e sarebbe tornata a New York per finire l'università.

Nel complesso, la sua situazione era di gran lunga migliore di quanto avesse immaginato quella mattina, quando aveva pensato che l'avrebbe uccisa per aver aiutato la Resistenza.

Tuttavia, le circostanze in cui si trovava erano preoccupanti. Era in un Centro K, di cui non conosceva la lingua, non conosceva nessuno a parte Korum e non aveva idea di come utilizzare la tecnologia più elementare dei Krinar. In quanto umana, era una straniera lì. I K l'avrebbero ritenuta una stupida per quello che era? Perché non comprendeva la lingua Krinar, né sapeva leggere dieci libri in un paio d'ore come sapeva fare Korum? L'avrebbero derisa per la sua ignoranza e per l'analfabetismo tecnologico? Non era esattamente tecnologica nemmeno per gli standard umani. In generale, l'arroganza di Korum faceva semplicemente parte della sua personalità o era tipica della sua specie e del loro atteggiamento verso gli umani?

Naturalmente, star male per tutto quello non cambiava le cose. Che le piacesse o meno, sarebbe rimasta a Lenkarda almeno per i prossimi due mesi, quindi tanto valeva approfittarne. E nel frattempo, c'era così tanto da imparare lì—

La porta della camera si aprì lentamente, e Korum entrò, interrompendo i suoi pensieri. "Ehi, dormigliona, come stai?"

Mia non poté fare a meno di sorridergli, dimenticando per un attimo le preoccupazioni. Per la prima volta da quando lo conosceva, Korum indossava abiti Krinar: una maglietta senza maniche realizzata con qualche materiale bianco e soffice, e un paio di pantaloncini grigi che gli arrivavano sopra le ginocchia. Era un abito semplice, ma stava benissimo sul suo fisico, accentuandone i muscoli potenti. Le fece venire l'acquolina in bocca, con la pelle dorata e liscia che trasudava salute e quegli occhi color ambra che brillavano, mentre la osservava lì sul letto.

"Questo letto è straordinario" confessò Mia. "Non so come tu abbia fatto a dormire su qualcosa di diverso."

Sorrise, sedendosi accanto a lei e prendendole una ciocca di capelli per giocarci. "Lo so. È stato un vero e proprio sacrificio—ma la tua presenza l'ha reso più sopportabile."

Mia rise e si sdraiò sullo stomaco, sentendosi assurdamente felice. "E adesso? Conoscerò altri oggetti intelligenti? Devo ammettere che la vostra tecnologia è davvero figa."

"Oh, non immagini quanto" esclamò Korum, guardandola con un sorriso misterioso. "Ma lo scoprirai presto."

Piegandosi, le baciò la spalla esposta e poi le mordicchiò leggermente il collo, con la bocca calda e delicata sulla sua pelle. Chiudendo gli occhi, a Mia venne la pelle d'oca per la piacevole sensazione. Il suo corpo reagì immediatamente a quel tocco, e gemette dolcemente, sentendo la calda umidità tra le gambe.

Ma lui si fermò.

Sorpresa, Mia aprì gli occhi e lo guardò. "Non mi vuoi?" chiese sottovoce, cercando di mantenere un tono ferito.

"Che cosa? No, tesoro, ti voglio tanto." Ed era vero; poteva vedere le calde striature dorate negli occhi espressivi dell'alieno, e il leggero tessuto dei pantaloncini poteva fare poco per nascondere l'erezione.

"Allora, perché ti sei fermato?" chiese Mia, cercando di non sembrare una bambina privata delle caramelle.

Sospirò, sembrando frustrato. "Sta per arrivare un mio amico. Sarà qui tra pochi minuti."

Mia lo guardò, perplessa. "Un tuo amico vuole conoscermi? Perché?"

Korum sorrise. "Perché mi ha sentito parlare molto di te. E anche perché è uno dei nostri esperti della mente e può aiutarti nel processo di adattamento."

Mia si accigliò leggermente. "Un esperto della mente? Vuoi che veda uno strizzacervelli?"

Korum scosse la testa, sorridendo. "No, non è uno strizzacervelli. Nella nostra società, un esperto della mente è una persona che si occupa di ogni aspetto del cervello. È un mix tra neurochirurgo, psichiatra e psicologo—un vero e proprio esperto di tutte le questioni che hanno a che fare con la mente."

Era una spiegazione interessante, ma non rispondeva davvero alla sua domanda. "Allora, perché vuole vedermi?"

"Perché penso che possa fare qualcosa per far sì che ti senta più a casa qui" disse Korum, passandole le dita sul braccio, accarezzandolo dolcemente.

Gli piaceva farlo, aveva notato Mia; gli piaceva toccarla in modo casuale durante la conversazione, come se desiderasse un contatto fisico costante. A Mia non dava fastidio. Era quella chimica di cui lui aveva parlato; i loro corpi erano attratti l'uno dall'altro come due oggetti nello spazio.

Riportò l'attenzione dell'extraterrestre sulla conversazione. "Ad esempio?" gli chiese, sentendosi un po' preoccupata.

"Beh, ad esempio, ti andrebbe di comprendere e parlare la nostra lingua?"

Mia sgranò gli occhi e annuì con impazienza. "Certo!"

"Ti sei mai chiesta come faccia a parlare l'inglese

così bene? E qualsiasi altra lingua umana? Come facciamo tutti noi?"

"Non sapevo che parlaste altre lingue oltre all'inglese" confessò Mia, fissandolo con stupore. Si era domandata come facesse a conoscere l'inglese americano così perfettamente, ma aveva sempre dato per scontato che i K avessero semplicemente studiato tutto prima di venire sulla Terra. Korum era incredibilmente intelligente, quindi non la stupiva che conoscesse la sua lingua e che sapesse parlarla senza alcun accento. E adesso le stava dicendo che parlava anche moltissime altre lingue?

"E così, parli il francese?" chiese. Al suo cenno con la testa, continuò: "Lo spagnolo? Il russo? Il polacco? Il cinese?" Ogni volta Korum faceva un gesto affermativo.

"E va bene... Che cosa mi dici dello swahili?" chiese Mia, sicura di averlo fregato questa volta.

"Anche, sì" rispose, sorridendo davanti all'espressione stupefatta dell'umana.

"D'accordo" disse Mia lentamente. "Non credo si tratti di pura intelligenza in questo caso."

Sorrise. "Esattamente. Avrei potuto imparare le lingue da solo, visto il mio tempo a disposizione, ma c'è un modo più efficace—e questo è ciò che può fare Saret per te."

Mia lo fissò. "Può insegnarmi a parlare il Krinar?"

"Non solo. Può darti le stesse capacità che ho io—comprensione e conoscenza immediata di qualsiasi lingua, sia umana che Krinar."

La ragazza ansimò dallo shock, con il cuore che le batteva più veloce dall'emozione. "Come?"

"Grazie a un piccolo impianto che influenzerà una specifica zona del tuo cervello e agirà come un dispositivo di traduzione altamente avanzato."

"Un impianto cerebrale?" La sua emozione si trasformò subito in terrore, in quanto tutto all'interno di Mia rifiutava violentemente l'idea. Aveva già i dispositivi di monitoraggio nei palmi; l'ultima cosa di cui aveva bisogno era che la tecnologia aliena le influenzasse il cervello. La capacità descritta era incredibile, e la voleva disperatamente—ma non a quel prezzo.

"Il dispositivo non è quello che stai immaginando" chiarì Korum. "Sarà minuscolo, grande quanto una cellula, e non sentirai alcun disagio—né durante l'inserimento, né dopo."

"E se dicessi di no? Se non lo volessi?" chiese Mia con voce bassa, preoccupata all'idea che Korum avesse già contattato l'esperto della mente.

"Perché no?" La guardò con un leggero cipiglio.

"Hai davvero bisogno di chiederlo?" disse con incredulità. "Mi hai *irradiata*—mi hai inserito dei dispositivi di tracciamento col pretesto di guarirmi i palmi. Credi davvero che sarei disposta ad accettare che tu mi metta qualcosa nel cervello?"

Il cipiglio di Korum si approfondì. "Questo non ha funzionalità aggiuntive, Mia." Non sembrava nemmeno un po' pentito per averla irradiata.

"Davvero?" gli chiese aspramente. "Non fa

nient'altro? Non influenza in alcun modo i miei pensieri o i sentimenti?"

"No, tesoro, non lo fa." Sembrava vagamente divertito a quel pensiero.

"Non voglio un impianto cerebrale" disse Mia con fermezza, guardandolo con un'espressione ribelle sul viso.

La fissò. "Mia" disse piano. "Se avessi davvero voluto inserirti qualcosa di brutto nel cervello, avrei potuto farlo in un milione di modi diversi. Posso impiantarti qualcosa nel corpo in qualsiasi momento, e non te ne accorgeresti nemmeno. L'unica ragione per cui ti sto offrendo questa capacità è che voglio che ti senta a tuo agio qui, che possa comunicare con tutti. Se non vuoi, allora questa è una tua scelta. Non ti costringerò. Ma pochissimi umani hanno questa opportunità, quindi ti consiglierei di pensarci bene prima di rifiutare."

Mia distolse lo sguardo, comprendendo che lui aveva ragione. Non aveva di certo bisogno di informarla o di ottenere il suo consenso per tutto quello che voleva farle. Il panico che credeva di avere sotto controllo minacciò di prendere il sopravvento un'altra volta, e lei lo scacciò con uno sforzo.

Qualcosa non tornava. Facendo un respiro profondo, Mia lo guardò di nuovo, studiandone l'espressione imperscrutabile. Le dava fastidio capirlo ancora così poco, che la persona che aveva tanto potere su di lei fosse ancora un punto interrogativo.

"Korum..." Non sapeva se menzionarlo o meno, ma non riusciva più a resistere. La domanda l'aveva tormentata per settimane. "Perché mi hai irradiata? Non conoscevo nemmeno la Resistenza allora, quindi non avevi bisogno di monitorarmi per il tuo grande piano..."

"Perché volevo assicurarmi di trovarti sempre" spiegò, e nella sua voce c'era una nota possessiva che la spaventò. "Ti ho tenuta tra le mie braccia quel giorno, e ho capito che volevo di più. Volevo tutto. Sei stata mia da quel momento, e non avevo intenzione di perderti, nemmeno per un attimo."

Nemmeno per un attimo? Si rendeva conto della sua follia? Aveva visto una ragazza che voleva, e si era assicurato di sapere sempre dove fosse.

Il fatto che pensasse di avere il diritto di farlo era terrificante. Come avrebbe potuto sopportarlo l'umana? Non si faceva scrupoli sui confini quando si trattava di lei, non aveva alcun rispetto per la sua libertà di scelta. Aveva semplicemente ammesso un atto orribile, e lei non aveva idea di cosa potesse dirgli ora.

Al suo silenzio, Korum fece un respiro profondo e si alzò. "Dovresti vestirti" disse piano. "Saret sarà qui tra un minuto."

Mia annuì e si mise a sedere, tenendo le lenzuola al petto. Non era quello il momento di analizzare la complessità della loro relazione. Con un respiro profondo, scacciò la paura. Non c'era modo di cambiare le cose, e concentrarsi su quelle negative non faceva che peggiorare la situazione. Aveva bisogno di trovare un modo per andare d'accordo con il suo amante e di capire come gestirne la natura dominante.

"Che cosa dovrei indossare?" chiese Mia. "Non ho portato vestiti..."

"Vuoi i tuoi soliti jeans e magliette o vorresti vestirti come tutti gli altri qui?" chiese Korum, sorridendo. Una parte della tensione nella stanza svanì.

"Uhm, come tutti gli altri, credo." Non voleva distinguersi.

"Ok, allora." Korum fece un piccolo gesto con la mano e le porse un pezzo di tessuto chiaro che un attimo prima non c'era.

Sgranando gli occhi, Mia fissò l'abito che le aveva appena dato. "Altra fabbricazione istantanea?" gli chiese, cercando di comportarsi come se non fosse ancora un grande shock per lei vedere le cose materializzarsi dal nulla.

Sorrise. "Esatto. Se non ti piace, posso farti avere un'altra cosa. Dai, provalo."

Mia lasciò andare il lenzuolo e scese dal letto, sentendosi a proprio agio con la nudità. Nonostante tutti i difetti, Korum aveva fatto miracoli per la sua sicurezza e l'immagine del corpo. Dato che le ripeteva in continuazione quanto la trovasse bella, non si preoccupava più di essere troppo magra o di avere i capelli crespi e la carnagione pallida. Sarebbe stato meglio conoscerlo durante i suoi insicuri anni adolescenziali.

No, non ci pensare. Nessun'adolescente avrebbe dovuto essere sottoposta a qualcuno di così sconvolgente.

Prendendo il vestito, lo indossò, assicurandosi che

lo spacco fosse nella parte posteriore. "Che te ne pare?" chiese, piroettando.

Lui sorrise con un caldo bagliore negli occhi. "È perfetto per te."

C'era un rigonfiamento nei suoi pantaloncini, e Mia sorrise, soddisfatta. Nonostante tutto, era bello sapere che aveva quell'effetto su di lui, che il bisogno dell'alieno era forte quanto il suo. Almeno in questo, erano uguali.

Curiosa di vedere come le stesse l'abito, si avvicinò allo specchio dall'altra parte della camera.

Korum aveva ragione; l'abito era molto carino. Con uno stile simile a quello che aveva visto sulle femmine dei Keith, era color avorio con sfumature color pesca, e le stava nello stesso modo. Le sue spalle e la schiena erano per lo più esposte, mentre la parte anteriore era piuttosto coperta, con pieghe strategiche intorno alla zona del seno, che le coprivano i capezzoli. Anche la lunghezza era perfetta per lei, con la gonna svolazzante che le arrivava un paio di centimetri sopra le ginocchia.

Quando si voltò, le porse un paio di sandali color avorio, realizzati con un materiale insolitamente morbido. Mia li provò. Le calzavano perfettamente ed erano incredibilmente comodi.

"Belli, grazie" gli disse. Poi, ricordando un ultimo indumento fondamentale, chiese: "Che mi dici della biancheria intima?"

"In realtà, non la indossiamo" spiegò Korum. "Posso crearla per te, se insisti, ma potresti provare a indossare solo i nostri vestiti."

Niente biancheria intima? "E se l'abito si alzasse o qualcosa del genere?"

"Non succederà. Anche il materiale è intelligente. È stato realizzato per aderire al corpo nel modo giusto. Se ti muovi o ti pieghi in una certa direzione, si muoverà con te in modo da tenerti sempre coperta."

Sembrava molto comodo. Mia pensò agli innumerevoli malfunzionamenti del guardaroba di Hollywood che avrebbero potuto essere evitati con l'abbigliamento K. "Ok, allora sono pronta, credo" disse. "Devo andare al bagno, e poi ho fatto."

"Fantastico" disse Korum, sorridendo. "Ci vediamo nel salone."

E dandole un rapido bacio sulla fronte, uscì dalla stanza.

~

"MI PIACE COME HAI SISTEMATO la casa. Sembra molto in stile americano del ventunesimo secolo."

L'amico di Korum era appena entrato e si stava guardando intorno con un sorriso. Pur essendo alto tre o quattro centimetri in meno rispetto a Korum, era altrettanto robusto e aveva la tipica carnagione scura dei K. Il suo viso era più rotondo, però, e aveva gli zigomi più spigolosi, un po' come un uomo con origini asiatiche.

"Che cosa posso dire? Sai che ho buon gusto" disse Korum, alzandosi dal divano dove era seduto con Mia per salutare il nuovo arrivato. Avvicinandosi, Korum gli toccò leggermente la spalla con il palmo, e l'altro K ricambiò il gesto.

Mia si chiese se quella fosse la versione K di una stretta di mano.

Girandosi verso di lei, Korum disse: "Mia, questo è il mio amico Saret. Saret, questa è Mia, la mia charl."

Saret sorrise, con gli occhi scuri che brillarono. Sembrava davvero felice di conoscerla. "Ciao, Mia. Benvenuta nel nostro Centro. Spero che ti sia piaciuto, finora."

Mia si alzò e ricambiò il sorriso. Era strano conoscere un altro K. Ad eccezione di alcuni brevi incontri con i colleghi di Korum, il suo amante era l'unico Krinar con cui avesse interagito fino ad oggi.

"È molto carino, grazie."

Avrebbe dovuto stringergli la mano? O fare quella cosa con la spalla che Korum aveva appena fatto? Non appena quel pensiero le passò per la testa, decise di non farlo. Non conosceva le regole dei K sul contatto fisico, e non voleva offendere per errore.

"Hai avuto la possibilità di esplorare Lenkarda? Korum mi ha detto che sei arrivata solo questa mattina."

Mia scosse la testa con rammarico. "No, purtroppo. Temo di aver trascorso la maggior parte della giornata a dormire." Che ora era, a proposito? Attraverso le pareti trasparenti della casa poté vedere che fuori era buio. Doveva essere prima mattina oppure notte.

"Mia ha subito le conseguenze del jet-lag ed era stanca per quello che era accaduto prima" spiegò

Korum, tornando da lei e mettendole una mano intorno alla schiena con fare possessivo. La tirò giù sul divano accanto a lui, e Saret si sedette su una delle poltrone davanti a loro.

"Certo" disse Saret: "Capisco benissimo. Dev'essere stato molto traumatico per te venire a sapere la verità in quel modo."

La ragazza lo fissò, sorpresa. Quanto sapeva? Korum gli aveva detto qualcosa? Gli aveva parlato del suo ruolo nell'attacco della Resistenza ai loro Centri? Non sapeva come sarebbero state viste le sue azioni dai Krinar. Sarebbe stata punita in qualche modo per aver aiutato la Resistenza?

"Beh, la cosa positiva è che è finita" disse Korum, prendendo una mano di Mia nelle sue e strofinandole delicatamente il palmo con il pollice. Girandosi verso di lei, promise: "Non dovrai mai più preoccupartene."

"In realtà" disse Saret con uno sguardo triste sul bel viso. "Temo che ci sia ancora una cosa che Mia deve fare."

Il volto di Korum si rabbuiò. "Ho già detto loro di no. Ne ha passate abbastanza."

Saret sospirò. "C'è stata una richiesta formale da parte delle Nazioni Unite—"

"Fanculo alle Nazioni Unite. Non meritano di pretendere niente dopo questo fiasco. Sono dannatamente fortunati che non abbiamo reagito—"

"Comunque sia, la maggior parte del Consiglio crede che sia importante estendere a loro questo gesto di buona volontà."

Mia li ascoltò discutere con una fredda sensazione nello stomaco. Le Nazioni Unite? Il Consiglio? Che cosa c'entrava tutto quello con lei?

"Anche il Consiglio può andare affanculo" disse Korum senza mezzi termini. "Non ce n'è assolutamente bisogno, e loro lo sanno. È la mia charl, e non mi diranno che cosa devo fare."

"Non è solo la tua charl, Korum, e lo sai. È una testimone di quello che sarà il più grande processo degli ultimi diecimila anni, per non parlare dei processi umani—"

A Mia venne voglia di vomitare, quando cominciò a capire dove stava portando la conversazione. "Scusate" disse a bassa voce. "Che cosa dovrei fare esattamente?"

"Non importa" disse Korum. "Non possono obbligarti a fare niente senza il mio permesso."

Saret sospirò di nuovo. "Ascolta, il Consiglio vuole anche la sua testimonianza. Sarebbe la cosa migliore, se le lasciassi fare—"

Fissandoli, Mia cominciò a sentirsi arrabbiata. Stavano parlando di lei come se fosse una bambina o un animale domestico. Qualunque cosa volessero da lei, avrebbe dovuto essere una sua decisione, non di Korum.

"Non ha bisogno di questo adesso" disse Korum con fermezza. "Hanno prove a sufficienza, e non la sottoporrò a ulteriore stress—"

"Scusatemi" disse Mia freddamente. "Voglio sapere di che cazzo state parlando."

Chiaramente sorpreso, Saret scoppiò a ridere, e Korum la guardò con disapprovazione.

"Credo che la tua charl abbia più palle di quanto immagini" disse Saret a Korum, continuando a ridacchiare. Girandosi verso Mia, spiegò: "Vedi, Mia, i traditori che ci hai aiutato a catturare—i Keith, come li hanno chiamati i tuoi amici della Resistenza—saranno giudicati secondo le nostre leggi. Sebbene il nostro processo giudiziario sia abbastanza diverso da quello a cui sei abituata, abbiamo bisogno che siano presentate tutte le prove disponibili—e le testimonianze di tutti i testimoni. Dal momento che sei stata coinvolta per tutto il tempo, la tua testimonianza potrebbe svolgere un ruolo importante nella loro condanna e nella gravità della punizione."

"Vuoi che faccia da testimone in un processo Krinar?" chiese Mia, incredula.

"Sì, esattamente, e abbiamo anche ricevuto una richiesta formale per la tua presenza dall'ambasciatore delle Nazioni Unite—"

"Non lo farà, Saret. Scordatelo. Puoi tornare da Arus e dirgli che non succederà."

"Ascolta, Korum, ne sei sicuro? Siamo così vicini all'ottenimento dell'approvazione... Sai che questo non sarà ben visto—"

"Lo so" disse Korum. "Sono disposto a rischiare. Non sarà la prima volta che sono incazzati con me."

Saret sembrava frustrato. "D'accordo, ma credo che tu stia commettendo un grosso errore. Tutto quello che deve fare è andare lì e parlare—"

"Sai bene quanto me che se andasse lì il Protettore cercherebbe di smontare la sua testimonianza. Non la metterò in una situazione del genere. E non voglio che abbia niente a che fare con le Nazioni Unite—è troppo pericoloso. Inoltre, i media umani potrebbero scoprire la storia, e Mia non ha bisogno che tutto il mondo osservi la sua testimonianza presso le Nazioni Unite. Nemmeno la sua famiglia ne sa qualcosa al momento."

Dimenticando la rabbia, Mia strinse la mano di Korum dalla gratitudine. Non avrebbe potuto fare a meno della sua protezione. Era difficile dire cosa l'attraesse di meno—l'idea di apparire davanti al Consiglio dei Krinar o alle Nazioni Unite sotto gli occhi di tutto il mondo.

"Arus ha detto che possono prendere altri accordi per lei. L'udienza presso le Nazioni Unite può avvenire a porte chiuse, senza che i media sappiano qualcosa. E il Consiglio ha deciso di accettare la sua testimonianza registrata per il processo."

"Di' ad Arus che può parlare direttamente con me, se è così determinato a volerlo fare" disse Korum a voce bassa, con gli occhi socchiusi dalla rabbia. "È la mia charl. Se lui vuole che lei faccia qualcosa, dovrà chiedermelo molto, molto gentilmente. E poi, se Mia dirà di essere d'accordo, forse lo prenderò in considerazione."

Saret sorrise mestamente. "Certo. Sai che detesto stare in mezzo. Tu e Arus potete vedervela da soli. Mi è stato chiesto di recapitare un messaggio, e la mia responsabilità finisce qui."

Korum annuì. "Ho capito."

L'espressione sul suo volto era ancora dura, e Mia si spostò sulla sedia, sentendosi a disagio sul ruolo che aveva inavvertitamente svolto in quel disaccordo. Doveva ottenere maggiori informazioni su quel processo e sul suo significato, ma non voleva fare altre domande davanti a Saret. Così, volendo alleggerire la tensione nella stanza, chiese con cautela: "Allora, come mai vi conoscete?"

Saret le sorrise, comprendendo cosa stava facendo. "Oh, ci conosciamo da tanto tempo. Fin da quando eravamo piccoli."

Mia sgranò gli occhi. Se si conoscevano fin da quando erano piccoli, allora era in presenza di due alieni con migliaia di anni di età. "Eravate compagni di classe?" chiese con entusiasmo.

Korum scosse la testa, piegando leggermente le labbra. "Non proprio. Eravamo compagni di giochi. I nostri figli sono educati in modo molto diverso rispetto agli umani—non abbiamo le scuole come voi."

"No? Allora come fanno a imparare i vostri figli?"

Saret le sorrise, apparentemente soddisfatto della sua curiosità. "Soprattutto grazie al gioco. Lasciamo che sviluppino la maggior parte delle abilità principali di cui hanno bisogno attraverso la socializzazione e l'interazione con gli altri, sia bambini che adulti. Più tardi, fanno apprendistato in vari campi con l'obiettivo di perfezionare la capacità di risoluzione dei problemi e il pensiero critico."

Mia lo guardò affascinata. "Ma come imparano cose come la matematica, la storia e la scrittura?"

Saret agitò la mano con fare sbrigativo. "Oh, quelle sono cose semplici. Non so se Korum te ne abbia già parlato—"

"Non ancora" disse Korum. "Sei arrivato qui appena Mia si è svegliata. Ho avuto solo il tempo di menzionare l'impianto linguistico."

"Oh, bene." Saret sembrava emozionato. "Ti andrebbe di farlo stasera, Mia?"

La ragazza esitò. Se Korum non le aveva mentito, allora sarebbe stata un'idiota a non sfruttare quell'occasione. "Puoi rispiegarmi che cos'è esattamente questo impianto e cosa fa?" chiese, guardando Saret.

Korum sospirò, sembrando esasperato. "Sì, Saret, di' a Mia che cos'è esattamente quest'impianto. Non sembra fidarsi della mia spiegazione."

"Puoi biasimarmi?" chiese lei a Korum, cercando di tener fuori l'amarezza dal suo tono.

Saret sollevò le sopracciglia e sorrise di nuovo. "Ancora qualche problema irrisolto, capisco."

Korum lo guardò storto, e il sorriso di Saret scomparve immediatamente. "Non importa" disse in fretta. "Non so che cosa ti abbia raccontato Korum, Mia, ma l'impianto linguistico è un dispositivo molto semplice e molto trasparente, che molti Krinar ricevono al momento della maturità—quando il nostro cervello è completamente sviluppato. È un computer microscopico realizzato con un materiale biologico speciale che funge essenzialmente da traduttore altamente avanzato. La sua funzione è quella di convertire i dati da una forma all'altra—da un modello di pensiero alla lingua e viceversa. Funziona solo su un'area del cervello e non ha alcun effetto collaterale."

"Non possono esserci malfunzionamenti?" domandò Mia. "Può procurarmi qualcos'altro?"

"Ad esempio?" Saret sembrò perplesso. "E no, questa tecnologia esiste da oltre diecimila anni, quindi è stata perfezionata al meglio. Non ci sono malfunzionamenti, mai."

"Può farmi pensare cose che non voglio? O trasmettere i miei pensieri?" Ora che l'aveva detto ad alta voce, Mia si sentiva molto ridicola.

Saret scosse la testa con un sorriso. "No, niente di simile. È un dispositivo molto semplice. Ciò di cui stai parlando è scienza molto più avanzata. Il controllo della mente e la lettura del pensiero sono ancora nella fase teorica dello sviluppo."

"Ma in teoria è possibile?" chiese Mia con stupore, con la studentessa di psicologia in lei che improvvisamente moriva dalla voglia di apprendere anche un solo pezzettino di quello che i Krinar sapevano sul cervello. Ora che non era più così nervosa, si era accorta che il K seduto davanti a lei probabilmente era un vero e proprio pozzo di scienza nel proprio campo.

Saret annuì. "In teoria, sì. In pratica, non ancora."

Mia aprì la bocca per fare un'altra domanda, e Korum la interruppe, sembrando divertito dal suo malcelato interesse: "Questo ti fa sentire più a tuo agio per quanto riguarda l'impianto?"

L'umana rifletté un attimo. Quanto avrebbe dovuto fidarsi di loro? Korum aveva già dimostrato di essere un esperto manipolatore, e non aveva idea di come fosse Saret. Ma, come aveva detto Korum, non avevano veramente bisogno del suo permesso per farlo. Fu il fatto che le stessero lasciando quella scelta a convincerla.

"Credo di sì" disse lentamente.

"D'accordo, allora; Saret, puoi occupartene tu?"

"Uhm, aspetta" disse Mia, con il cuore che cominciò a batterle più velocemente: "Vuoi dire che possiamo farlo subito? C'è bisogno di un anestetico o qualcosa del genere?"

Saret sorrise. "No, niente di simile. È molto semplice—non lo sentirai nemmeno."

"Va bene..."

Korum si alzò, continuando a tenere la mano di Mia. Anche Saret si alzò, avvicinandosi a loro. "Posso?" chiese a Korum, indicando Mia.

Korum annuì, e Saret allungò la mano destra, sistemando i capelli di Mia dietro il suo orecchio sinistro. La ragazza rabbrividì leggermente per quel tocco sconosciuto. Affondò le unghie nella mano di Korum, e combatté l'impulso di sussultare. Anche se le avevano assicurato che non avrebbe fatto male, non poté evitare quella reazione istintiva.

"Ecco fatto." Saret fece un passo indietro.

"Cosa?" Mia sbatté le palpebre dallo shock.

"Ho finito. Hai l'impianto. Gli concederemo circa un minuto per sincronizzarsi con i tuoi percorsi neurali, e poi lo proveremo."

"Ma come? Dov'è stato inserito?"

"Nella pelle" spiegò Korum, sorridendole. "Non hai sentito niente, vero?"

"No, non ho sentito niente." La stavano prendendo in giro?

Saret rise, divertito dalla sua reazione. "Bene, non avresti dovuto. Il dispositivo stesso ha proprietà analgesiche, quindi non avresti dovuto sentire il taglietto nel sottile strato di pelle dietro l'orecchio."

Mia alzò la mano sinistra per sentire la ferita, ma non c'era niente.

"Dimmi, Mia, ti senti diversa? Hai pensieri che non dovresti avere?" chiese Korum con un beffardo bagliore negli occhi.

La ragazza scosse la testa con un leggero cipiglio. Non le piaceva che la deridesse per la sua ignoranza.

E poi le si fermò il respiro in gola.

Korum le aveva appena parlato in Krinar—e lei aveva compreso ogni sua parola.

"Aspetta un attimo" disse, con le parole che le uscirono dalla bocca strane e sconosciute. Eppure, sapeva perfettamente che cosa significavano, e i muscoli del viso sembravano non avere problemi a formare i suoni. "Hai appena parlato in Krinar!"

Korum sorrise. "Anche tu. Che te ne pare?"

Mia sbatté le palpebre. Sembrava strano, ma non richiedeva alcuno sforzo. "Sembra tutto a posto" disse ancora in Krinar. "Solo che non capisco come funziona. Se volessi dire qualcosa in inglese?"

"Se vuoi dire qualcosa in inglese, basterà pensare in inglese, e passerai a quella lingua" spiegò Saret. "Al momento, la risposta naturale del tuo cervello è quella di parlare in Krinar, perché è questa la lingua in cui ci stiamo rivolgendo a te. Devi pensare attivamente che vuoi parlare in inglese per farlo quando hai a che fare con un discorso in Krinar. Tuttavia, in futuro, quando ti sarai abituata all'impianto, il passaggio da una lingua all'altra sarà automatico e non richiederà pensieri supplementari da parte tua. È come essere multilingue. Sono certo che tu conosca persone che parlano fluentemente diverse lingue—e ora hai la stessa capacità, semplicemente portata a un livello diverso."

Mia ascoltò la spiegazione, comprendendone il senso. "Wow" disse piano: "E così, posso davvero parlare qualsiasi lingua ora? È così?"

Voleva saltare e correre per la stanza, urlare dalla gioia, e si controllò con difficoltà, non volendo sembrare una ragazza sciocca davanti all'amico di Korum. Tutto quello era assolutamente straordinario. Era sempre stata brava nelle lingue a scuola, studiando lo spagnolo e il francese durante la scuola superiore, ma non le aveva mai imparate perfettamente. E ora poteva parlare qualunque lingua volesse? Abbandonando la riluttanza, Mia si soffermò sulle incredibili possibilità.

"Proprio così" confermò Korum, guardandola con un sorriso, e Saret annuì.

Cercando di darsi un contegno, Mia controllò l'enorme sorriso che minacciava di apparirle sul viso. "Grazie" disse a Saret. "Lo apprezzo molto."

"Prego, Mia. Spero di rivederti presto." E con quello, toccò nuovamente la spalla di Korum e se ne andò, con la parete alla loro destra che si dissolse per permettergli di passare.

CAPITOLO TRE

Non appena Saret se ne andò, Mia non poté più contenere la contentezza. Si sentiva soffocare dalla pura gioia che la riempiva dall'interno, e sapeva che stava sorridendo ora, e che probabilmente sembrava un'idiota. Ma non le importava più, con l'emozione troppo forte per poter essere contenuta.

Era una poliglotta ora!

Cercò di immaginare di parlare cinese, e le parole arrivarono immediatamente. Aprendo la bocca, sentì i duri suoni tonali che le uscivano, mentre diceva a Korum: "Non mi sembra vero." Passando al russo, continuò: "Non riesco a crederci!" E poi tornò al tedesco, quasi saltando dalla gioia: "Oh mio Dio, so parlarle tutte!"

Le sorrise, con il viso illuminato dal piacere. Lasciandole la mano, le portò il palmo al viso, piegandolo intorno alla guancia. Guardandola, disse in inglese: "Sono contento che ti piaccia. Ci sono così tante cose che voglio mostrarti, tesoro..."

Mia lo fissò, con l'emozione per la nuova capacità che improvvisamente si trasformò in qualcosa di diverso. Era così bello, e la calda espressione sul volto mentre la guardava le fece stringere il cuore. "Korum" disse piano. "Io..."

Non sapeva cosa dire, come poter esprimere ciò che sentiva. C'erano ancora tante questioni irrisolte tra loro, ma in quel momento non le importava di com'era iniziata la loro relazione, né di tutte le bugie e i tradimenti reciproci. In quel momento, sapeva solo che l'amava, che ogni parte di lei desiderava stare con lui.

Allungandosi, gli avvolse la mano intorno al collo e tentò di spostargli il viso verso il suo. Alzandosi in punta di piedi, lo baciò sulla bocca, con le labbra morbide e incerte sulle sue. Raramente faceva la prima mossa—di solito era lui a iniziare il sesso nella loro relazione—e poté sentire l'improvvisa tensione stringergli il corpo al suo tocco.

Ricambiò il bacio, con la bocca calda e desiderosa, e si ritrovò sollevata tra le sue braccia e trasportata altrove. La destinazione si rivelò essere la camera e finirono sul letto, col potente corpo dell'alieno che la copriva, spingendola sul materasso con il peso. Le mani di Mia gli strapparono freneticamente la maglietta, cercando di trovare un modo per toglierla, per sentirne la nudità sulla sua. Si sentiva bruciare, con la pelle troppo sensibile, e la barriera dei vestiti tra loro era semplicemente insopportabile. Volendo di più, lo baciò più duramente, prendendogli il labbro inferiore tra i denti e mordendolo leggermente.

Korum sospirò, e lei lo sentì allontanarsi all'improvviso. Prima che potesse fare qualcosa di più che sbattere le palpebre, lui si drizzò sul letto e tolse rapidamente la maglietta e i pantaloncini, rivelando la grande erezione. La bocca di Mia iniziò a salivare alla vista del suo corpo nudo, con tutti quei muscoli tonici ricoperti dalla pelle liscia e dorata, e il petto con una leggera spolverata di peli scuri—e poi fu su di lei, strappandole l'abito e lasciandola distesa, esposta davanti ai suoi occhi.

Strisciando sopra di lei, la baciò di nuovo, più aggressivamente questa volta, facendosi strada con la mano lungo il suo corpo e verso la giunzione delle gambe. Mia gli gemette sulla bocca, inarcando i fianchi verso la sua mano, e lui le accarezzò le pieghe dolcemente, prima di spingere un dito nella sua apertura e di premere profondamente, facendo irrigidire i muscoli interni per l'improvvisa ondata di piacere. "Mi piaci quando sei così bagnata" mormorò, penetrandola prima con un dito e poi con due, distendendola, preparandola per il suo possesso. Mia gridò, piegando la testa all'indietro, e sentì il calore umido della bocca dell'extraterrestre sul collo, che le leccava e le mordicchiava la zona sensibile.

C'era anche un'altra cosa, una sensazione strana ma piacevole che notò in qualche zona remota del cervello, una calda vibrazione simile a dei massaggi con le dita sulla schiena, che le accarezzavano e le strofinavano le spalle e la curva della spina dorsale, stringendo leggermente le natiche e il retro delle cosce.

Il letto, si rese conto vagamente. Doveva essere il letto intelligente, e poi se ne dimenticò, troppo presa da ciò che Korum stava facendo per prestare attenzione a qualsiasi altra cosa. Le sue dita avevano trovato un ritmo: due spinte superficiali, una in profondità, e le strofinava il clitoride con dei movimenti circolari che la facevano impazzire. Affondò le unghie nella schiena dell'alieno, con tutto il corpo tremante dal bisogno, e poi le premette il pollice direttamente sul clitoride e lei venne, dimenandosi tra le sue braccia, con le ondate di piacere che raggiunsero le dita dei piedi.

Superati i postumi dell'orgasmo, Mia aprì gli occhi e lo guardò. La stava fissando con un tale desiderio sul volto che il respiro le si bloccò nella gola e lo stomaco si chiuse nuovamente dal desiderio. Aveva ancora le dita dentro di lei, e le tirò fuori lentamente, facendola rabbrividire dal piacere.

Portando la mano al viso, Korum leccò lentamente le dita, assaporandone il gusto. Mia lo fissò, ipnotizzata, incapace di distogliere lo sguardo, anche quando sentì il ginocchio dell'alieno aprirle le cosce e la durezza del suo cazzo premerle sulle vulnerabili pieghe.

Cominciò a penetrarla, guardandola ancora negli occhi, e Mia ansimò per la sensazione. Anche se avevano fatto sesso solo poche ore prima e l'aveva preparata con le dita, il suo corpo aveva ancora bisogno di un momento per accoglierlo, per distendersi intorno all'organo che la stava penetrando così inesorabilmente. C'era qualcosa di incredibilmente intimo nello stare con lui in quel modo, sentendo la sua pelle nuda contro i seni e l'asta dentro di lei, incrociando il suo sguardo. Sembrava che volesse possederle più del semplice corpo, pensò Mia vagamente, che volesse qualcosa di più del sesso.

Continuando a guardarla, cominciò a muovere i fianchi, prima lentamente e poi a un ritmo più veloce, con ogni colpo che si aggiungeva alla tensione che aveva iniziato a radunarsi nell'intimo. Arrendendosi alle sensazioni, Mia gemette e chiuse gli occhi, sentendo ogni spinta più in profondità all'interno del ventre. Lui abbassò la testa e lei sentì il calore del suo respiro sull'orecchio, mentre lo leccava leggermente, facendola rabbrividire un'altra volta. Poi aumentò nuovamente il ritmo, spingendo i fianchi contro di lei con una forza tale da affondarla nel materasso, permettendole a malapena di riprendere fiato tra una spinta e l'altra.

Irrigidendo il corpo, la ragazza gridò, raggiungendo un altro orgasmo, con i muscoli interni che lo strinsero forte. Man mano che le pulsazioni si placavano, poté sentire il cazzo di Korum gonfiarsi dentro di lei, e poi lui venne con un urlo roco, sbattendo contro di lei fin quando le contrazioni non si fermarono completamente.

Respirando a fatica, Mia rimase lì, con il corpo dell'alieno che sembrava troppo pesante sopra di lei.

Rendendosene conto, scese giù e la tirò a sé, abbracciandola da dietro. La sua mano le trovò il seno, e la tenne così, premuta contro il suo corpo. Man mano che il battito cardiaco rallentava, si sentiva languida, rilassata... e incredibilmente soddisfatta.

"Hai sonno?" sussurrò Korum nei suoi capelli, strofinandole leggermente il capezzolo con il pollice.

"No" sussurrò lei. Si sentiva come se ogni muscolo del corpo si fosse trasformato in poltiglia, ma non aveva sonno. Il lungo pisolino di prima le aveva fatto bene. "Che ore sono, a proposito?"

"Le undici di sera."

"Ho dormito tutto il giorno?" Ecco perché si sentiva così fresca, allora.

"Dovevi essere esausta" mormorò lui, alzando la mano per spostarle i capelli da una parte. I ricci probabilmente gli stavano facendo il solletico al viso, si rese conto Mia, divertita.

"Saret fa visite a domicilio così tardi?" gli chiese, ripensando alla sua nuova e sorprendente capacità. Un sorriso enorme le illuminò il volto, immaginando di dimostrare le sue doti alla famiglia e agli amici. Sarebbero stati così invidiosi...

"Non è così tardi per noi" spiegò Korum, girandola tra le braccia per costringerla a guardarlo. "Sai che non dormiamo quanto gli umani. Qualsiasi ora prima dell'una del mattino e dopo le cinque è considerata un normale orario di lavoro e di visite."

Mia sbatté le palpebre, con il sorriso che svanì. Aveva senso, certo, ma questo contribuiva a renderla un'estranea lì. Se avesse provato ad adeguarsi ai loro orari "normali," si sarebbe sentita sfinita, a causa del sonno insufficiente.

"Devi esserti annoiato a New York" disse a voce bassa. "Con me che dormivo tutto il tempo e pochi locali aperti a notte fonda."

Sorrise e scosse la testa. "No, niente affatto. Mi dedicavo al lavoro, quando dormivi così dolcemente nel mio letto."

"Che genere di lavoro? I progetti?" chiese Mia con curiosità. C'erano ancora tante cose che non sapeva di lui, di come trascorreva i giorni—e le notti—quando non stava con lei. Era stato affascinante osservare le sue interazioni con Saret oggi. Aveva potuto capire meglio com'era Korum al di fuori della loro relazione, ed era desiderosa di saperne di più.

"Sì, spesso lavoro sui progetti—è la mia passione, quello che amo davvero fare" rispose prontamente, guardandola con una calda luce negli occhi. "Devo anche gestire la mia azienda, che mi occupa gran parte del tempo. Ho alcuni progettisti di talento che lavorano per me, qui e su Krina, e c'è sempre qualcosa che richiede la mia attenzione—"

"Ci sono persone che lavorano per te su Krina?" chiese Mia, sorpresa. "Come comunichi con loro e come le supervisioni?"

"Abbiamo una comunicazione più veloce della luce" spiegò Korum. "Quindi, non è molto più difficile comunicare da qui con Krina che con, ad esempio, la Cina. Certo, non li vedo facilmente di persona, ma abbiamo quella che tu chiameresti 'realtà virtuale,' in cui teniamo incontri che simulano la realtà molto da vicino. L'hai sperimentata un po' con la mappa virtuale—"

Mia annuì, fissandolo attentamente. Sospettava che pochissimi umani sapessero ciò che le stava dicendo.

"Beh, la mappa è una versione elementare di quella tecnologia. Quella che utilizziamo per le riunioni interplanetarie è molto più avanzata."

"Anche quella è un tuo progetto? La realtà virtuale, voglio dire?" domandò Mia, chiedendosi fin dove fosse arrivata la sua tecnologia.

"Alcune delle ultime versioni, sì. La tecnologia di base esiste da molto tempo; precede di molto sia me che la mia azienda."

Lo stomaco di Mia improvvisamente borbottò. Arrossì, sentendosi imbarazzata, e lui sorrise in risposta, porgendole un fazzoletto per pulirsi.

"Certo, devi avere fame dopo aver dormito tutto il giorno. Perché non mangiamo e continuiamo la conversazione durante la cena?"

"Buona idea" disse Mia, rendendosi conto che stava morendo di fame.

Si alzò, tirandola giù dal letto. Prima che lei potesse chiederglielo, le porse un nuovissimo abito creato da lui in pochi secondi. Era un altro vestito, simile allo stile di quello che ora era disteso sul letto. Questo era giallo chiaro, e Mia lo indossò volentieri, adorando la sensazione del morbido tessuto sulla pelle. Korum mise i pantaloncini e la maglietta di prima, che in qualche modo erano sopravvissuti alla sessione di sesso.

"Pronta?" le chiese, e Mia annuì. Prendendole la mano, l'accompagnò in cucina.

COME IL SALONE e la camera da letto, la cucina era simile a quella del suo appartamento di TriBeCa. Un'ulteriore prova del tentativo di Korum di farla sentire a proprio agio lì, pensò Mia. Incamminandosi verso una delle sedie, si sedette e guardò Korum con entusiasmo. Era un cuoco straordinario—faceva parte della sua passione nel fare le cose—e persino le sue creazioni più basilari erano più deliziose di qualsiasi altra cosa a cui Mia potesse pensare.

"Che cosa vorresti?" le chiese, avvicinandosi al frigorifero.

Lei si strinse nelle spalle, non sapendo bene cosa rispondere. "Non lo so. Che cos'hai?"

Sorrise. "Più o meno tutto. Vuoi provare qualche cibo tipico di Krina o preferisci rimanere ancorata ai sapori familiari per il momento?"

L'umana strabuzzò gli occhi. "Hai qualche cibo proveniente da Krina?"

"Beh, non vengono importati da Krina—sono cresciuti proprio qui, a Lenkarda e negli altri Centri—ma abbiamo portato i semi dal nostro pianeta."

"Mi piacerebbe provarli" disse Mia, con aria seria. Era una mangiatrice avventurosa e amava provare nuove cose. Essendo di origine polacca, era cresciuta mangiando cibi che non facevano parte della dieta americana standard, e ora aveva una mentalità aperta, quando poteva provare cucine diverse.

Korum sorrise, sembrando soddisfatto del suo entusiasmo. Tirando fuori alcune cose dal frigorifero, sminuzzò rapidamente alcune piante e radici dall'aspetto strano e mise tutto in una pentola per cucinare.

"Come cucinate di solito?" gli chiese, osservando le sue azioni, affascinata. "Non posso immaginare che utilizziate tutti questi elettrodomestici normalmente..."

"Hai ragione, non lo facciamo. Infatti, di solito non cuciniamo" disse Korum, tirando fuori alcune piante a foglia rossa che somigliavano vagamente alla lattuga. "Ricordi quando ti ho detto che le nostre case sono intelligenti?"

Mia annuì.

"Beh, una delle loro funzioni è quella di fornirci sempre il cibo e di prepararlo come preferiamo."

Mia ansimò, non riuscendo a contenere l'emozione. "Davvero? La tua casa prepara del cibo per te ogni volta che vuoi?"

Sorrise, divertito dalla sua reazione. "Immagino che questo possa sembrarti interessante." Le abilità culinarie di Mia erano inesistenti—cosa di cui spesso si lamentava sua madre—ma adorava mangiare.

"Interessante? È straordinario!" Perché cucinare, quando la casa poteva preparare il cibo?

"Hai ragione" disse, facendo spallucce. "È comodo e sicuramente fa risparmiare molto tempo, ma a volte ho voglia di preparare qualcosa da solo, per vedere se posso migliorare le ricette che la casa ha nel proprio database."

"È così che hai imparato a cucinare così bene? Provando quelle ricette?"

Korum annuì, massaggiando le verdure a foglia rossa in modo da far uscire una sostanza arancione dalle foglie. "Più o meno. La cucina è un mio hobby abbastanza recente—ho cominciato ad appassionarmi ad essa solo dopo essere venuto sulla Terra. Ed è solo negli ultimi mesi che ho imparato a utilizzare gli apparecchi umani invece di programmare la casa per modificare le ricette che utilizza."

Mia fissò il suo amante, incredula. Aveva una casa intelligente che poteva preparare tutto il cibo che voleva, e perdeva tempo a imparare a utilizzare il forno? A tagliare le verdure utilizzando i coltelli invece di sfruttare la loro tecnologia? Era qualcosa che non avrebbe mai capito, pensò Mia. Non che le desse fastidio, naturalmente; era stato solo grazie a quello strano hobby che lei aveva potuto apprezzare tutti quei deliziosi piatti a New York.

Finì di spremere il liquido arancione dalle foglie rosse, lavò le mani e prese una lunga pianta gialla che sembrava una zucchina con la pelle lucida. Tagliandola rapidamente, la aggiunse all'insalatiera, dove le foglie rosse stavano nuotando nel liquido arancione, e poi spruzzò una polvere verdastra su tutto il piatto. Mettendo l'insalatiera in mezzo al tavolo, mise un paio di cucchiai dell'insalata variegata nel piatto di Mia e uno un po' più grande nel suo. L'utensile che stava utilizzando era inusuale, somigliante a una specie di pinza con un lato piatto e uno curvo.

"Assaggiala" esortò, in attesa.

Una versione più piccola dello stesso utensile comparve accanto alla scodella di Mia. Imitando le azioni precedenti dell'alieno, Mia afferrò alcune foglie con la pinza e masticò un boccone. Il sapore esplose sulla sua lingua, una perfetta combinazione di dolce, salato e un pizzico di piccante. "Oh mio Dio, è così buona. Che cos'è?" Riuscì a dire dopo aver inghiottito. Era quasi sopraffatta da tutte quelle sensazioni.

Lui sorrise. "È un piatto tradizionale del Rolert—la regione di Krina da cui proviene la mia famiglia. È molto facile da preparare, come hai visto, ma il trucco è quello di spremere lo *shari* per bene—cioè la pianta rossa—in modo che possa rilasciare tutti i sapori e i nutrienti."

Mia ascoltò la spiegazione mangiando il resto della porzione. Appena ebbe finito, allungò subito la mano per una seconda porzione. Lui sorrise e terminò l'insalata nel proprio piatto.

"Era squisita. Grazie" disse Mia, dopo aver finito di mangiare.

"Mi fa piacere che ti sia piaciuta" disse Korum, portando via i piatti. Invece di metterli nella lavastoviglie, li tenne semplicemente vicino a una parete. Apparve un'apertura, e li pose lì. E fu proprio così che i piatti sporchi scomparvero.

Notando lo sguardo sorpreso sul volto di Mia,

Korum spiegò: "Non mi piace lavarli, quindi *utilizzo* parte della nostra tecnologia per questo."

"Quindi, la lavastoviglie è solo decorativa?"

"Più o meno. Puoi usarla se vuoi, ma hai visto quello che ho appena fatto, no?"

Mia annuì.

"Puoi fare la stessa cosa, se sei qui da sola. Oppure puoi lasciare i piatti sul tavolo, e la casa se ne occuperà qualche minuto dopo." Tornando al tavolo, si sedette davanti a lei e sorrise. "Il piatto principale sarà pronto tra un paio di minuti."

"Non vedo l'ora di assaggiarlo" gli disse Mia, sorridendo in attesa.

Finora, la sua presenza a Lenkarda si stava rivelando una fantastica esperienza, e provò un'intensa ondata di felicità, fissando il bel viso di Korum. Era difficile credere che solo quella mattina pensava che sarebbe stata deportata su Krina, e ora era seduta nella casa dell'alieno in Costa Rica, conversando con lui in lingua Krinar e gustando il cibo che le aveva preparato.

Ripensando agli eventi precedenti, il suo sorriso lentamente svanì. Avrebbe potuto perderlo oggi, si rese conto ancora una volta. Se Korum aveva ragione sulle intenzioni dei Keith, allora sarebbe potuto rimanere ucciso, nel caso in cui la Resistenza avesse avuto successo. Il freddo si diffuse nelle sue vene a quel pensiero.

Non era successo, si disse, cercando di concentrarsi sul presente, ma la sua mente continuava a vagare. Anche se i ribelli avevano fallito, aveva partecipato all'attacco degli insediamenti K. E ora volevano che testimoniasse, ricordò con un brivido lungo la schiena, che si presentasse davanti al loro Consiglio e alle Nazioni Unite per parlare del proprio coinvolgimento. Korum sembrava credere di avere il potere per proteggerla dal Consiglio, ma lei non capiva come funzionasse una cosa del genere.

"Qual è il problema?" chiese Korum, apparentemente sorpreso dall'improvvisa espressione seria sul suo volto.

Mia fece un respiro profondo. "Possiamo parlare di quello che è successo questa mattina?" domandò con cautela. "E di quello che succederà adesso?"

L'espressione dell'extraterrestre si rabbuiò leggermente, con il sorriso che scomparve dal volto. "Perché?" chiese. "È finita. Voglio che voltiamo pagina, Mia."

Lo fissò. "Ma—"

"Ma cosa?" le chiese a bassa voce, con gli occhi socchiusi. "Vuoi davvero riparlare di come mi hai tradito? Di come mi hai fatto quasi uccidere? Sono disposto a chiudere un occhio, perché so che eri spaventata e confusa... ma non ti conviene continuare a menzionarlo, dolcezza."

Mia respirò profondamente, cercando di trattenere la rabbia. "Ho fatto solo quella che pensavo fosse la cosa migliore" disse. "E tu sapevi tutto—e mi hai *usata*. E a quanto pare anche il tuo Consiglio vuole usarmi, quindi scusami se non sono pronta a "voltare pagina"."

"Il Consiglio non ha alcuna voce in capitolo quando

si tratta di te, Mia" disse Korum, guardandola con un'espressione indecifrabile. "Non possono dirti cosa fare."

"E perché?" chiese Mia, con il cuore che cominciò a batterle più velocemente. "Perché sono la tua charl?"

"Esattamente."

Lo fissò, frustrata. "E che cosa significa? Che sono la tua charl?"

La guardò. "Significa che mi appartieni e che non hanno alcun potere su di te."

Prima che Mia potesse aggiungere altro, lui si alzò e si avvicinò alla pentola sul fornello. Sollevando il coperchio, girò lentamente il contenuto, e un insolito ma piacevole aroma riempì la cucina. "È quasi pronto" disse, tornando al tavolo.

La pausa di due secondi aiutò Mia a ritrovare la compostezza. "Korum" disse sottovoce. "Ho bisogno di capire. Tu, io—mi sento come se facessi parte di un gioco di cui non conosco le regole. Che cos'è esattamente un charl nella vostra società?"

Sospirò. "Te l'ho detto, è il termine che utilizziamo per definire gli esseri umani con cui abbiamo una relazione."

"Allora, perché il vostro Consiglio non ha alcun potere sui charl? È come il vostro governo, no?"

"Sì, esattamente" disse Korum, rispondendo alla seconda parte della domanda. "Il Consiglio è il nostro organo governativo."

"E tu ne fai parte?" Mia si ricordò che John le aveva detto qualcosa del genere una volta.

"Quando decido di esserlo. Non sono un grande fan della politica, ma a volte è inevitabile."

"Come puoi scegliere una cosa simile?" chiese Mia, fissandolo con stupore. "Siete eletti ufficialmente o funziona diversamente su Krina?"

"È molto diverso per noi." Korum si alzò e si avvicinò di nuovo ai fornelli. "Non abbiamo una democrazia come la vostra. I membri del Consiglio ne fanno parte in base alla posizione generale nella società."

Mia sollevò le sopracciglia. "Che cosa vuoi dire? Si deve nascere nell'alta società o qualcosa del genere?"

Scosse la testa. "No, non nascere. La posizione si guadagna col tempo. È determinata soprattutto dai nostri traguardi e da quanto contribuiamo allo sviluppo della società. Il nostro governo è una specie di oligarchia—ma si basa sulla meritocrazia."

Quella spiegazione era affascinante, anche se un po' intimidatoria. Korum doveva aver contribuito alla società K per un bel po' di tempo, vista la sua influenza.

"Quindi, quanti di voi fanno parte del Consiglio?" chiese Mia, guardandolo servire un mestolo di qualcosa simile allo stufato nelle scodelle. Non sembrava esotico quanto l'insalata shari, anche se poteva vedere qualcosa color porpora tra le verdure color marrone-rossastro.

"Al momento ci sono quindici membri nel Consiglio. Il numero varia col tempo—ce ne possono essere ventitré così come sette. Circa un terzo di noi è qui sulla Terra, e gli altri sono ancora su Krina."

Portando le scodelle al tavolo, si sedette e ne allungò una verso di lei. "Assaggia" le disse: "Sono curioso di sapere se ti piace anche questo."

Sospendendo momentaneamente le domande, Mia provò un cucchiaio di stufato. Con sua sorpresa, aveva un sapore ricco e gustoso, come se contenesse della carne. "È tutto a base di piante?" gli chiese, e Korum annuì, osservandone la reazione con un sorriso. La sua espressione era di nuovo calda.

Mia provò un altro boccone. La consistenza era morbida e un po' molliccia, quasi come se stesse mangiando patate, ma il sapore era completamente diverso. Le ricordava un po' il cibo giapponese con un lieve retrogusto di alghe, ma molto più accentuato. Dopo il secondo boccone, si sentì improvvisamente vorace, desiderosa di assaporare ancora quel gusto ricco, e trangugiò in fretta il resto del cibo nel piatto. "È davvero buono" mormorò tra un boccone e l'altro, e Korum annuì, terminando la sua porzione.

Dopo aver finito, ripeté il procedimento con i piatti, portandoli verso la parete, e lasciò che la casa si prendesse cura del loro lavaggio. Mia lo osservò attentamente, prendendo nota di tutte le sue azioni. Non sembrava difficile, con quella tecnologia ancora più intuitiva di alcuni degli iPad più recenti, e sperava che avrebbe ricordato come farlo, se avesse avuto bisogno di lavare i piatti.

"Grazie—era delizioso" disse, quando Korum ebbe finito.

"Prego" le rispose con fare indifferente, sedendosi al

tavolo. Lo sguardo sul suo viso era divertito e leggermente derisorio, come se sapesse esattamente che cosa avrebbe aggiunto la ragazza.

Il carattere di Mia cominciò a riaffiorare, e decise di non deluderlo. "Allora, perché i charl non fanno parte della giurisdizione del Consiglio?" chiese ostinatamente.

"Perché è sempre stato così, Mia" rispose piano. "Perché gli umani sono accettati dalla società Krinar solo in quei termini—come appartenenti a uno di noi. Le uniche eccezioni sono quelli come Dana, che hanno scelto di lasciare la loro vita precedente per diventare donatori di piacere su Krina. Quindi, vedi, dolcezza, il Consiglio non può rivolgersi direttamente a te. Deve passare attraverso me perché, in base alla legge Krinar, tu sei mia."

Mia sospirò, sentendosi come se l'aria nella stanza non fosse sufficiente. "E così, avevo ragione" disse sottovoce. "La Resistenza non mi aveva mentito—tu invece sì."

Si chinò verso di lei, con gli occhi che assunsero una sfumatura dorata più profonda. "Ti hanno mentito. Un charl non è uno schiavo del piacere o qualunque altra cosa ti abbiano raccontato. È molto raro per noi avere un charl, e quando succede si tratta di relazioni sincere e autentiche."

"Come può esistere una relazione sincera e autentica, se le due persone non sono considerate alla pari nella vostra società?" chiese amaramente.

Rise, sembrando davvero divertito. "Quelle

relazioni esistono da tempo, Mia. Basta guardare la vostra società umana. Mi stai dicendo che non volete bene ai vostri figli, agli adolescenti o agli animali domestici? Senza contare che le vostre cosiddette nazioni sviluppate hanno accettato solo di recente l'idea dei diritti delle donne, mentre molti Paesi della Terra ancora non l'hanno fatto—"

"È questo che sono per te? Un animale domestico?" Le venne il voltastomaco in attesa della risposta.

Scosse la testa, guardandola intensamente. "No, Mia, non sei un animale domestico. Sei una ragazza umana di ventun anni che deve ancora crescere un po'. Vorrei poterti lasciar perdere, così potresti conoscere qualcuno come quel bel ragazzo del locale—"

Stava parlando di Peter, realizzò Mia, sorpresa.

"—ma non posso."

Alzandosi, si avvicinò al tavolo e si sedette su una sedia accanto a lei. Sollevando la mano, le accarezzò dolcemente la guancia, mentre Mia lo fissava, incapace di distogliere lo sguardo dal calore dorato nei suoi occhi. "Mi hai conquistato" disse piano. "E ora ti voglio, in un modo che non avrei mai creduto possibile. So che hai ancora molto da imparare su di me, sulla tua nuova casa qui, e farò del mio meglio per facilitarti le cose, per aiutarti nell'adattamento. Ma devi smettere di preoccuparti troppo e di combattermi ogni volta. Può andare benissimo tra noi, Mia... soprattutto se mi darai una possibilità."

CAPITOLO QUATTRO

Quella notte—la sua prima notte a Lenkarda—Mia fece sogni strani e inquietanti. Stava di nuovo volando per andare da qualche parte, solo che questa volta Korum la teneva sul grembo per tutta la durata del viaggio. Il suo corpo era insolitamente pesante e languido, e non poteva muoversi —poteva solo stare tra le braccia dell'alieno, mentre la portava da qualche parte dopo essere atterrati. Nel sogno, la conduceva in uno strano edificio bianco dove tutto sembrava fluttuare e le pareti si dissolvevano di tanto in tanto. Improvvisamente, si ritrovò su uno di quegli oggetti fluttuanti, che sembrava incredibilmente comodo, come se fosse stato pensato per il suo corpo e per nessun altro. C'era una luce tenue che illuminava tutto, e una bella donna le parlava dolcemente, toccandole dolcemente il viso con mani eleganti. Mia sognò di parlare con quella donna, di dirle quanto fosse bella, e la donna rideva, dicendo a Korum che la sua charl era affascinante.

E poi ci furono solo le tenebre, e Mia dormì profondamente per il resto della notte, con il sogno che svanì dalla sua memoria.

Non appena si svegliò la mattina seguente, la sua mente cominciò immediatamente a rivivere la conversazione di ieri e gemette, seppellendo il viso nel cuscino. Subito dopo, il letto cominciò a massaggiarla per rilassarle i muscoli improvvisamente tesi.

Sospirando dal piacere, Mia glielo lasciò fare mentre rimase lì, cercando di dare un senso a Korum e alla loro relazione.

Dopo la conversazione della scorsa notte, l'aveva portata in camera da letto, mostrandole per alcune ore quanto potessero andare bene le cose tra loro. Il sesso le palpitava ancora, ripensando a tutto quello che le aveva fatto, ai tanti modi in cui l'aveva fatta gridare dall'estasi sconvolgente.

Non aveva ancora capito che cosa volesse Korum da lei. Pensava davvero che lei avrebbe accettato tutto senza problemi? In base a quello che aveva scoperto finora, essere un charl nella società Krinar non era molto diverso dall'essere uno schiavo. Secondo la loro legge, lei era una proprietà di Korum—qualcosa che gli apparteneva. Come avrebbe potuto nascere una relazione autentica e sincera? Lui deteneva tutto il potere; poteva farle tutto quello che voleva e nessuno avrebbe interferito.

E anche se fosse stata disposta ad accettare quel tipo

di dinamica, c'erano tanti altri problemi da superare. Come le aveva detto, era una ragazza umana di ventun anni—immatura e inesperta— rispetto a un K che aveva vissuto duemila anni. Come poteva considerarla qualcosa di più di una persona ingenua e ignorante? Non solo la sua specie godeva di una scienza e di una tecnologia molto più avanzate, ma Korum stesso doveva aver raccolto una grande conoscenza nei secoli della sua esistenza. Come poteva un essere umano stargli vicino con una durata della vita di ottanta o novant'anni? Naturalmente non l'avrebbe più voluta una volta invecchiata; per quanto fosse forte la sua attrazione in quel momento, avrebbe sicuramente perso l'interesse per lei non appena fossero apparse le prime rughe e i capelli grigi—se non molto prima.

Chiudendo gli occhi per quel doloroso pensiero, Mia cercò di pensare a qualcos'altro, di distrarsi da quelle deprimenti riflessioni.

La cosa positiva era che fisicamente si sentiva benissimo. Nonostante i sogni che ricordava vagamente, doveva aver dormito benissimo, perché era piena di energie e il suo corpo era assolutamente privo dei dolori che di solito accompagnavano le lunghe sessioni di sesso. Korum doveva aver di nuovo usato qualche dispositivo di guarigione su di lei, pensò.

Era difficile credere che fosse solo sabato. Solo una settimana fa stava scrivendo freneticamente i suoi saggi. Ora sembrava una vita fa, con tutto quello che era successo negli ultimi giorni.

Lunedì avrebbe dovuto iniziare il tirocinio a

Orlando, lavorando come consulente in un campo per bambini e ragazzi in difficoltà, e invece... Beh, Mia non aveva idea di cosa sarebbe successo—o di cosa il futuro avesse in serbo per lei, in generale. La sua vita aveva preso una piega talmente inattesa che qualsiasi tipo di pianificazione sembrava impossibile.

Avrebbe anche dovuto fare le valigie e lasciare la camera lunedì, ricordò improvvisamente con una sensazione di malessere nello stomaco. Aveva deciso di subaffittare la stanza per l'estate diversi mesi prima, e la subaffittuaria—una bella ragazza di nome Rita—avrebbe dovuto trasferirsi all'inizio della settimana seguente. Tuttavia, data l'improvvisa partenza di Mia da New York, tutta la sua roba era ancora lì.

Saltando giù dal letto, corse verso il piccolo tavolo dove aveva poggiato lo zaino. L'aveva portato con sé da New York, e conteneva qualcosa di estremamente prezioso: il cellulare. Doveva chiamare Jessie al più presto possibile. La sua compagna di stanza probabilmente era già preoccupata, non sentendola da ieri, e sarebbe rimasta assolutamente scioccata, se tutte le cose di Mia fossero rimaste ancora nella sua stanza, quando Rita si fosse trasferita. Jessie non avrebbe mai creduto che Mia fosse così irresponsabile da dimenticarsi del subaffitto.

Tirando fuori il cellulare, Mia trattenne il fiato, pregando che ci fosse una buona ricezione. Ma, naturalmente, le sue speranze furono vane—c'erano zero barre. Non solo era in un Paese straniero, si rese conto, ma la schermatura tecnologica dei K probabilmente bloccava tutti i segnali della torre telefonica.

Sospirando, indossò una vestaglia e lavò i denti prima di andare a cercare Korum. Se non avesse contattato Jessie nel fine settimana, la compagna di stanza avrebbe facilmente fatto venire la polizia nell'appartamento a TriBeCa di Korum entro lunedì.

Entrando nel salone, Mia vide Korum seduto sul divano con gli occhi chiusi. Sorpresa, si fermò e lo fissò. Stava dormendo? Per paura di disturbarlo, si limitò a stare lì, sfruttando quella rara opportunità di studiare l'amante alieno in un momento di vulnerabilità.

Con gli occhi chiusi, la perfezione bronzea del suo volto era ancora più evidente. Gli zigomi alti si mescolavano sinergicamente al naso solido e alla mascella risoluta, formando un viso tanto mascolino quanto bello. Aveva le sopracciglia scure e folte, proprio sopra gli occhi, e le ciglia sembravano incredibilmente lunghe, simili a ventagli scuri sulle guance. I capelli gli erano cresciuti nel corso del mese in cui lo aveva conosciuto—probabilmente era stato troppo impegnato a dare la caccia ai Keith per tagliarli, pensò Mia ironicamente—e stavano cominciando a sfiorargli il collo.

Come se percepisse il suo sguardo su di lui, aprì gli occhi e sorrise, quando la vide lì. "Vieni qui" mormorò, accarezzando il divano accanto a lui. "Come ti senti?"

Mia arrossì leggermente. "Sto bene" gli disse.

Continuava a guardarla con un'espressione

misteriosa sul viso, quasi come se la stesse studiando. Sentendosi un po' insicura dopo la conversazione di ieri, si avvicinò con cautela. Anche se aveva trascorso la maggior parte della scorsa notte avvolta nel piacere delle sue braccia, c'erano ancora molte questioni irrisolte tra loro. Fermandosi a qualche metro di distanza, chiese: "Stavi dormendo? Mi dispiace averti interrotto, se..."

"Dormire? No." Sembrava sorpreso dalla sua supposizione. "Mi stavo solo occupando di qualche affare."

"Virtualmente?" chiese Mia, e Korum annuì, accarezzando di nuovo il divano.

Mia si avvicinò, e lui allungò la mano, tirandola sul grembo. Seppellendo la mano nella massa scura dei suoi riccioli, le piegò la testa verso di lui e la baciò, con la bocca calda ed esigente, strofinandole la lingua con la sua, finché Mia non dimenticò tutto tranne le incredibili sensazioni che le stava provocando. Riuscendo a malapena a respirare, gemette, sciogliendosi impotentemente contro di lui, con l'intimo pieno di liquido caldo, nonostante il fatto che avrebbe dovuto essere esausta dopo gli eccessi della notte scorsa.

Apparentemente soddisfatto della sua reazione, Korum alzò la testa e la guardò con un sorrisetto, liberandole i capelli e continuando a tenerla in braccio. "Vedi, Mia" disse piano. "Non mi importa niente delle etichette relative alla nostra relazione. Non cambiano niente tra noi."

Mia si leccò le labbra. Erano morbide e gonfie dopo il bacio. "No, hai ragione. Non cambiano niente" concordò. Saperne di più sul suo ruolo nella società dei K non riduceva affatto l'attrazione che provava per lui. Al suo corpo non importava che, essendo una charl, non aveva alcun diritto di decidere della propria vita.

Korum sorrise e si alzò, mettendola in piedi. "Dovrò partire tra circa mezz'ora per il processo. Vuoi vederlo da qui?"

Mia sgranò gli occhi. "Come in TV?"

"Attraverso la realtà virtuale" le disse. "Non ti voglio lì di persona, non vorrei che il Consiglio cercasse di metterti pressione per testimoniare."

"E se lo facessi? Testimoniare, voglio dire?" Mia era improvvisamente curiosa di sapere come mai Korum fosse così determinato a proteggerla. Non moriva dalla voglia di presentarsi davanti al Consiglio dei Krinar, ma sembrava eccessivamente preoccupato.

"I traditori avranno un Protettore" spiegò Korum. "È un po' come il vostro avvocato, ma diverso. Il Protettore è una persona che crede davvero nell'innocenza dell'accusato—potrebbe essere un loro familiare o un amico. Quando si agisce come Protettore, si mette tutto in discussione—la reputazione, la posizione nella società. Se non si riesce a dimostrare l'innocenza di coloro che si proteggono, si perde quasi quanto loro."

"E gli accusati hanno sempre questo Protettore?" domandò Mia, cercando di capire come funzionasse quel sistema così strano.

Korum scosse la testa. "No. Ma questi traditori ce l'hanno, purtroppo. Uno di loro, Rafor, è il figlio di Loris—uno dei membri più anziani del Consiglio—e Loris ha deciso di essere il suo Protettore. È uno degli individui più spietati che conosca, e non si fermerebbe davanti a nulla pur di proteggere il figlio. Tra l'altro, mi odia. Se ti lasciassi andare lì come testimone, farebbe tutto il possibile per far apparire la tua testimonianza come quella di un'umana isterica e irrazionale che ho manipolato per fini personali. Ti umilierebbe pubblicamente, facendoti a pezzi davanti a tutti, e non lo permetterò."

Mia deglutì, cominciando a capire. "Non ci sono regole in merito ai tipi di domande che possono essere fatte ai testimoni?"

"No" rispose Korum. "Visti i rischi che si corrono, tutto è lecito. L'unica cosa vietata al Protettore è il danno fisico. Ma niente può impedirgli di distruggerti verbalmente—e, credimi, Loris è davvero bravo in questo."

"Capisco" disse Mia lentamente, con lo stomaco sottosopra al pensiero di presentarsi davanti a un membro spietato del Consiglio dei Krinar, determinato a proteggere il figlio.

"Ma non preoccuparti" la rassicurò Korum. "Non succederà. Nel migliore dei casi, otterranno una testimonianza registrata da parte tua—e questo solo se Arus supplicherà per averla.

"Chi è Arus?" Mia ricordò quel nome menzionato in precedenza, durante la visita di Saret.

"È un altro membro del Consiglio e, tra l'altro, è il nostro ambasciatore presso i leader umani."

"Non ti piace nemmeno lui?" domandò Mia.

Korum piegò le labbra per un sorriso cupo, privo di umorismo. "Diciamo che abbiamo avuto divergenze politiche." Lo sguardo nei suoi occhi era freddo e distante, e Mia tremò leggermente, lieta che non fosse diretto a lei.

"Capisco" ripeté. Non era del tutto vero, ma credeva che non sarebbe stato saggio continuare con quell'argomento. Facendo un respiro profondo, ricordò il motivo iniziale per cui aveva voluto parlare con lui. "Uhm, Korum, volevo chiederti una cosa..."

La sua espressione si addolcì leggermente. "Certo, di cosa si tratta?"

Mia lo guardò con un'espressione implorante. "Devo telefonare a Jessie. Il mio cellulare non sembra avere una buona ricezione qui..."

Sollevò le sopracciglia. "Vuoi telefonare alla tua coinquilina? Perché?"

"Perché si preoccuperà, se continuerà a non sentirmi per altri giorni" spiegò Mia. "E perché devo chiederle un grande favore. Tutta la roba è ancora nella mia stanza, e la ragazza che la subaffitterà si trasferirà lunedì. Avrei dovuto fare le valigie e andarmene ieri, ma..."

"Ma sei finita qui" disse Korum, capendo subito. "Va bene, puoi chiamare Jessie e dirle dove sei. Forse può fare le valigie per te. Se lo farà, dirò al mio autista di andarle a prendere e di portarle nel mio appartamento di New York."

"Sarebbe fantastico, grazie" disse Mia, sorridendo dal sollievo. "E se potessi parlare un momento con i miei genitori, sarebbe davvero straordinario."

Le sorrise. "Certo. Ma a *loro* è meglio non dire dove sei."

"No, certo che no" concordò Mia. Cercò di immaginare la reazione dei suoi genitori alla notizia che si trovava in un insediamento alieno in Costa Rica, e non era un quadro piacevole. Continuando a riflettere, chiese: "E quando partirò per la Florida? Che cosa dirò?"

Korum si strinse nelle spalle. "La verità, credo. Sarò con te, quindi possono chiedermi quello che vogliamo per essere rassicurati sulla tua sicurezza."

Mia rimase a bocca aperta. "Vuoi conoscere i miei genitori?"

"Certo, perché no?"

"Uhm..." Mia poteva pensare a una dozzina di ragioni per cui sarebbe stato meglio di no. Si soffermò sulla prima. "Beh, non so come reagirebbero, sai, tu sei..."

Sembrava divertito. "Un Krinar? Dovranno abituarsi all'idea, se vogliono continuare a vederti."

Mia lo fissò. "Che cosa vuoi dire con 'se vogliono continuare a vederti'?"

"Voglio dire, Mia" disse piano. "Che stai con me, e la tua famiglia dovrà farsene una ragione." Notando lo sguardo ansioso sul suo viso, aggiunse: "E non preoccuparti, sarò paziente con loro. So che ti vogliono bene, e farò del mio meglio per tranquillizzarli."

~

POCHI MINUTI DOPO, con Mia ancora in stato di shock al pensiero che i genitori avrebbero conosciuto il suo amante alieno, Korum le diede un sottile braccialetto argentato, che somigliava ad un orologio da polso.

"È un oggetto che ho appena creato per te" spiegò, sistemandolo attorno al suo polso sinistro. "Sarà il tuo dispositivo informatico personale, mentre sarai qui a Lenkarda. È in grado di connettersi ai cellulari e ai computer umani, e potrai utilizzarlo per chiamare o chattare con la tua famiglia. L'ho programmato con tutti i tuoi contatti—"

Sorpresa, Mia studiò il grazioso oggetto sul braccio. Somigliava molto a un gioiello elegante, e ricordava vagamente di aver visto alcuni K in TV che indossavano qualcosa di simile. "Come funziona?" chiese, non vedendo alcun pulsante.

"Risponderà ai tuoi comandi vocali—per il momento, questo sarà il modo più semplice per permetterti di gestire la nostra tecnologia."

"Quindi, mi capirà se darò le istruzioni parlando in modo normale?"

Korum annuì. "Ti capirà perfettamente in qualsiasi lingua, perché l'ho progettato specificamente per te."

Mia sbatté le palpebre. Non ne era sicura, ma sospettava che Korum fosse uno dei pochissimi K ad essere in grado di fare qualcosa di simile—di creare uno straordinario oggetto tecnologico che potesse essere utilizzato solo dalla sua charl. "Grazie" disse con gratitudine. "Ora chiamerò Jessie."

Cercando un po' di privacy, Mia entrò nella camera. Sedendosi sul letto, avvicinò il polso sinistro alla bocca e parlò nel braccialetto. "Chiama Jessie, per favore." Due secondi dopo, sentì dei suoni simili a quelli della composizione di un numero, che indicavano la riuscita del collegamento.

"Pronto?" Era la voce di Jessie, e si diffondeva dal piccolo dispositivo sul polso di Mia. A differenza degli altoparlanti dei telefoni che Mia conosceva, poteva sentire Jessie con una precisione cristallina, come se fosse in camera con lei.

Sperando che Jessie potesse sentirla altrettanto bene, Mia disse: "Ehi Jessie, come va? Sono Mia."

"Mia? Da dove stai chiamando?" Jessie sembrava sorpresa. "Mi appare un numero sconosciuto."

"Uhm, sì, in realtà... non sono in città al momento—"

"Che cosa? Dove sei?"

"Uhm... in Costa Rica."

"CHE COSA?" Il grido di Jessie era assordante.

Mia si strofinò le orecchie. "Sì, si è trattato di un viaggio inaspettato, ma va tutto bene. Sto con Korum e—"

"Oh mio Dio, che cazzo ci fai in Costa Rica? Quel bastardo ti ha costretta ad andarci? Perché se è così—"

"No, Jessie, va tutto bene! Ascolta, volevo solo

chiamarti e farti sapere dov'ero—"

"Mia, che cosa stai facendo in Costa Rica?" Jessie sembrava un po' più calma, anche se Mia continuava a sentire il sottofondo di panico nella voce della coinquilina. "E dove, esattamente, in Costa Rica?"

Mia si fermò un attimo, cercando di pensare a come poter spiegare tutto al meglio. "Beh, in questo momento sono a Lenkarda—il Centro K della Costa Rica—"

"Oh mio Dio, Mia, ti ha portata lì? Ha scoperto tutto?" C'era puro terrore nella voce di Jessie. "Sa di... quello che hai fatto?"

Mia sospirò. "Sì. In realtà ha sempre saputo tutto. Non preoccuparti—va tutto bene ora..."

"Che cosa vuol dire che ha sempre saputo tutto?"

"Ascolta, Jessie, non voglio raccontarti tutta la storia ora, ma credimi se ti dico che non sono assolutamente in pericolo, ok?" Mia parlava in fretta, sapendo che probabilmente aveva solo pochi minuti a disposizione, prima che Jessie facesse qualcosa di drastico—come ricontattare la Resistenza. "Abbiamo parlato di tutto, e c'è stato un malinteso da parte mia—e ora va tutto bene. Passerò l'estate qui. Andremo in Florida tra un paio di settimane per far visita ai miei genitori, e poi tornerò a New York per il prossimo anno scolastico. Non preoccuparti, ti prometto..."

Cadde il silenzio per qualche secondo, poi Jessie disse sottovoce: "Mia, non capisco. Mi stai dicendo che l'alieno che ti spiava ti ha portata in un Centro K, e ti aspetti che creda che vada tutto bene?"

Mia fece un respiro profondo. "*Va* tutto bene. Davvero. Ho commesso un errore a lasciarmi coinvolgere dalla Resistenza. Korum mi ha spiegato tutto, e a quanto pare non avevo capito la situazione—"

"E adesso l'hai capita? Come puoi credere a quello che dice?"

"Ascolta, devo fidarmi di lui, Jessie. Non ha motivo di mentirmi ora." Almeno, Mia lo sperava.

"E ti permette di chiamarmi?"

La ragazza sorrise. "Sì, certo; quindi, vedi... non è come pensi." Poteva quasi sentire gli ingranaggi muoversi nella testa di Jessie.

"Quindi, mi stai dicendo che sei in un Centro K e che stai bene? Che tornerai a scuola e tutto il resto?"

"Assolutamente" disse Mia, sollevata dal fatto che Jessie stesse cominciando a crederle. "È solo successo che invece di andare in Florida per l'estate, sono andata in Costa Rica, ecco tutto."

"E il tuo tirocinio a Orlando?"

"Non lo so ancora" ammise Mia con riluttanza. "Dovrò chiamarli e spiegare che non posso più farlo."

"Quindi, niente tirocini estivi prima del tuo ultimo anno? Questa è una pessima mossa per la carriera, Mia..."

"Sì, lo so" disse Mia, non avendo bisogno che la coinquilina glielo ricordasse. "Forse riuscirò a trovare qualcosa durante l'anno scolastico tramite il centro per l'impiego... vedrò. Ma presto andrò in Florida per qualche giorno, quindi starò bene."

"Andrai con lui?"

"Sì." Mia sorrise, immaginando la reazione della compagna di stanza per quello che le stava per dire. "Vuole conoscere i miei genitori."

"CHE COSA? Stai scherzando?"

Mia rise. "È strano, vero?"

"Vuole sposarti?" Jessie sembrava incredula quanto l'amica.

"No, certo che no" disse Mia, sconvolta a quel pensiero. "Penso che voglia solo essere gentile. Forse. Non so se conoscere i genitori sia importante nella cultura dei K o meno. Inoltre, è molto più grande dei miei genitori, quindi non sarà intimidito da loro..."

"Wow, Mia" disse lentamente Jessie. "Non so nemmeno cosa dirti—"

"Non devi dire niente, Jessie. So che tutto questo è assurdo, ma sto davvero bene. Ascolta, in realtà volevo chiederti un enorme favore..."

"Fammi indovinare" disse Jessie. "Rita sarà qui lunedì, e tutti i tuoi meravigliosi vestiti nuovi sono ovunque."

"Sì, esatto." Mia cercò di sembrare implorante. "Jessie, se facessi questo per me, te ne sarei davvero grata..."

Sentì Jessie sospirare. "Certo. Lo farò per te. Ma dove dovrei mettere tutto? Nel deposito?"

"No, l'autista di Korum a New York può passare a prenderlo e portarlo da lui."

"Oh... capisco" disse Jessie, stranamente esitante. "Vuol dire che ti stai trasferendo ufficialmente da lui?"

"No, certo che no! È solo per l'estate, al posto del deposito, lo sai."

"Non lo so, Mia." Jessie sembrava di nuovo arrabbiata. "Chissà perché, ho la sensazione che non tornerai a vivere qui..."

"Jessie..." Mia non sapeva proprio cosa dire. Non poteva promettere niente, perché molte questioni erano ancora irrisolte. Korum avrebbe voluto vivere con lei a TriBeCa, una volta tornati a New York? E sarebbe stato un male, se l'avesse fatto? Lo conosceva solo da un mese, ed era difficile per lei immaginare come sarebbe stata la loro relazione tra altri due mesi.

"Va bene, non devi dire niente" disse Jessie, sembrando falsamente allegra. "Non possiamo essere compagne di stanza per sempre, lo sai. Doveva succedere. Certo, è successo in circostanze piuttosto strane, ma sono certa che il suo attico sia molto più bello del nostro edificio infestato dagli scarafaggi."

"Jessie, ti prego... È troppo presto per parlarne—"

"Non lo so" ribatté Jessie, con una nota di fastidio nella voce. "A quanto pare, state andando abbastanza in fretta—conoscendo già i genitori e tutto il resto..."

Mia rise, scuotendo la testa dalla disapprovazione, anche se la coinquilina non poteva vederla. "Oh, per favore, non essere sciocca."

Chiacchierarono un altro po', con Jessie che chiese a Mia di parlarle dell'esperienza a Lenkarda. Le parlò volentieri del cibo e si vantò della tecnologia intelligente che aveva incontrato, descrivendo il letto nel dettaglio. Come si aspettava, Jessie concordava sul fatto che ci fossero alcuni vantaggi nell'avere una relazione con un K. Era anche scioccata dalle nuove capacità linguistiche di Mia.

"Mi capisci davvero?" chiese Jessie in cinese, una lingua che aveva appreso dai genitori immigrati.

"Sì, Jessie, ti capisco perfettamente. Non è straordinario?" rispose Mia nella stessa lingua, e si strofinò le orecchie, quando Jessie gridò per l'emozione.

Alla fine, promettendo che l'avrebbe richiamata tra qualche giorno, Mia disse al piccolo dispositivo di riagganciare e scollegarsi.

I suoi genitori erano i prossimi sulla lista.

Sua madre fu felice di sentirla, anche se sembrava preoccupata che la figlia non la stesse chiamando dal solito telefono.

"Non preoccuparti, mamma" spiegò Mia. "Il mio cellulare funziona male, e sto utilizzando temporaneamente questo telefono, anche se non ho ancora capito tutte le impostazioni." In parte era vero. Il suo cellulare funzionava davvero male nel Centro K, e non aveva ancora esplorato tutto il potenziale del dispositivo di Korum.

"Va bene, tesoro" disse sua madre. "Basta che non dimentichi di telefonarci o mandarci qualche messaggio."

"Non lo farò" promise Mia. "Nei prossimi giorni sarò occupata con il progetto di volontariato, ma vi chiamerò mercoledì."

"Come sta andando, a proposito?" chiese sua madre,

sembrando un po' irritata. Mia aveva detto ai genitori che sarebbe rimasta a New York altre due settimane per aiutare il suo professore con un programma speciale per i ragazzi svantaggiati. Naturalmente, la donna non era contenta di dover aspettare per rivedere la figlia più piccola.

"È fantastico" mentì Mia. "Sto imparando molto, e sarà perfetto per il mio curriculum." Fece una smorfia mentalmente al pensiero di dover mentire ai suoi genitori in quel modo, ma non poteva rivelare la verità, non ancora. Korum aveva ragione: sarebbe stato meglio se avessero saputo di lui di persona e avessero avuto la possibilità di parlargli per attenuare le loro preoccupazioni. Se Mia avesse detto loro dov'era in quel momento, i suoi genitori sarebbero impazziti.

Cercando di cambiare argomento, domandò: "Come sta papà? Ha avuto il mal di testa ultimamente?"

"Sì, qualche giorno fa" disse sua madre, sospirando. "Non è stato uno dei peggiori, per fortuna."

"Di' a papà di non stressarsi e di non passare troppo tempo davanti al computer. E di passeggiare regolarmente, ok?"

"Certo, tesoro, ci stiamo provando."

"Statemi bene!"

Sua madre le disse di non preoccuparsi, chiacchierarono ancora un po', e poi Mia la salutò e andò a trovare Korum, prima che lui partisse per il processo.

Le aveva offerto la possibilità di seguire gli avvenimenti, e Mia intendeva accettare quell'offerta.

CAPITOLO CINQUE

Mia entrò nell'alta cupola bianca senza esitazione, con un pezzo della parete che si dissolse per consentirle il passaggio. Korum le aveva assicurato che nessuno avrebbe potuto vederla o sentirla in quella particolare versione del suo mondo virtuale, e che avrebbe potuto vivere tutta l'esperienza della partecipazione a un processo senza stress, né incontri spiacevoli con il Protettore. C'erano anche versioni interattive della realtà virtuale, le aveva spiegato, ma non erano appropriate per quella situazione. Lui stesso avrebbe partecipato personalmente; era una sua responsabilità in quanto membro del Consiglio e uno dei principali accusatori in quel caso.

Entrando nella cupola, Mia sussultò dallo stupore. Il luogo era pieno di Krinar, sia maschi che femmine, tutti vestiti con gli abiti chiari che la loro razza sembrava preferire. Era uno spettacolo incredibile, con migliaia di alieni alti, bellissimi e abbronzati che occupavano il gigantesco edificio dal pavimento al soffitto. Gli spettatori—almeno Mia supponeva che fossero tali—erano letteralmente disposti l'uno sull'altro, ciascuno seduto su uno dei sedili fluttuanti, fondamentali lì a Lenkarda. I sedili erano disposti a cerchio attorno al centro della cupola, con i cerchi che fluttuavano l'uno sull'altro. Era una disposizione ordinata, pensò Mia, come una specie di arena, ma con sedili fluttuanti.

Al centro, c'erano circa una dozzina di posti simili a podi, con circa un terzo di essi occupato dai Krinar. Il resto era vuoto.

Avvicinandosi attentamente verso il centro, Mia cercò di evitare di imbattersi in qualcuno, ma era inevitabile. Il luogo era assolutamente gremito. I partecipanti non potevano *sentirla*, ma Mia poteva sicuramente sentire *loro*, quando riceveva una gomitata da qualcuno o le calpestavano il piede. Non aveva idea di come funzionasse quella realtà virtuale, ma era fastidioso e piuttosto doloroso essere la ragazza invisibile in mezzo alla folla. Alla fine, riuscì ad arrivare al centro, dove un'ampia area circolare era completamente vuota.

Rimanendo al sicuro in quella zona, si guardò intorno, sbalordita.

Dall'interno, le pareti della cupola erano trasparenti, e la brillante luce solare filtrava da tutte le direzioni, riflettendo il colore bianco dei sedili e gli abiti chiari dei Krinar. A differenza degli indumenti semplici e svolazzanti che aveva visto loro indossare, i vestiti oggi sembravano meno casual, con linee più strutturate e forme adatte sia ai maschi che alle femmine. La maggior parte dei K sembrava avere capelli e occhi scuri, anche se qua e là poteva vederne alcuni con i capelli leggermente più chiari, sul castano. Korum era di altezza media, comprese Mia, osservando gli alieni alti intorno a lei. Uno come lei—alto un metro e sessanta e con un peso pari a cinquantacinque chili—probabilmente sarebbe stato considerato un nanerottolo.

Spostando l'attenzione sulle strutture simili a podi, Mia vide Korum seduto dietro a una di esse. Sorridendo al pensiero di poterlo osservare, mentre lui non poteva vederla, Mia gli si avvicinò. Sembrava occupato con qualcosa sul palmo—probabilmente il computer inserito lì—e non prestava attenzione alla presenza virtuale della ragazza. Con un sorriso malvagio, Mia gli si avvicinò da dietro e lo toccò, passandogli le mani sulle spalle. Naturalmente non ci fu alcuna reazione da parte sua, e Mia rise forte, immaginando le possibilità. Avrebbe potuto fargli tutto quello che voleva, e lui non l'avrebbe saputo.

Sperimentando la teoria, gli leccò il retro del collo. Ancora una volta, lui non reagì, ma *lei* poté gustare la debole salsedine sulla sua pelle, bearsi del familiare profumo caldo del suo corpo. Come previsto, Mia si sentiva eccitata, e si strofinò su di lui, sfregando i seni sul morbido tessuto della maglietta color avorio dell'alieno. Erano circondati da migliaia di spettatori, e non importava perché nessuno—nemmeno Korum stesso—sapeva cosa stesse facendo.

Sorridendo sempre di più, Mia gli mordicchiò il collo e si allungò verso i genitali, accarezzandogli la zona tra i vestiti. Si sentiva incredibilmente cattiva, come se stesse facendo qualcosa di proibito, pur sapendo che tutto quello si stava più o meno svolgendo nella sua testa. Prima che potesse continuare, tuttavia, si levò improvvisamente un rumore dalla folla, e Mia si allontanò, rendendosi conto che il processo stava iniziando.

Il tempo dei giochi era finito.

Il tavolo simile a un podio, di fronte al quale era seduto Korum, era così basso che Mia ci salì sopra, mettendosi comoda. Sembrava un buon punto da cui poter osservare il dramma imminente.

Esaminando l'ambiente circostante con attenzione, giunse alla conclusione che gli altri podi erano occupati dagli altri membri del Consiglio. Un terzo di essi era lì di persona, mentre gli altri sedili—quelli vuoti—erano occupati da immagini olografiche sia di Krinar maschi che femmine. Immaginò che le olografie fossero di coloro che non potevano esserci di persona—forse perché erano su Krina. Notò che Saret era seduto davanti a loro, ma non sapeva chi fossero gli altri Krinar. Mia contò quindici podi intorno al cerchio vuoto, ma solo quattordici erano occupati. Probabilmente quello libero era il sedile del Protettore, pensò Mia; aveva senso che non avrebbe giudicato le prove, dato che suo figlio era uno degli accusati.

Un suono simile a uno scampanellio rieccheggiò nella cupola, e cadde subito il silenzio sulla folla. All'improvviso, il pavimento al centro del cerchio si dissolse, ed emersero sette grandi cilindri d'argento.

Il pavimento si risolidificò, e i cilindri si posarono su di esso. Mentre Mia osservava a bocca aperta, le pareti dei cilindri si dissolsero, lasciando intatte solo le estremità circolari superiori e inferiori. E dentro ciascuna di esse, Mia vide i Keith—i sette K che avevano rischiato tutto per aiutare l'umanità a raggiungere un futuro più brillante.

Oppure, stando alle parole di Korum, per cercare di governare la Terra da soli.

~

I KEITH ERANO LÌ, ognuno nel proprio cerchio, con espressioni amareggiate e sprezzanti. Avevano dei collari d'argento intorno al collo—gli stessi collari che Mia aveva visto mettere su di loro dalle guardie, quando erano stati catturati. Pensò che si trattasse della versione K delle manette. C'erano cinque maschi e due femmine, tutti alti e bellissimi, come gli altri della loro specie.

Curiosa di vedere la reazione di Korum, Mia si guardò dietro e quasi sobbalzò per il disprezzo glaciale sul suo volto, mentre scrutava i traditori. Vide le pericolose striature giallognole negli occhi dell'alieno, e la sua bocca era tirata in una linea piatta e crudele.

Odiava e disprezzava davvero i Keith per quello che

avevano fatto, si rese conto Mia con un brivido, e si chiese nuovamente come avrebbe potuto mai *perdonarla* per le sue azioni.

L'arena era ancora silenziosa. Non c'erano urla, né fischi, come ci si sarebbe potuto aspettare da una folla così grande. Era il processo più importante degli ultimi diecimila anni, aveva detto Saret, e Mia lo poté vedere riflesso nel cupo umore degli spettatori.

Una parte del pavimento si dissolse di nuovo, ed emerse un altro maschio Krinar. Era seduto su un ampio sedile fluttuante, e si alzò non appena il pavimento si solidificò di nuovo. A differenza di tutti gli altri Krinar presenti, indossava abiti neri. Probabilmente era il Protettore, pensò Mia.

Un altro scampanellio riecheggiò per l'edificio, e tutti i membri del Consiglio si alzarono da dietro i podi. Uno di loro fece un passo avanti e si avvicinò al nuovo arrivato. Toccandogli la spalla, il membro del Consiglio disse: "Benvenuto, Loris."

Il Protettore sorrise e ricambiò il gesto toccandogli la spalla a sua volta. "Grazie, Arus." Poi, rivolgendo l'attenzione al resto del Consiglio, riconobbe la loro presenza e salutò con qualche cortese cenno con il capo.

Quindi, quelli erano gli avversari di Korum, pensò Mia, osservandoli con grande interesse. I capelli di Loris erano nerissimi e i suoi occhi erano del colore dell'onice. Le ricordava un falco, con i lineamenti belli ma spigolosi e un'espressione debolmente predatrice sul volto. Arus, invece, sembrava molto più cordiale.

Con la carnagione olivastra, i capelli neri e gli occhi color castano scuro era tipico della sua specie, e c'era una certa sincerità nel suo sorriso, che faceva pensare a Mia che non fosse affatto una cattiva persona.

Dopo i saluti, Arus tornò sul podio, lasciando Loris da solo.

Sentendo del movimento alle sue spalle, Mia si voltò e vide che Korum si era alzato. Camminò intorno al podio, dirigendosi verso il centro dell'arena, con movimenti lenti e disinvolti. Sorridendo freddamente a Loris, chiese: "Il Protettore è pronto per la presentazione?"

Loris annuì, con uno sguardo carico di rabbia a stento trattenuta sul viso. A quanto pareva, Korum non aveva esagerato, quando aveva detto che Loris lo odiava.

Con un impercettibile movimento del polso, Korum fece apparire un'immagine tridimensionale che fluttuò nell'aria, visibile da tutti.

"Miei cari abitanti della Terra e tutti voi che ci state guardando da Krina in questo momento" disse Korum, con voce che risuonava in tutta la cupola: "Vorrei mostrarvi la prova di un crimine così feroce che non si verificava nella storia dei Krinar da oltre centomila anni. Un crimine in cui una manciata di traditori insoddisfatti della propria posizione ha cercato di mandare cinquantamila concittadini a morire per una patetica presa di potere. Questi traditori—i sette individui che state vedendo in questo momento—non avevano alcuna intenzione di farci avanzare come specie, come società. No, volevano semplicemente il potere, senza preoccuparsi di quello che avrebbero dovuto fare per raggiungerlo. Hanno mentito, hanno tradito la nostra gente, hanno manipolato gli umani influenzabili con le loro false promesse... e avrebbero ucciso ognuno di voi nel tentativo di dominare questo pianeta, di essere adorati dagli umani come loro salvatori—"

"È una menzogna" lo interruppe Loris, parlando a denti stretti. Delle macchie rosse apparvero sotto la sua pelle vellutata, e Mia poté quasi sentire lo sforzo che stava facendo per controllarsi. "Stai inventando tutto—"

"Non è il tuo turno e non puoi parlare ora, Protettore" disse Korum, piegando le labbra in un sorriso sprezzante. "È il mio turno, e sto presentando le prove." E con questo, fece un piccolo gesto con la mano, e la registrazione tridimensionale prese vita.

La scena era familiare per Mia—solo ieri era stata in un ambiente virtuale. Mentre la registrazione andava avanti, rivide la vecchia capanna in cui i traditori si erano rifugiati durante l'attacco della Resistenza e sentì la loro conversazione con il misterioso generale umano. Aveva assistito al tentativo delle forze della Resistenza di assaltare Lenkarda con le armi K, e rivisse la loro terribile sconfitta. E anche se stava rivedendo il tutto per la seconda volta e sapeva che la maggior parte dei combattenti umani era sopravvissuta, Mia ebbe il voltastomaco alla fine del video.

Un altro movimento della mano di Korum, e cominciò la registrazione successiva—stavolta si trattava della conversazione telefonica tra un Keith e alcuni leader della Resistenza. Chiaramente stavano coordinando le azioni prima dell'attacco. E ce n'erano altri: video tridimensionali delle riunioni della Resistenza in cui avevano parlato dei Keith, interazioni tra i funzionari del governo umano che discutevano del potenziale per la liberazione della Terra, e persino un video di John che raccontava a Mia del loro cambio di programma e di come avrebbe dovuto rubare i progetti di Korum.

Guardando tutto ciò, Mia comprese ancora meglio quanto Korum l'avesse manipolata. Mentre credeva di spiarlo, lui monitorava ogni sua mossa; non c'era mai stata occasione per aiutare la Resistenza—era sempre stata la sua pedina. Il suo stomaco si contorse a quel pensiero.

Alla fine di tutte le registrazioni, erano passate almeno quattro ore. Mia aveva fame e sete, e aveva un forte mal di testa, ma non poteva lasciare il proprio posto sul podio di Korum, troppo affascinata dal processo.

Infine, le presentazioni di Korum terminarono.

Nell'inquietante silenzio che avvolgeva l'arena, Korum disse con tono allegro: "Ed è per questo, miei cari cittadini di Krinar e abitanti della Terra, che propongo la peggior punizione per questi traditori: la riabilitazione completa."

Un mormorio attraversò la folla, e Mia poté quasi

percepire lo shock tra gli spettatori. Qualsiasi cosa significasse la riabilitazione completa, chiaramente si trattava di una pratica poco comune.

Anche i Keith sembravano sconvolti, e Mia poté vedere la paura sui loro volti. Qualunque punizione si aspettassero, era ovviamente diversa da quella che Korum aveva appena proposto.

Il Protettore fece un passo avanti. Come Korum, era rimasto al centro per tutta la durata delle registrazioni. I suoi occhi neri erano carichi di furia. "È impensabile, e lo sai" disse. "Anche se fossero colpevoli, ciò che stai proponendo è fuori discussione."

"Stai ammettendo la loro colpa ora?" chiese Korum, con tono pericolosamente delicato.

Loris sollevò le sopracciglia. "Nemmeno lontanamente. Sai che non hanno fatto niente di male—"

"Beh, lasciamo che siano il Consiglio e gli Anziani a deciderlo, no?" ribatté Korum, fissando l'altro Krinar con un'espressione beffarda sul viso. "Il tuo turno è domani, ed io, per una volta, sono molto desideroso di sapere come questi traditori possano essere innocenti."

"Oh, vedrai" disse Loris, rivolgendogli un'occhiata carica di odio. "E lo vedranno tutti gli altri."

E su quella nota, ci fu un altro scampanellio. Il processo era finito per quel giorno.

~

IL KRINAR FECE un respiro profondo, felice che il primo

giorno del processo fosse terminato. Era andato esattamente come si aspettava.

Korum aveva chiesto la punizione peggiore per coloro che considerava traditori. Se il K non avesse preso precauzioni, avrebbe potuto facilmente essere l'ottava persona lì presente, giudicata dal Consiglio.

Aveva preso le distanze dai Keith appena in tempo. Ora nessuno avrebbe sospettato del suo coinvolgimento nell'attacco ai Centri.

Se ne era assicurato.

ffamata e mentalmente esausta, Mia uscì dalla realtà virtuale dicendo al suo braccialetto-orologio da polso di riportarla a casa. La sua colazione quella mattina era stata leggera, solo uno spuntino a base di mango-avocado, e si sentiva come se stesse morendo di fame a quel punto. Aprendo gli occhi, si alzò dal divano dov'era seduta e iniziò a cercare del cibo.

Avvicinandosi al frigorifero, lo aprì con decisione e fissò i vari alimenti vegetali che lo riempivano. Alcuni erano familiari—vide un paio di pomodori e peperoni—ma altri erano completamente sconosciuti. Avrebbe voluto che Korum fosse lì, in modo da poterle preparare una delle sue prelibatezze. Tuttavia, dato che era stato al processo di persona, l'umana pensò che forse avrebbe fatto un po' tardi.

Improvvisamente, le venne un'idea. Korum aveva

menzionato che una delle funzioni della casa era quella di preparare cibi. Lo avrebbe fatto anche per lei?

"Ehi, casa" disse Mia, sentendosi un'idiota: "Potresti prepararmi qualcosa da mangiare?"

Per un secondo, non successe niente, ma poi una melodiosa voce femminile chiese: "Che cosa vorresti, Mia?"

La ragazza quasi sobbalzò dall'emozione. "Oh mio Dio, hai parlato! È fantastico! Uhm... Vorrei la stessa cosa che Korum ha preparato ieri, soprattutto se può essere preparata in fretta."

"Sì, Mia" rispose la voce femminile. "L'insalata shari sarà pronta tra due minuti, e lo stufato kalfani sarà pronto tra sei minuti."

Sorridendo dallo stupore, Mia si avvicinò al lavandino per lavare le mani. Quando finì e si sedette al tavolo, una parte della parete si aprì e una scodella di insalata uscì fuori, fluttuando lentamente verso il tavolo.

Mia osservò scioccata, mentre l'insalata si sistemava ordinatamente davanti a lei. Era la porzione perfetta per il suo appetito, e l'utensile a forma di pinza era già nella scodella. Il piatto era assolutamente pronto per il consumo.

"Uhm, grazie" disse, cercando di guardarsi intorno per capire da dove provenisse la voce. C'era un computer incorporato da qualche parte nel soffitto?

"Prego, Mia" rispose la voce femminile. "Buon appetito! L'altro piatto sarà pronto tra qualche minuto."

Sorridendo di nuovo, Mia scavò nel cibo. Finora, le

piaceva la tecnologia Krinar. Era tutto ciò su cui la gente fantasticava con la fantascienza, ma era assolutamente reale—e aveva un qualcosa di magico che lei trovava molto affascinante. Apprezzava particolarmente la facilità con cui poteva utilizzare tutto. Comandi vocali, semplici gesti con la mano—sembrava tutto così intuitivo.

Finita l'insalata, arrivò sul tavolo anche il piatto con lo stufato simile a quello del giorno prima. Mia lo consumò avidamente, sentendo gran parte della stanchezza svanire, man mano che i livelli di zucchero nel sangue si stabilizzavano. Il cibo era delizioso come ieri, e Mia si chiese nuovamente perché Korum si fosse preoccupato di imparare a cucinare, quando aveva accesso a tale tecnologia nella sua casa.

Infine, avvicinò i piatti alla parete—che si aprì per accettarli, proprio come aveva fatto con Korum—ed entrò nel salone.

Sembrava il momento giusto per telefonare al direttore del campo di Orlando e comunicargli che non avrebbe iniziato lunedì.

~

QUANDO KORUM TORNÒ a casa un'ora dopo, Mia era riuscita ad annoiarsi.

Aveva parlato con il direttore del campo e aveva spiegato che delle circostanze impreviste le impedivano di trascorrere l'estate in Florida. Era rimasto deluso, pur mostrandosi gentile e comprensivo, il che era stato un grosso sollievo per Mia. Poi, aveva esplorato un po' la casa e aveva persino provato a parlarle, ma la melodiosa voce femminile non sembrava tanto interessata a portare avanti la conversazione. Aveva chiesto se Mia fosse a proprio agio (e lo era) e se desiderasse qualcosa da mangiare o da bere (e non lo desiderava), ma l'interazione era finita lì. Non sembrava che ci fossero libri o nient'altro con cui poter divertirsi.

Sospirando, Mia si era lasciata cadere sul divano del salone e aveva fissato il verde fuori dalla finestra. Avrebbe voluto essere abbastanza coraggiosa da avventurarsi, ma il pensiero di perdersi in una foresta della Costa Rica non l'aveva tranquillizzata. Studiando il dispositivo simile a un braccialetto sul polso, Mia si era chiesta se avesse funzionato come un vero e proprio computer, permettendole di navigare su Internet. Aveva pensato di provare, ma poi decise di aspettare che Korum le mostrasse ulteriori capacità.

Finalmente, Korum arrivò. Sembrava teso e un po' stanco, e Mia pensò che altri politici avessero continuato dietro le quinte dopo l'aggiornamento del processo. Tuttavia, sorrise quando la vide seduta lì.

"Ciao" disse, assurdamente felice di vederlo. Nonostante tutto ciò che era successo tra loro, nonostante il fatto che l'aveva appena visto trattare i suoi avversari quasi con crudeltà, non poteva fare a meno di provare quella calda sensazione che si diffondeva dentro di lei in sua presenza.

Il sorriso dell'extraterrestre si allargò. Unendosi a

lei sul divano, la baciò dolcemente e la tirò più vicino per un abbraccio. Mia ricambiò il gesto, sorpresa, e mormorò sulla sua maglietta: "Va tutto bene? È successo qualcosa?"

Scosse la testa e la strinse, seppellendo il viso tra i suoi capelli e respirandone il profumo. "No" mormorò. "Va tutto bene ora."

Qualche secondo dopo, si ritrasse e la guardò. "Spero che tu abbia mangiato qualcosa. Ho programmato la casa per rispondere ai tuoi comandi vocali, assicurandomi che non avresti avuto difficoltà."

Mia sorrise. "Sì, sono riuscita a farmi preparare qualcosa. Ti ringrazio per questo."

"Bene" disse piano. "Voglio che ti senta a tuo agio qui."

Mia annuì lentamente. "Sto cominciando a sentirmi a mio agio, un po'. Ma in realtà volevo chiederti una cosa..."

"Certo, di cosa si tratta?"

"Mi annoio" gli disse sinceramente. "Non ho niente da fare, quando non ci sei. A casa ho la scuola, il lavoro, gli amici, i libri, la TV."

"Ah, capisco" disse Korum, sorridendo. "Non ti ho mostrato tutto ciò che il tuo piccolo computer può fare. Digli che vuoi leggere qualcosa."

"Ok" disse Mia, dubbiosa, guardando il braccialetto. "Vorrei leggere qualcosa..."

Quasi immediatamente, una delle pareti si dissolse, rivelando una sezione nascosta all'interno—una specie di scaffale. E mentre Mia guardava, un oggetto che somigliava a uno spesso foglio di carta fluttuò verso di lei.

"Come fa a fluttuare tutta questa roba?" chiese Mia con stupore, afferrando l'oggetto in aria. "Piatti, sedie, ora questo..."

"Il presupposto è simile agli scudi che utilizziamo per proteggere i nostri insediamenti" spiegò Korum. "È una tecnologia del campo di forza, applicata su scala molto più piccola."

"Oh, capisco" disse Mia, come se quello le dicesse qualcosa. Non era affatto un genio della tecnologia. Studiando il foglio nelle sue mani, notò che era stato realizzato con qualche materiale simile alla plastica.

"È qualcosa con cui puoi passare il tempo" disse, sedendosi accanto a lei. "È un po' come un tablet. Puoi leggere qualsiasi libro—umano o Krinar—che sia mai stato scritto, e puoi guardare qualsiasi genere di film desideri. Anche questo funziona con i comandi vocali, quindi puoi dirgli cosa vuoi vedere o leggere."

"Posso utilizzarlo per saperne di più sui Krinar? Per leggere qualche libro di storia?" chiese Mia, fissando l'oggetto con meraviglia.

"Certo. Puoi utilizzarlo come preferisci."

La ragazza sorrise. "È fantastico, grazie!"

Ricambiò il sorriso. "Prego. Non voglio che ti annoi qui."

Improvvisamente, a Mia venne in mente una cosa. "Aspetta, hai detto che funziona con i comandi vocali, ma non ti ho mai visto, né sentito utilizzare comandi vocali. Come *controlli* tutta la tua tecnologia?"

"Ho un computer molto potente che essenzialmente mi permette di controllare tutto attraverso uno specifico modo di pensare" spiegò Korum, tenendo il palmo della mano sollevato. "È un tipo di interfaccia computer-cervello altamente avanzata. Utilizzo anche alcuni gesti, ma questa è semplicemente un'abitudine."

Mia lo fissò. "Quindi, controlli i dispositivi elettronici con la mente?"

"I dispositivi elettronici Krinar, sì. La tecnologia umana non è stata pensata per questo."

"E gli altri? Vale anche per loro?"

Korum annuì. "Per molti di loro, sì. Alcuni preferiscono fare ancora all'antica, cioè utilizzare i comandi vocali e i gesti, ma molti sono passati oltre. La maggior parte della nostra tecnologia è stata progettata per entrambi i modi di fare le cose, perché i nostri figli e i giovani utilizzano solo il primo metodo."

"Perché?" chiese Mia, guardandolo affascinata.

"Perché i loro cervelli non sono pienamente formati e sviluppati, e perché c'è una curva di apprendimento coinvolta nell'uso delle interfacce computer-cervello. È per questo che sto impostando tutto con le capacità vocali per te—è molto più facile per un principiante in questo modo. Più avanti, quando comprenderai meglio la nostra tecnologia e la società, potrò impostare la nuova interfaccia."

Mia sgranò gli occhi. Le avrebbe dato la capacità di controllare la tecnologia Krinar con la mente? Le possibilità erano semplicemente inimmaginabili. "È..."

"Un po' troppo per il momento?" chiese Korum, e Mia annuì.

"È per questo che puoi utilizzare i comandi vocali" disse. "La tua società è progredita abbastanza da permetterti di comprendere facilmente quel tipo di interfaccia, ed è molto intuitiva."

"Quindi, per ora, sarò come uno dei vostri figli?" chiese Mia.

Piegò le labbra per un sorriso. "Se tu fossi una Krinar, saresti davvero considerata un'adolescente, data la tua età."

"Capisco." Mia lo guardò leggermente accigliata. "E a quale età diventate adulti?"

"Beh, fisicamente raggiungiamo le nostre caratteristiche adulte più o meno alla stessa età degli umani, negli ultimi anni dell'adolescenza o intorno ai vent'anni. Tuttavia, è solo intorno ai duecento-trecento anni che un Krinar è considerato abbastanza maturo da essere un membro pienamente funzionante della nostra società—anche se potrebbe accadere prima, nel caso di qualche contributo straordinario."

Per qualche ragione, questo infastidiva Mia. Non sapeva come mai le importasse di non essere considerata un membro pienamente funzionante della società Krinar in un momento della propria vita. Non che avrebbero mai considerato un'umana come tale. E inoltre, non aveva idea di quanto sarebbe durata la sua relazione con Korum. Eppure, in qualche modo la faceva arrabbiare il fatto che i K l'avrebbero sempre considerata come poco più di una bambina.

Non volendo soffermarsi sull'argomento, domandò: "Allora, il processo è andato come previsto?"

Korum si strinse nelle spalle. "Più o meno. Loris cercherà di rigirare la frittata, di far credere che ho inventato tutto. Ma ci sono troppe prove del loro tradimento, e non credo che qualcosa possa salvarli a questo punto."

"Che cosa significa riabilitazione completa?" chiese Mia, insopportabilmente curiosa. "Sembravano tutti sconvolti, quando l'hai suggerita."

"È la nostra forma di punizione più estrema per i criminali" spiegò Korum, con gli occhi leggermente socchiusi. "È utilizzata nei casi in cui un individuo rappresenti un grave pericolo per la società—proprio come quei traditori."

"Ok... ma in cosa consiste?"

"Saret può spiegartelo meglio di me" disse Korum. "La meccanica esatta rientra nella sua area di competenza. Ma in pratica, qualunque cosa li abbia spinti ad agire in quel modo—quel tratto di personalità verrà completamente eliminato."

Mia strabuzzò gli occhi. "E come?"

Korum sospirò. "Come ho detto, non è la mia area di competenza. Ma da quello che so, da profano, comporta la cancellazione di molti ricordi e la creazione di una nuova personalità. Viene applicata solo quando non c'è altra scelta, perché è molto invasiva per la mente. I riabilitati non sono mai più gli stessi in seguito—e dovrebbe essere esattamente così in questo caso."

"Quindi, non ricorderebbero chi erano?" A Mia sembrava piuttosto orribile.

"Potrebbero ricordare qualcosa, quindi non sarebbero completamente vuoti, ma l'essenza della loro personalità—e quella parte che li ha spinti a commettere il crimine—scomparirebbe."

Mia deglutì. "Sembra molto duro..."

Socchiuse nuovamente gli occhi. "È meglio di quanto faccia la tua specie ai criminali. Almeno non abbiamo la pena capitale."

"No?" Mia non sapeva perché fosse così sorpresa di sentirlo. Forse aveva a che fare con l'immagine popolare dei K come una specie violenta, che derivava principalmente dalle cruente lotte durante il Grande Panico.

"No, Mia" le disse Korum sardonicamente. "Non siamo i mostri che dipingete voi."

"Non ho mai detto che la tua gente lo sia" protestò Mia, e lui rise.

"No, solo io, vero?"

La ragazza abbassò gli occhi, non riuscendo a sopportare lo scherno nel suo sguardo. "Non penso che tu sia un mostro" gli disse sottovoce. "Ma penso che sia sbagliato trattarmi come un oggetto solo perché sono umana. Sono una persona con sentimenti e desideri, e avevo una vita prima che la sconvolgessi—"

"E ora non ce l'hai?" chiese Korum, sollevandole il mento per costringerla a guardarlo negli occhi. Notando la sfumatura più dorata che gli circondava le iridi, Mia si inumidì nervosamente le labbra improvvisamente asciutte. "Credi che ti stia maltrattando? Che ti tenga lontana dalla vita affascinante che conducevi?"

"Mi piaceva la vita che conducevo" ripose Mia in modo sfacciato. "Era esattamente quella che volevo. Ti sarà sembrata noiosa, ma mi rendeva felice—"

"Felice di cosa?" le chiese a bassa voce. "Di studiare giorno e notte? Di nasconderti dietro abiti larghi, perché eri troppo spaventata per provare a vivere? Di essere ancora vergine a ventun anni?"

Mia arrossì dalla rabbia e dall'imbarazzo. "Proprio così" gli disse amaramente. "Felice della mia famiglia e dei miei amici, felice di vivere a New York e di studiare lì, felice del tirocinio che avevo in programma per questa estate..."

La sua espressione si rabbuiò. "Ti ho già promesso che rivedrai presto la tua famiglia" disse, con tono pericolosamente piatto. "E ti ho detto che ti riporterò a New York per l'anno scolastico. Non ti fidi della mia parola?"

Mia fece un respiro profondo, cercando di controllarsi. Probabilmente non era la mossa più saggia da parte sua, litigare con lui in quelle condizioni, ma non poteva farne a meno. Qualche demonio ribelle dentro di lei si era svegliato e non riusciva a scacciarlo. "Mi hai già mentito" disse, incapace di nascondere il risentimento nella voce.

"Oh davvero?" le disse, con le parole cariche di sarcasmo. "Ti ho mentito?"

Mia deglutì un'altra volta. "Mi hai manipolata

facendomi fare esattamente quello che volevi" disse con decisione. "Non volevo niente—tutto quello che desideravo era essere lasciata in pace..."

La guardò con un'espressione imperscrutabile sul viso. "Le cose stanno ancora così?" le chiese piano. "Vuoi essere lasciata in pace?"

Mia lo fissò, completamente colta alla sprovvista. Aprì la bocca, ma le parole non uscivano.

"E non mentirmi, Mia" aggiunse lentamente. "Capisco sempre quando menti."

Mia sbatté le palpebre furiosamente, cercando di trattenere un'improvvisa ondata di lacrime. Con quella semplice domanda, l'aveva messa a nudo, esponendo tutte le vulnerabilità che lui avrebbe potuto sfruttare. Non voleva che sapesse della profondità dei sentimenti che provava per lui, non voleva che giocasse con le sue emozioni. Che razza di idiota doveva essere per voler stare con qualcuno del genere? Per odiarlo e amarlo così intensamente?

Korum piegò le labbra in un sorrisetto. "Capisco." Appoggiandosi a lei, la baciò dolcemente sulla bocca, con labbra stranamente delicate sulle sue.

"Vedrò cosa posso fare per farti ottenere un tirocinio" disse, facendo un passo indietro e alzandosi. "E ti farò conoscere altre ragazze umane in questo Centro—forse conoscerai nuovi amici."

E mentre Mia lo guardava in stato di shock, le sorrise nuovamente e andò in ufficio, lasciandola sola a metabolizzare tutto quello che era successo.

CAPITOLO SETTE

Tre ore dopo, Mia era sdraiata sul letto, completamente assorbita dalla storia dell'evoluzione dei Krinar, quando Korum entrò nella camera da letto.

"Andremo a cena tra venti minuti" le disse. "Sarà meglio che ti prepari."

Sorpresa, Mia lo guardò. "A cena dove?"

"Arman è un mio amico" spiegò Korum, sedendosi sul letto accanto a lei e mettendole una mano sulla gamba. "Ci ha invitati a casa sua quando gli ho detto di te. Anche lui ha una charl, una ragazza della Costa Rica, che sta con lui da qualche anno. Non vede l'ora di conoscerti."

Mia sorrise, improvvisamente molto emozionata. "Oh, voglio conoscerla anch'io!" Non vedeva l'ora di parlare con un'altra ragazza nella sua stessa situazione e di saperne di più sui K dal punto di vista di un essere umano che li conosceva altrettanto intimamente—e da molto più tempo.

Korum ricambiò il sorriso. "Lo immaginavo. Come va la lettura finora?"

"È affascinante" gli disse con serietà. "Non sapevo che anche voi vi foste evoluti da una specie simile alle scimmie."

Annuì. "È così. Ci sono molti punti in comune tra la nostra evoluzione e la vostra, a parte il fatto che alla fine si crearono due specie diverse su Krina: noi e i *lonar*—i primati di cui ti ho parlato. Eravamo più grandi, più forti, più veloci, vivevamo più a lungo ed eravamo molto più intelligenti dei lonar, ma eravamo legati a loro, perché avevamo bisogno del loro sangue per sopravvivere."

Mia lo fissò. L'aveva appena imparato, e non riusciva a togliersi le immagini dei primi Krinar dalla testa. Il libro conteneva alcune descrizioni molto vivide di come gli antichi K cacciavano le loro prede, con ogni maschio Krinar che segnava il proprio territorio attorno a un piccolo gruppo di lonar e combatteva gli altri K per mantenere l'approvvigionamento di sangue per sé e la propria compagna. Una volta dentro il "territorio" di un K, il lonar aveva bassissime probabilità di sopravvivenza, poiché sarebbe stato costantemente indebolito dalla perdita di sangue e traumatizzato dall'esperienza di essere sfruttato. Alla fine, vennero decimati, e i Krinar furono costretti ad adattarsi, ad apprendere nuove strategie di nutrimento.

A quel punto, i Krinar erano ancora una specie primitiva, poco più che cacciatori-raccoglitori. Tuttavia, la rapida riduzione della popolazione lonar comportò che i K dovettero evolversi oltre le proprie radici territoriali, imparare a collaborare tra loro per preservare ciò che rimaneva dei critici rifornimenti di sangue. I centomila anni che seguirono furono un momento di rapido progresso per i Krinar, che segnò la nascita della scienza, della tecnologia, della medicina, della cultura e delle arti. Invece di cacciare i lonar, i K cominciarono ad allevarli, creando condizioni favorevoli per farli vivere e riprodurre, e fecero del proprio meglio per nutrirsi solo di coloro che si riteneva avessero superato l'età riproduttiva.

Questi sforzi riuscirono a rallentare temporaneamente il declino della popolazione lonar, e la società dei Krinar cominciò a prosperare. Nonostante i bassi tassi di natalità, i loro numeri cominciarono a crescere, mentre sempre meno K morivano nei violenti combattimenti per difendere il territorio. L'innovazione cominciò ad essere molto apprezzata, e i K inventarono molto presto i viaggi nello spazio. Era la prima Età dell'Oro nella storia dei Krinar, un periodo caratterizzato da uno straordinario progresso scientifico e da una coesistenza relativamente pacifica tra le diverse tribù e regioni Krinar.

"Sono appena arrivata al punto in cui iniziò la peste" gli disse Mia. Apparentemente fu proprio quell'evento a porre fine alla prima Età dell'Oro, spazzando via quasi tutta la popolazione Ionar e facendo precipitare la società dei Krinar nel panico e in sanguinosi tumulti.

Korum sorrise. "Stai facendo progressi sulla nostra storia, allora. Che te ne pare finora?"

"Credo che sia molto interessante" rispose Mia sinceramente. Era anche un po' spaventoso quanto fossero stati selvaggi in passato, ma non voleva dirglielo. Cercò di immaginare Korum come un Krinar primitivo, che cacciava le prede, ed era un'operazione sorprendentemente facile, che richiedeva poca immaginazione. Poteva vedere molte delle caratteristiche predatrici ancora presenti nella sua specie, dal modo sinuoso in cui si muovevano al controllo territoriale che aveva visto in Korum nei suoi riguardi.

"Puoi continuare più tardi" disse, strofinandole la coscia. Come al solito, il suo tocco le provocò un brivido di piacere in tutto il corpo. "Non dobbiamo arrivare tardi—è considerato molto scortese verso il padrone di casa."

"Certo" disse Mia, alzandosi immediatamente. L'ultima cosa che voleva era offendere qualcuno. "Devo vestirmi in un certo modo?" Indossava ancora i jeans e la maglietta che aveva quando era arrivata ieri a Lenkarda. In qualche modo, la casa era già riuscita a lavarli, perché li aveva trovati puliti e piegati sul comò della camera.

A quanto pareva, Korum era due passi davanti a lei,

perché stava già aprendo la porta dell'armadio. "Ho creato un guardaroba per te" spiegò. "Quindi, puoi scegliere quello che preferisci. Ecco, lascia che ti mostri gli abiti."

Incuriosita, Mia si avvicinò per dare un'occhiata e rimase quasi a bocca aperta. L'armadio era pieno di bellissimi vestiti chiari e di scarpe che spaziavano dai sandali agli stivali comodi, e c'erano anche accessori vari. "Hai fatto tu tutto questo?"

Korum annuì. "Ho chiesto a Leeta di mandarmi tutti i suoi modelli di abiti. Oltre a lavorare nella mia azienda, le piace anche creare vestiti."

Leeta era la cugina lontana di Korum, e Mia aveva interagito brevemente con lei a New York. Non era la persona più espansiva e amichevole, a suo avviso, ma i suoi modelli di vestiti sembravano molto belli.

"Vuoi dire che non sei un esperto di moda?" Mia finse di essere sconvolta, spalancando comicamente gli occhi. A New York, si era sbarazzato dell'intero guardaroba della ragazza.

Rise. "Nemmeno un po'. Ma capisco quando gli abiti vengono usati come scudo" disse apertamente, riferendosi alla tendenza dell'umana a indossare vestiti brutti ma comodi.

Mia combatté un'infantile voglia di fargli la linguaccia. "Certo, continua pure" mormorò.

"Per stasera, puoi indossare questo" disse Korum, tirando fuori un vestito rosa chiaro.

Mia lo indossò, segretamente soddisfatta del calore

negli occhi di Korum mentre si cambiava davanti a lui, e si avvicinò allo specchio. Come tutti gli altri vestiti Krinar, le stava perfettamente: le arrivava appena sopra al ginocchio e non c'era bisogno di indossare il reggiseno. Non aveva maniche, e la schiena era completamente esposta. Tuttavia, le spalle erano coperte da bretelline increspate e la scollatura quadrata sul petto era sorprendentemente modesta. Il colore era bellissimo, dando alle sue guance pallide l'illusione di un bagliore roseo.

"Ho notato che non indossate mai vestiti brillanti o scuri" commentò Mia, chiedendosi come mai. "In generale, sembrate preferire i colori chiari in tutto. C'è una ragione particolare per questo?"

Korum sorrise, guardandola con una calda luce negli occhi. "C'è. I colori brillanti o scuri sono stati storicamente associati alla violenza e alla vendetta nella nostra cultura, e preferiamo non vederli nella vita quotidiana. Ovviamente, quando lasciamo i nostri Centri e interagiamo con gli umani, di solito indossiamo indumenti umani—e non ci importa molto dei colori. Anzi, alcuni di noi amano indossare vestiti che di solito non mettono qui o su Krina—come l'abito rosso brillante che indossava Leeta a New York. Se si vestisse in quel modo tra i Krinar, tutti penserebbero che sia impazzita e che stia pianificando la vendetta."

Qualcosa fece riflettere Mia. "È per questo che il Protettore era vestito di nero al processo? Perché è sul piede di guerra?"

"Esattamente" rispose Korum. "Ha dichiarato che crede di essere stato ingannato e che intende vendicarsi."

"Vendicarsi in che modo?" chiese Mia, e Korum si strinse nelle spalle, apparentemente poco in vena di parlare di politica in quel momento. Visto che non avevano molto tempo, Mia decise di lasciar perdere e di concentrarsi sulla cena imminente.

"Ecco, puoi indossare queste scarpe" disse Korum, porgendole un paio di stivali color avorio. Come tutte le calzature K, sembravano avere una suola piatta. A quanto pareva, il concetto di scarpe col tacco alto non era così popolare tra le donne Krinar, a differenza delle donne umane.

Mia infilò gli stivali—che le si adattarono subito ai piedi, facendola stare comoda—e cercò di lisciarsi i capelli con le dita. Dopo aver riposato a lungo, aveva i capelli arruffati, con i lunghi riccioli aggrovigliati e disordinati. Dopo un paio di minuti, abbandonò la causa senza speranza. Nonostante il regolare utilizzo del fantastico shampoo di Korum, i suoi capelli non sarebbero mai stati così lisci e lucenti come avrebbe desiderato.

"Sono bellissimi, Mia. Lasciali così" disse Korum, osservando i suoi sforzi, divertito.

Mia non poté fare a meno di sorridergli. Quella era una delle cose che trovava peculiari di lui: sembrava adorare i suoi capelli, toccando e giocando spesso con i ricci. Dato che non aveva mai visto un K con i capelli ricci, supponeva che gli piacessero semplicemente per il fattore novità. "Ok, allora sono pronta, credo..."

"Un'ultima cosa" disse Korum, avvicinandosi da dietro e mettendole un'insolita collana intorno al collo. Era un modello ingannevolmente semplice, con un solo ciondolo a forma di lacrima su una catenina sottile, ma il materiale scintillante la rendeva indescrivibilmente bella. Era come se tutti i colori dell'arcobaleno fossero stati raccolti intorno al suo collo, gareggiando l'uno contro l'altro per ricevere attenzioni.

"Wow" sospirò Mia, toccando il ciondolo con riverenza. "Che cos'è?"

"È una collana di pietre brillanti" spiegò Korum. "La pietra brillante si trova in modo naturale solo nella mia regione di Krina, e questa è stata tramandata per generazioni nella mia famiglia. Ha appena un milione di anni."

Mia si voltò per fissarlo, scioccata. "E la stai mettendo a me? Se la perdessi o la danneggiassi?"

"Non succederà" rispose Korum, sorridendo debolmente. E offrendole il braccio, chiese: "Andiamo?"

Senza parole, Mia infilò il braccio nel suo gomito e lo seguì—con una scintillante collana di famiglia di un milione di anni che le brillava sfarzosamente intorno al collo.

~

CINQUE MINUTI DOPO, si ritrovarono davanti a una

casa color crema che somigliava molto a quella di Korum. Il tragitto verso l'altra estremità dell'insediamento durò meno di un minuto col piccolo velivolo che Korum aveva creato appositamente per quello scopo.

Man mano che si avvicinavano, la parete della casa si dissolse davanti a loro, ed entrarono.

Un Krinar alto e magro era al centro della stanza, indossando i soliti abiti di colore chiaro. I suoi capelli erano della tonalità più chiara di castano che Mia avesse mai visto su un K, quasi color sabbia, e i suoi occhi nocciola avevano una sfumatura verde, che sembrava particolarmente esotica sulla pelle dorata. Il sorriso sul suo viso dall'aspetto ascetico era smagliante e bello.

Andando incontro a Korum, gli toccò la spalla con il palmo aperto. "Korum, è un vero onore averti qui" disse. I suoi modi erano molto rispettosi, e Mia si rese conto che probabilmente era molto importante per lui avere un membro del Consiglio in casa.

Korum ricambiò il sorriso e il gesto. "Anch'io sono felice di vederti, Arman. Grazie per l'invito."

Mentre i due K si salutavano, Mia esaminò l'ambiente circostante con molta curiosità. Quella era la prima abitazione completamente Krinar in cui fosse mai stata—ad eccezione dell'arena—ed era affascinata dall'estetica quasi Zen. Non c'era alcun disordine; infatti, sembrava che non esistessero mobili, a parte due grandi panche fluttuanti. Mia capì che erano destinate agli ospiti. Le pareti esterne erano completamente trasparenti, mentre il resto dell'interno era di una sfumatura color crema.

"E tu devi essere Mia" disse Arman, rivolgendosi direttamente a lei.

Mia gli sorrise. "Sì, ciao. È un piacere conoscerti."

Con sua sorpresa, si rese conto che le piaceva quel K. Aveva un aspetto gentile, e qualcosa di altrettanto cordiale nel modo in cui parlava la mise decisamente a proprio agio in sua presenza.

"Oh, è un vero piacere conoscere te" disse Arman, con un sorriso sempre più smagliante. "Maria è impaziente di conoscerti, da quando ieri ha saputo che eri qui."

In quel momento, una ragazza umana entrò nella stanza. Con un bellissimo abito bianco che le metteva perfettamente in risalto il fisico snello, ma con le curve era sorprendentemente bella e somigliava molto a Jennifer Lopez.

Con un largo sorriso, si avvicinò rapidamente a Mia e l'abbracciò calorosamente, strofinandole le labbra sulla guancia sinistra. Un profumo esotico raggiunse il naso di Mia. Leggermente sorpresa, ricambiò goffamente l'abbraccio.

"Oh mia cara, come stai?" esclamò in spagnolo, tirandosi indietro per guardare Mia. "Io sono Maria, e sono felicissima di conoscerti! Che bella collana! Come sono andati i tuoi primi due giorni qui? Korum ti ha già fatto esplorare la zona? Poverina, devi essere così sconvolta da tutto! Ricordo che non sapevo nemmeno usare il gabinetto all'inizio!"

Mia sbatté le palpebre, sconvolta dall'entusiasmo della ragazza. Era come un tornado, che spazzava via tutto sul suo cammino. "Sto bene, grazie" rispose Mia in spagnolo, ancora meravigliata dalle nuove abilità linguistiche. "Non ho ancora visto la maggior parte del Centro— sono arrivata solo ieri."

"Oh, non sei ancora andata in spiaggia? È così bella, dovresti farlo, davvero!" Voltandosi verso Korum, gli rivolse un cipiglio, con la fronte liscia che si corrugò leggermente.

Korum rise. "Tranquilla. Domani mostrerò la spiaggia a Mia."

"Maria!" esclamò il padrone di casa. "Sii gentile con i nostri ospiti!"

"Sono sempre gentile" replicò Maria, sorridendo. "È per questo che mi ami." In punta di piedi, baciò Arman sulla guancia, e Mia lo vide quasi sciogliersi, incapace di sopportare il potente fascino della ragazza.

Con un grande sorriso sul volto, Arman tornò a rivolgere l'attenzione ai due ospiti. "È incorreggibile" esclamò, e c'era una tale felicità nella sua voce che Mia poté solo rimanere a bocca aperta, stupita. "Ignoratela e seguitemi. La cena è pronta."

Seguirono Arman in un'altra stanza. In mezzo ad essa c'era una grossa panca fluttuante, dalla forma ovale, circondata da altre quattro panche fluttuanti. Mia non sapeva come mai tutte le panche K fluttuassero. Sulla grande panca—che evidentemente fungeva da tavolo—c'erano circa venti piatti diversi, che spaziavano dai soliti frutti tropicali alle insalate esotiche e agli stufati.

Sedendosi su una delle sedie, Mia la sentì adattarsi al proprio corpo e sorrise. Tutte le invenzioni K sembravano essere progettate per il massimo comfort e la convenienza.

La cena volò, dominata da una leggera conversazione e da storie divertenti sulla flora e la fauna della Costa Rica. Mia scoprì che Arman era un artista, e che era venuto sulla Terra per studiare la cultura e le arti umane. Aveva conosciuto Maria poco dopo il suo arrivo. La sua famiglia possedeva un terreno nella zona in cui i K avevano costruito il loro Centro, e Arman era stato uno dei Krinar responsabili di controllare che gli umani proprietari dei terreni venissero adeguatamente retribuiti. Era stato amore a prima vista.

"Fin dal momento in cui l'ho visto, ho capito di volerlo" confessò Maria, con gli occhi scuri che brillavano. "Non mi importava che non fosse umano o che tutti ne fossero spaventati. Sapevo che non poteva essere così malvagio come dicevano—era troppo gentile per poterlo essere." E allungandosi, gli strinse la mano, sorridendo ad Arman con un sorriso da un megawatt.

Osservando i due amanti, Mia sentì una strana pressione nel petto, molto simile alla gelosia. Sembravano davvero innamorati, nonostante gli ostacoli che Mia aveva sempre considerato insormontabili. E Maria era troppo felice per essere una persona che aveva così pochi diritti nella società Krinar. Chiaramente, il suo status formale di charl non influenzava molto la sua relazione con Arman. Anzi, sembrava che il K fosse abbastanza contento di lasciare che fosse lei a prendere l'iniziativa in molte cose, con la sua personalità tranquilla completata dalla natura espansiva dell'amata.

Finita la cena, Mia dimenticò la maggior parte delle preoccupazioni e si godette semplicemente la compagnia di quella simpatica coppia. Erano dolci e teneri l'uno con l'altra, e Maria non sembrava intimidita da nessuno dei due K. Aveva anche rimproverato Korum per non aver fatto fare a Mia un tour appropriato del Centro, e Korum si era scusato, ridendo. Avrebbe potuto essere un normalissimo appuntamento tra due coppie, se non fosse stato per il fatto che due partecipanti provenivano da una galassia diversa.

Infine, Mia li salutò con riluttanza e si diresse a casa insieme a Korum, ripensando alla stranezza di ciò a cui aveva appena assistito, con il cuore colmo di speranza per le cose che razionalmente pensava fossero impossibili.

~

IL KRINAR RIESAMINÒ i risultati dell'ultimo esperimento, guardando più e più volte la registrazione.

Tutto sembrava funzionare come aveva sperato.

Presto sarebbe stato in grado di realizzare la parte successiva del piano. Era stato un peccato che i Keith avessero fallito, ma in ultima analisi si era solo trattato di una piccola battuta d'arresto.

Ora voleva solo guardare nuovamente il suo nemico... e la sua piccola charl.

Per qualche ragione, trovava quelle registrazioni particolarmente affascinanti.

CAPITOLO OTTO

Sulla via del ritorno, Mia non poté fare a meno di pensare all'altra coppia. Un'umana e un K, così felici insieme—sembrava andare contro tutto ciò che la Resistenza le aveva raccontato e tutto ciò che aveva saputo sul ruolo dei charl nella società Krinar. Com'era possibile? E Maria non era preoccupata che prima o poi avrebbe perso Arman, una volta svanita la sua bellezza?

Naturalmente, Arman era diverso da Korum e da chiunque altro avesse mai visto. Era difficile credere che fosse un membro della stessa specie predatrice. Sembrava troppo gentile e cortese per essere un K, e Mia non poteva credere che stesse trattenendo Maria lì contro la sua volontà. Anzi, sembrava che fosse stata proprio lei ad avviare la loro relazione. Chiaramente, c'erano tante personalità diverse tra i K, come ce n'erano tante tra gli umani.

E Mia era riuscita a conoscerne uno che non

sarebbe stato fuori luogo nelle foreste primordiali dei Krinar di miliardi di anni fa.

Korum sarebbe stato un cacciatore di successo, pensò Mia, con la sua combinazione di spietatezza e intelligenza. La sua ambizione lo aveva spinto all'apice della moderna società Krinar, e non aveva dubbi sul fatto che avrebbe avuto successo in qualsiasi tipo di ambiente—sembrava nato per quello. Sapeva esattamente cosa voleva, e non esitava a prenderselo.

E per il momento, voleva lei.

Sospirando, Mia guardò a terra, mentre atterrarono nella radura proprio accanto alla casa di Korum. La navicella toccò dolcemente il suolo, e una delle pareti si dissolse immediatamente, creando un'apertura per loro.

Alzandosi, la ragazza uscì dalla navicella e seguì Korum verso casa. "Siamo lontani dalla spiaggia?" chiese, ricordando che Maria l'aveva menzionata.

"No, è a soli pochi minuti di distanza" disse Korum, entrando in casa. "Ti mostrerò la strada domani, se vuoi, così non dovrai stare sempre in casa, quando non ci sono. Basta che non nuoti nell'oceano senza di me— le onde possono essere molto alte qui, e le correnti sono imprevedibili."

"Sono una brava nuotatrice" gli disse Mia. "Non devi preoccuparti per me."

"Non importa." Korum si fermò e la guardò con espressione seria. "O mi prometti che non nuoterai da sola o non andrai in spiaggia senza di me."

Mia alzò gli occhi mentalmente. Il dittatore era

tornato. "D'accordo. Non nuoterò da sola." Essendo cresciuta in Florida, sapeva esattamente cosa intendesse per correnti improvvise e onde travolgenti, e l'oceano non la spaventava. Tuttavia, non voleva che Korum le impedisse di andare in spiaggia, così decise di smettere di litigare con lui.

"Bene." Sembrava soddisfatto. "Allora, ti ci porterò domani mattina."

"E il processo?"

"Non comincerà prima delle undici. Se ti sveglierai prima, potremo fare una passeggiata sulla spiaggia, e ti mostrerò qualche luogo nelle vicinanze. In seguito, ti farò fare un tour più approfondito."

"Sarebbe bello, grazie" disse Mia. "Posso assistere di nuovo al processo domani? È stato davvero affascinante..."

Le sorrise. "Naturalmente. Sarà il turno di Loris— dovrebbe essere particolarmente interessante da vedere."

"Perché ti odia tanto?" chiese Mia, curiosa di saperne di più sulla politica dei Krinar. "Avete avuto delle divergenze prima che il figlio venisse accusato?"

Le labbra di Korum si contorsero leggermente. "Diciamo che abbiamo avuto delle divergenze, sì. Aveva un'azienda che competeva con la mia poche centinaia di anni fa. I suoi progetti però erano molto inferiori, e dovette chiuderla alla fine. Suo figlio—Rafor—lavorava con lui in quel periodo come uno dei principali progettisti, e perse gran parte della sua posizione nella società, quando l'azienda chiuse l'attività. A quel tempo, Loris aveva altre imprese, ed era profondamente coinvolto nella politica, così la sua posizione subì un colpo molto più piccolo e si riprese in fretta. Suo figlio, però, non si riprese più."

E così, Rafor era il Keith con un background di progettazione, quello che aveva fornito i gadget K alla Resistenza. Ora tutto aveva un senso. I suoi progetti non erano mai stati buoni come quelli di Korum; non c'era da stupirsi che la Resistenza avesse fallito.

"E Loris ti odia per questo? Perché Rafor ha perso la sua posizione?" Mia non era certa di aver compreso appieno il concetto di posizione, ma sembrava molto importante per i Krinar.

"Sì" rispose Korum. "Detesta che suo figlio non fosse abbastanza bravo come progettista, e mi dà la colpa perché Rafor non ha mai fatto altro di produttivo nella sua vita. E ora, Rafor ha dimostrato di essere anche un patetico traditore..."

"Ti dà la colpa anche di quello?" chiese Mia, fissando Korum leggermente accigliata. "È per questo che intende vendicarsi?"

Korum annuì, con gli occhi che brillavano per qualcosa di simile all'attesa. "Esattamente."

"Non ti preoccupa?" chiese Mia, cercando di capire meglio il suo amante. Sembrava quasi che godesse dell'odio del K. "Che qualcuno ti odi così tanto, voglio dire?"

"Perché dovrebbe?" Sembrava divertito a quel pensiero. "Non è il primo, e non sarà l'ultimo."

Mia lo fissò. "Non ti interessa piacere alla gente? Se è tua amica o nemica?"

Korum rise. "No, dolcezza, perché dovrebbe? Se qualcuno vuole essermi nemico, è una sua scelta—una di cui si pentirà alla fine."

"Capisco" disse la ragazza, con un altro tassello del puzzle di Korum che andò al proprio posto. Sapeva che c'erano persone così, individui talmente sicuri di sé—o arroganti, a seconda di come li si guardasse—che sembravano disinteressati a come apparivano agli altri. E il suo amante sembrava essere uno di quelli. Anzi, sembrava che gli piacesse il conflitto. Si chiese se fosse una caratteristica specifica dei K o se facesse semplicemente parte della personalità di Korum.

Prima che Mia potesse finire di analizzare quel pensiero, Korum si avvicinò e sollevò la mano per toglierle i capelli dal viso. "Basta parlare di politica" disse, prendendole la guancia con una grande mano calda, con gli occhi che cominciarono a brillare con le solite sfumature dorate. "Posso pensare a cose molte più piacevoli che potremmo fare ora."

Il battito del cuore di Mia accelerò immediatamente, e i muscoli del ventre si contrassero, reagendo al suo tocco e all'inconfondibile intento sessuale nella sua voce. Una reazione molto pavloviana, notò la studentessa di psicologia in lei—con il corpo ormai pienamente condizionato a rispondergli in quel modo, a desiderare il piacere che solo lui poteva fornirle. La mancanza di controllo sulla sua carne preoccupava Mia, facendola sentire ancora meno responsabile della propria vita, delle proprie decisioni.

Piegandosi, le avvolse un braccio intorno alla schiena e l'altro sotto le ginocchia, prendendola in braccio senza sforzo. Mia chiuse gli occhi, seppellendo il viso sulla sua spalla, mentre la conduceva rapidamente verso la camera da letto.

Come aveva detto, le etichette poste sulla loro relazione non importavano—almeno non quando si trattava di quello.

~

QUANDO ARRIVARONO IN CAMERA, la sistemò sul letto e si raddrizzò un attimo. Confusa, lo osservò metterle un puntino bianco sulla tempia destra.

"Che cos'è?" gli chiese con cautela, quando si chinò nuovamente su di lei.

"Vedrai" disse misteriosamente, con un malvagio scintillio negli occhi ambrati. E poi le toccò anche la tempia. Sorpresa, Mia alzò la mano e sentì una piccola sporgenza. Aveva davvero messo un puntino su di lei.

Sentendosi nervosa, aprì la bocca per richiederglielo, ma in quel momento la baciò, e ogni traccia di razionalità le scomparve dalla testa. Chiuse la mano sul seno destro, strofinando il piccolo globo, sbattendo lievemente il pollice sul capezzolo, e Mia sentì un'ondata di calore attraversarla. Le mise l'altra mano nei capelli, tenendo la testa ferma, mentre le invadeva la bocca con la lingua. Poté assaporare il desiderio nel suo bacio, e si chiese vagamente che cosa l'avesse provocato.

All'improvviso, non riusciva più a sentire la morbidezza del letto sotto di lei e le orecchie le fischiavano per la musica forte, con il battito pulsante che le riverberava nelle ossa. Sospirando dallo shock, spinse su Korum, e lui la lasciò andare, guardandola con un inquietante mix di divertimento e ardore, quando lei si mise a sedere, rimanendo a bocca aperta per il panico e l'incredulità.

Erano su un pavimento dentro quella che sembrava una grande gabbia di metallo. Tutto intorno a loro, Mia poté vedere dei corpi che volteggiavano, strusciando e sbattendo l'uno contro l'altro. Stupefatta, si rese conto che stavano ballando. Le luci tremolanti sopra di loro illuminavo la stanza con tonalità di azzurro e viola, rendendo la situazione ancora più surreale.

"Dove siamo?" gridò, saltando in piedi e fissando Korum con stupore. Li aveva teletrasportati da qualche parte o si trovavano in uno strano mondo virtuale?

Rise, saltando in piedi con disinvoltura dal pavimento. "Vieni qui" disse, tirandola verso di sé.

Arrabbiata e confusa, Mia cercò di resistere, ma era inutile, ovviamente. Pochi secondi dopo, la teneva premuta sul corpo, e lei poté sentire la sua erezione spingerle sullo stomaco.

"E così, ho scoperto una cosa interessante oggi" disse Korum dolcemente, sovrastando la musica. I suoi occhi erano quasi gialli con le strane luci lampeggianti della pista da ballo. "La mia piccola e dolce charl sembra amare toccarmi nei luoghi pubblici—quando pensa che nessuno ci stia guardando, naturalmente. Quando pensa che io non possa sentirlo."

Mia deglutì, ricordando le proprie azioni prima dell'inizio del processo. Aveva giocato con Korum, certa che nessuno l'avrebbe mai saputo... ma in qualche modo lui sapeva. Era arrabbiato con lei? Intendeva punirla in qualche modo?

"Dove siamo?" chiese, guardandolo con circospezione. "Perché mi hai portata qui?"

"Siamo nella discoteca più esclusiva di Beverly Hills" rispose Korum. "E ti darò esattamente quello che vuoi."

Lo stomaco di Mia si contorse per uno strano mix di paura ed emozione. "Korum, per favore, non credo—"

Prima che potesse finire la frase, le afferrò il sedere e la sollevò, premendole la schiena contro il muro della gabbia, con le cosce aperte e il bacino contro il suo. Mia ansimò di nuovo, sentendo il suo cazzo sul sesso nonostante la sottile barriera dei loro vestiti. Poi, la sua bocca fu su di lei, per un bacio così profondo e appassionato che poteva a malapena respirare.

Intendeva scoparla in pubblico, si rese conto Mia con una parte semi-funzionante del cervello, sconcertata e insopportabilmente eccitata a quel pensiero. Sicuramente non era reale, pensò disperatamente, sicuramente non le avrebbe fatto quello... o sì?

Cercò di staccarsi dalla sua bocca, scavando con le

unghie nelle spalle, ma lui non lo permise, mordicchiandole il labbro inferiore, finché la ragazza non poté fare altro che arrendersi. Il ruggito del battito cardiaco era quasi più forte della musica assordante intorno a loro, mentre lottava per conservare qualche parvenza di sanità in quella che sembrava una situazione assolutamente folle.

Tenendola su con un braccio, Korum usò l'altra mano per afferrarle la gonna e sollevarla più in alto, lasciandole nuda la parte anteriore e inferiore del corpo. Mia entrò nel panico, affondando freneticamente le unghie nelle spalle nude dell'alieno, che liberò il cazzo. L'umana poté sentirne la forza premere sulla delicata apertura, per poi cominciare a spingere dentro, ignorando il modo in cui i suoi muscoli si strinsero nel tentativo di negargli l'accesso.

Stava succedendo tutto così in fretta che Mia poteva a malapena riflettere sulla situazione, con le luci lampeggianti e la musica che peggioravano la sensazione di disorientamento. Sentiva troppo caldo, con il corpo che bruciava per una strana combinazione di inquietante vergogna e febbrile desiderio, mentre il cazzo continuava a spingere più in profondità dentro di lei, con le pareti strette riluttanti a distendersi attorno alla spessa circonferenza. Con tutto il peso sostenuto solo dal braccio di Korum, non poteva limitare in alcun modo la profondità della penetrazione, e sembrava troppo grande dentro di lei, con la punta dell'asta che quasi le sbatteva sulla cervice. Per qualche istante, il dolore la minacciò, ma poi il corpo si adattò, ammorbidendosi e sciogliendosi intorno a lui, e il disagio cominciò a recedere, lasciando il posto a un ardente desiderio. Allo stesso tempo, la bocca dell'extraterrestre continuava a saccheggiarla, con l'invasione della lingua che imitava l'implacabile spinta del cazzo.

Con i sensi completamente sopraffatti, Mia non riusciva a mettere insieme nemmeno un solo pensiero, poteva solo provare emozioni, mentre lui cominciò a muovere i fianchi, con la forza dei colpi che la spinsero sul muro della gabbia. Le sbarre metalliche scavavano nella pelle morbida della sua schiena esposta, e il pulsante battito della musica sembrava echeggiare dentro di lei, con il frastuono della folla danzante che sembrava un vertiginoso brusio nelle orecchie. Le si oscurò la vista per un secondo, con i baci di Korum che la privarono dell'ossigeno, ma poi staccò la bocca, permettendole di riprendere fiato, e la sensazione di stordimento svanì, riportandola alla semi-consapevolezza della situazione.

Cercando disperatamente di mandare giù aria, Mia chiuse gli occhi e cercò di fingere che non stesse succedendo niente, che non la stava davvero scopando in una gabbia nel bel mezzo di una discoteca. Nulla di tutto quello poteva essere reale; non poteva sentire davvero il metallo duro che le spingeva nella schiena, non poteva sentire la folla urlare e gridare in sintonia con la musica assordante. Eppure, la spietata spinta e la sensazione del cazzo dentro di lei non potevano essere scambiati per altro, e nemmeno l'umido calore della sua bocca che le scorreva sul lato del collo.

Un'ondata di calda vergogna l'attraversò, in qualche modo aggiungendosi alla potente tensione che stava crescendo dentro di lei. Korum aumentò il ritmo, martellando i fianchi dentro di lei, e tutti i muscoli del corpo della ragazza sembrarono stringersi contemporaneamente, con il piacere così forte che era quasi insopportabile... e poi, poté solo urlare, quando l'orgasmo la travolse con la forza di una marea, con i muscoli interni che strinsero e rilasciarono il cazzo diverse volte.

Man mano che la sensazione orgasmica svaniva, Mia si accasciò tra le braccia di Korum, seppellendogli il viso nell'angolo del collo. Anche lui tremava, e poteva sentirne il gemito roco, mentre l'asta pulsava dentro di lei, rilasciando il seme con calde ondate.

Ora che era finito, tutto quello che provava era un forte imbarazzo, e delle lacrime di rabbia le riempirono gli occhi, fuoriuscendo dagli angoli. Non voleva guardarsi intorno, non voleva affrontare le persone che sicuramente li stavano guardando con curiosità.

Caddero altre lacrime, bagnandogli il collo. Mia voleva scomparire, fingere che fosse solo un orribile sogno, ma non poteva sfuggire a quelle sconvolgenti sensazioni. L'asta afflosciata era ancora dentro di lei, e poteva sentire la gabbia scavarle nella schiena. E proprio quando credette di non poterlo più sopportare, le mormorò nell'orecchio: "Non siamo davvero qui, tesoro. Lo sai, vero?"

"Che cosa?" Mia sussultò, fissandolo scioccata e incredula. Poteva sentire l'ipnotico battito dell'ultimo singolo dance-hop, poteva sentirlo dentro di lei, e le stava dicendo che tutto quello stava accadendo nella sua testa?

Piegò le labbra in un sorrisetto. "Credevi che fosse reale?"

"Mettimi giù" gli disse, attraversata da un'ardente furia. "Mettimi subito giù."

Questa volta l'ascoltò e la mise a terra, ritirandosi lentamente da lei. Per un secondo, le gambe tremanti si rifiutarono di reggerne il peso, e lui la sostenne, guardandola con un'espressione leggermente divertita. L'abito tornò a posto, coprendole nuovamente la metà inferiore.

Non appena poté sorreggersi da sola, Mia spinse sul petto di Korum, e lui fece un passo indietro, permettendole di respirare. Solo per confermare quello che le aveva detto, Mia si girò lentamente in cerchio, fissando i ballerini fuori dalla gabbia.

Nessuno li stava guardando. Nemmeno una sola persona. La musica proseguiva, e i ballerini continuavano a strusciarsi l'uno contro l'altro, e nessuno stava prestando loro attenzione. *Dopotutto, quello non era reale.* Stava accadendo tutto virtualmente, proprio come nel processo. O no?

Girandosi verso Korum, chiese: "Abbiamo appena fatto sesso o mi hai semplicemente fottuto il cervello?"

Invece di rispondere alla domanda, Korum portò la mano alla sua tempia destra e la premette leggermente.

Il locale si dissolse intorno a loro, con la realtà che si trasformò e si adattò, e Mia si ritrovò sul pavimento accanto a una delle pareti della camera da letto. C'era anche lui, a meno di un metro di distanza da lei, con i pantaloncini sbottonati e il sesso ormai flaccido parzialmente visibile.

Sbattendo le palpebre per scacciare il leggero offuscamento, Mia rifletté sul proprio stato attuale. Aveva il sesso gonfio e un po' dolorante, com'era di solito dopo un rapporto sessuale, e sentì l'umidità dello sperma lungo la gamba.

Quindi, il sesso sicuramente era stato reale.

Non riusciva a capire se questo la facesse sentire meglio o peggio riguardo alla situazione. Ora che l'ondata di adrenalina era passata, si ritrovò a tremare leggermente, sentendo freddo, nonostante il caldo della camera.

"Ho bisogno di una doccia" disse, rifiutandosi di guardarlo.

"Mia" le disse piano, avvolgendole la mano attorno al braccio, quando cercò di ignorarlo: "Non puoi dirmi che non ti è piaciuto."

"Certo che non mi è piaciuto!" Delle lacrime riapparvero nei suoi occhi, rivivendo le acute sensazioni della terribile umiliazione e dell'involontaria eccitazione, e cercò di strattonarlo. Uno sforzo inutile, naturalmente; l'alieno non sembrava nemmeno sentirlo.

"Bugiarda" disse Korum, e lei percepì il divertimento nella sua voce. "Ho sentito benissimo quanto non ti è piaciuto, quando sei venuta, con la fighetta che mi ha stretto forte."

Mia sentì le guance arrossire. "Farò la doccia ora" ripeté, non volendo altro che scappare.

"D'accordo" disse. "La farò con te." E prima che lei potesse obiettare, la prese di nuovo in braccio e la portò nel bagno, mettendola in piedi accanto alla Jacuzzi.

"Volevo farla da sola" gli disse con fare ribelle, mentre le tirava giù il vestito, lasciandola lì nuda, ad eccezione della collana attorno al collo e dei morbidi stivaletti ai piedi. Mia sfiorò la collana, trovando il gancetto, e la tolse attentamente, posizionandola al lato della Jacuzzi. Non aveva intenzione di fare la doccia con un gioiello alieno di un milione di anni intorno al collo.

Le sorrise, spogliandosi. "E come mai?"

"Perché non mi piaci in questo momento" gli disse sinceramente. In realtà, stava minimizzando. Più che altro stava morendo dalla voglia di fargli qualcosa di violento—come togliergli quel sorriso dal bellissimo volto con uno schiaffo.

"Perché ti ho dato quello che volevi, ma che avevi troppa paura di chiedere?" domandò, piegando la testa da una parte.

"Non volevo quello" gli disse Mia con veemenza. "E il fatto che sono venuta non ha niente a che fare con questo. Sono molto più della semplice somma delle mie reazioni fisiche—"

"Certo che lo sei" disse Korum, avvicinandosi a lei e

abbassandosi per toglierle gli stivali. Mia lo fissò con risentimento, combattendo la patetica voglia di strofinargli i capelli scuri e lucenti sulla testa. Tornando su e guardandola con un sorrisetto, aggiunse: "Se fossi stata davvero a disagio o spaventata, mi sarei fermato immediatamente e ti avrei riportata qui. Ho sentito la tua eccitazione e il piacere nel fare qualcosa di proibito. Ecco perché hai giocato con me nel mondo virtuale oggi—perché sotto quell'apparenza timida, segretamente ti piace l'idea di essere un po' cattiva..."

Mia non aveva una buona risposta per quello, così abbassò lo sguardo ed entrò nella doccia. La seguì, regolando l'acqua in modo che bagnasse entrambi. Versando lo shampoo profumato sulla mano, lo applicò sui capelli di Mia, scacciando con le dita forti la tensione nel cuoio capelluto.

Quando i suoi capelli furono nuovamente puliti e morbidi, rivolse l'attenzione al corpo della ragazza, lavando teneramente ogni parte, fino a farle dimenticare la rabbia e lasciando che si godesse quelle esperte carezze. E proprio quando l'umana pensò che avesse finito, si inginocchiò e le fece raggiungere un altro orgasmo con la bocca, con le labbra e la lingua morbide e dolci sulla sua carne sensibile.

Profondamente rilassata e incredibilmente assonnata, Mia lo sentì a malapena tirarla fuori e portarla a letto. Non appena la testa colpì il cuscino, si addormentò, appena consapevole di essere sdraiata nel suo caldo abbraccio.

CAPITOLO NOVE

La mattina successiva, Mia si svegliò con il ricordo della loro sessione di sesso virtuale vivo nella mente.

Non riusciva ancora a credere che Korum le avesse fatto una cosa del genere—che le aveva fatto credere che la stesse scopando in pubblico—e non riusciva a credere di aver reagito a lui in quel modo, nonostante le sensazioni di imbarazzo e umiliazione. Anche ora, si sentiva sempre più bagnata al pensiero, e maledisse la propria suscettibilità nei suoi confronti. Sembrava conoscere i suoi bisogni sessuali molto meglio di lei, e non esitava a spingerla al limite. Voleva continuare ad avercela con lui, davvero. Ma, se voleva proprio essere sincera con se stessa, doveva ammettere che l'esperienza le era piaciuta. Era stato assolutamente eccitante avere rapporti sessuali in pubblico in quel modo—soprattutto perché ormai sapeva che non c'era motivo di vergognarsi, visto che nessuno li aveva visti.

Stiracchiandosi, sbadigliò e poi si ricordò dell'escursione in spiaggia che le aveva promesso. Saltando giù dal letto e indossando una vestaglia, lavò i denti e spruzzò un po' d'acqua sul viso prima di andare a cercare Korum.

Con sua sorpresa, non lo trovò. Prima di poter chiedersi dove fosse, sentì qualcosa nel salone e lasciò la cucina per indagare. Poi, vide l'amante alieno entrare dall'apertura di una parete.

E Mia rimase a bocca aperta dallo shock, nel vederlo.

Al posto del consueto corpo immacolato, il suo amante sembrava essersi appena rotolato nel fango, con i vestiti sporchi e strappati. E quelle erano... *tracce di sangue* sulle braccia e sul viso?

Vedendola lì, Korum le fece un sorrisetto, con i denti sorprendentemente bianchi sul viso sporco. "Ti sei svegliata presto. Speravo che stessi ancora dormendo e che avrei potuto fare una doccia, prima che potessi vedermi in queste condizioni."

Mia finalmente ritrovò le parole. "Che cos'è successo? Stai bene?"

Rise, con gli occhi che brillavano dall'emozione. "Sto bene. Sono solo stato fuori a giocare a *defrebs*— uno sport che mi piace molto."

"Oh..." La ragazza tirò un sospiro di sollievo. "Quindi, è un gioco con la palla o qualcosa del genere?"

"Più simile alle arti marziali" spiegò, andando verso il bagno.

Incuriosita, Mia lo seguì, guardandolo togliersi i

vestiti sporchi, lasciandoli cadere a terra e rivelando il magnifico corpo. Sembrava molto sudato, e la pelle dorata brillava dalle goccioline. Sembrava un guerriero fresco di battaglia, e ora poté vedere che quelli sulle braccia e le gambe erano davvero graffi e strisce di sangue.

"È questo che fai per esercitarti? Arti marziali?" chiese, spiandolo sul bordo della Jacuzzi, mentre lui aprì la doccia, regolando i comandi. I vestiti sporchi erano già scomparsi, essendo stati assorbiti da una delle pareti, e il pavimento era di nuovo pulito. Un'altra utile funzionalità della casa, pensò Mia.

"Più o meno" ammise, sistemandosi sotto l'acqua. La voce era ancora un po' soffocata dal getto d'acqua, così Mia si avvicinò per sentire meglio. "Raramente ci esercitiamo come fa la maggior parte degli umani di oggi, in palestra o praticando un solo tipo di attività fisica. Al contrario, di solito ci impegniamo in diversi sport. Il defrebs è particolarmente popolare, perché è simile ai combattimenti fuori dall'Arena—"

"Arena?"

"Ah, non sei ancora arrivata a quel punto della lettura..." Fece una pausa di alcuni secondi, strofinando i capelli e togliendo lo shampoo prima di continuare. "L'Arena è il luogo in cui si recano i nostri cittadini per risolvere alcune divergenze inconciliabili. Se, ad esempio, penso che qualcuno mi abbia fatto un danno irreparabile, posso sfidarlo nell'Arena—e dovrà accettare la mia sfida o perdere gran parte della sua posizione."

Mia guardò con sorpresa il vetro appannato della doccia. "Quindi, che cosa fate nell'Arena? Combattete?"

"Esatto. Non sono ammesse armi, ma tutto il resto sì. L'obiettivo è vincere, sottomettere completamente il nemico, mentre tutti gli altri guardano..."

Mia rise dall'incredulità. "Come i gladiatori dell'antica Roma?"

"Dove credi che i Romani abbiano preso l'idea?"

"Che cosa? Davvero?"

Korum chiuse l'acqua e aprì la porta, afferrando un asciugamano da uno scaffale vicino. "Assolutamente. Gli stessi scienziati di cui ti ho parlato—quelli che sono stati la fonte di molti miti greci e romani—sono responsabili anche di questo. Ad alcuni di loro mancava quell'aspetto della vita su Krina, così introdussero gradualmente la tradizione nella cultura romana, che poi si diffuse da sola. Fummo piuttosto sorpresi, in effetti, dalla durata di tempo in cui i giochi persistettero e da quanto divennero popolari."

Mia non riusciva a credere alle proprie orecchie. "E avete ancora questi giochi? Nell'era moderna?"

"Certo" confermò, con gli occhi che brillavano di sfumature dorate. "È un modo per soddisfare determinati... bisogni... che altrimenti sarebbero entrati a far parte di una società pacifica e prospera."

Bisogni? Sbatté le palpebre, guardandolo attentamente, mentre finiva di asciugarsi. E così, i Krinar avevano ancora le tendenze violente di cui aveva appena finito di leggere. Non c'era da meravigliarsi che girassero tutte quelle voci sulla loro brutalità durante il Grande Panico—

Prima che potesse analizzare ulteriormente quel pensiero, si avvicinò e la sollevò per la vita. Spaventata, Mia gli si aggrappò alle spalle, mentre sbatté la bocca sulla sua, baciandola con un'aggressività trattenuta a stento. Fare sport lo aveva chiaramente eccitato, e lei poté sentire il cazzo indurirsi sulla gamba, nonostante lo spesso tessuto dell'indumento. La sua risposta fu istantanea, con il sesso che si strinse dal desiderio e i capezzoli che sembravano gemme appuntite.

Percependo la sua eccitazione, ringhiò con la gola e la spinse contro il muro, strappandole la vestaglia. Piegando il ginocchio destro, la mise a cavalcioni, facendole sbattere il sesso nudo sulla gamba, e Mia gli gemette nella bocca, con la pressione sul clitoride che la eccitò ancora di più. Fece scorrere le mani più in basso, afferrandole le cosce e aprendole maggiormente, e poi fu dentro di lei, senza ulteriori preliminari.

Mia gridò per la potenza della sua entrata; nonostante l'eccitazione, era ancora troppo grosso per poterlo accogliere facilmente, e il suo delicato canale interno si sentiva disteso al limite del dolore. Si fermò un attimo, lasciandola adattarsi, e poi iniziò a spingere lentamente, continuando a tenerle le gambe aperte, impedendole di controllare l'atto sessuale. La spessa punta del cazzo colpiva il punto G spinta dopo spinta, e quella posizione gli permetteva di sbatterle il bacino sul clitoride ogni volta che entrava dentro di lei, facendo crescere ulteriormente la pressione.

Infine, Mia raggiunse l'orgasmo con un urlo, con tutto il corpo fremente tra le sue braccia. Incapace di resistere alle ritmiche pulsazioni dei muscoli interni della ragazza, venne anche lui, gemendo duramente contro il suo orecchio.

Ansimando, Mia si aggrappò a lui, fin quando non l'appoggiò a terra, uscendo lentamente fuori da lei e porgendole un fazzoletto.

Le ginocchia le tremavano un po', e la sostenne, fissandola con un aspetto leggermente perplesso sul bellissimo viso. "Che tu ci creda o meno, non volevo che succedesse questo" disse Korum, con un sorriso autocritico che gli fece piegare le labbra. "Sinceramente, non so perché non riesco a controllarmi con te. È come se dovessi entrare dentro di te tutte le volte che posso..."

Con la figa ancora palpitante per i residui dell'orgasmo, Mia inumidì le labbra e scrollò le spalle, assurdamente lusingata dalla sua ammissione. "Va bene... Non che mi dispiaccia..."

"Oh, davvero?" mormorò, con un sorriso luminoso sul viso. "Ti piace? Non l'avrei mai detto—"

Mia si accigliò, pulendosi con il fazzoletto. "Però, mi avevi promesso un giro in spiaggia" gli ricordò, volendo cambiare argomento. La forza della sua risposta sessuale a lui—dei suoi sentimenti per lui in generale—la faceva ancora sentire a disagio. Perché si era innamorata di una persona così complicata? Perché doveva essere proprio quell'uomo duro e spietato con una natura dominante? Sarebbe stato molto più facile avere una relazione con Arman; almeno, con uno come lui, avrebbe sentito di avere la situazione un po' più sotto controllo, invece di sentirsi costantemente spiazzata.

"Dovremmo ancora farcela" disse Korum, creando un vestito per se stesso con l'aiuto delle nanomacchine, e lo indossò. "Ti preparo la colazione e andiamo."

"Ok" disse Mia. "Faccio una doccia al volo e ti raggiungo."

~

SETTE MINUTI DOPO, Mia entrò in cucina e vide che Korum stava preparando qualcosa di verde in un normale frullatore.

"Che cos'è quello?" gli chiese, osservando curiosamente lo strano intruglio.

Korum sorrise, con i lineamenti che si illuminarono non appena la vide. "Ah, speravo che avresti fatto in fretta." Facendo due passi verso di lei, le diede un rapido bacio sulla fronte e poi riprese la sua attività. "È una miscela di mango, banana, spinaci e bowit—è un tipo di noce dolce di Krina. Hai fame?"

"Sempre" ammise Mia con un sorriso timido. Il frappè era molto invitante. "Abbiamo tempo a sufficienza per nuotare prima che inizi il processo?"

"Assolutamente" disse, e poi accese il frullatore. Mia si tappò le orecchie a causa del rumore, che per fortuna durò solo dieci secondi. Non appena la stanza fu di nuovo silenziosa, l'alieno aggiunse: "Abbiamo circa due ore, quindi dovrei riuscire a mostrarti qualche luogo interessante qui intorno, e poi potremmo fare una nuotata veloce."

"Sarebbe fantastico" disse Mia, desiderosa di uscire e di esplorare la zona. "Mi sono sentita un po' reclusa ieri—"

"Certo" disse, versando il frullato verde in una grossa tazza chiara e porgendogliela. "Non voglio che ti senta così. Prova questo—dovrebbe essere abbastanza buono."

Mia bevve un sorso, e le papille gustative quasi esplosero per quel sapore dolce e ricco. Era diverso da qualunque cosa avesse mai assaggiato, con accenni di cioccolato, crema e qualcosa di completamente indescrivibile sotto ai familiari sapori della frutta. "Wow." Deglutì e si leccò le labbra. "Di qualunque cosa si tratti, è assolutamente squisita."

Soddisfatto della sua reazione, Korum sorrise. "Sì, è anche il mio preferito. La pianta del bowit impiega cinque anni a raggiungere la piena maturità, quindi questa è la prima volta che siamo riusciti a raccogliere queste noci qui, sulla Terra. Sono abbastanza gustose e si abbinano con molti piatti diversi."

"Posso portarlo con me?" chiese Mia, volendo cominciare al meglio la giornata. "Così, posso vestirmi in fretta e possiamo andare..."

"Certo, perché no?" Korum ne versò anche una tazza per sé. "Lascia che ti mostri il nostro costume da bagno."

Lasciando la cucina, si avviò verso la camera da

letto, sorseggiando il frullato. Mia lo seguì, curiosa di vedere quale fosse la versione K di un costume da bagno.

Entrando nella camera, l'extraterrestre poggiò la tazza sul comò e si diresse verso l'armadio. Tirando fuori quello che sembrava un piccolo pezzo di tessuto bianco, lo posò sul letto e disse: "Questo è quello che normalmente indossano le nostre donne."

Mia lo fissò. "Uhm... non vedo come possa entrarmi." Sarebbe andato bene per il Chihuahua dei suoi genitori, forse, ma sicuramente non per lei.

Rise. "Il materiale è elastico. Provalo."

Ancora dubbiosa, Mia poggiò il suo frappè e si avvicinò al letto. Raccogliendo il tessuto, lo esaminò attentamente.

"Si infila dalla testa" disse Korum. "Ecco, spogliati e ti mostrerò come indossarlo."

"Ok" disse Mia, slacciando la vestaglia e gettandola sul letto. Era completamente nuda sotto, e sentiva il calore del suo sguardo mentre le guardava il fisico. Quando tornò a guardala in faccia, gli occhi dell'extraterrestre erano quasi completamente dorati. Il respiro di Mia accelerò, e poté sentire i capezzoli stringersi, con il corpo che rispose al desiderio.

Lo sentì fare un respiro profondo, come se stese inalando il suo profumo, e poi disse con voce roca: "Ecco, funziona così." Allungando il pezzo simile a una bandana tra le mani, glielo abbassò sopra la testa, lasciandolo andare fin quando fu saldamente intorno ai suoi fianchi. Le strofinò le dita sullo stomaco, facendola sentire nuovamente calda all'interno.

Separando leggermente le labbra, Mia lo fissò, incapace di credere che potesse già rivolerlo.

"Non guardarmi così" le disse, con voce dura. "Ti ho promesso una gita questa mattina, e questo è quello che faremo."

Mia arrossì. "Certo." Era ridicolo; la stava trasformando in una ninfomane. Sicuramente, non poteva essere normale desiderare qualcuno in quel modo tutto il tempo.

Cercando di distrarsi, guardò il pezzo di stoffa. Con sua sorpresa, si era allungato per coprirle il busto, trasformandosi in un costume da bagno intero. Il tessuto si sistemò tra le gambe, nascondendo la zona pubica e il centro del sedere, poi si allungò lungo il petto e le avvolse leggermente i seni, nascondendo i capezzoli dalla vista. Come tutti i vestiti K, il tessuto aderì perfettamente alla forma del suo corpo e sembrava sostenersi saldamente su di lei, anche se non c'erano lacci di alcun tipo per tenerlo su.

L'effetto complessivo era incredibilmente sexy, si rese conto Mia, e arrossì al pensiero di dover uscire conciata in quel modo. "È tutto quello che indosserò?" chiese, guardando Korum.

Lui scosse la testa. "No, sopra indosserai anche questo" disse, porgendole quello che sembrava un tubino bianco. "Puoi toglierlo, quando arriveremo in spiaggia."

Mia infilò l'abito e si avvicinò allo specchio per dare

un'occhiata. Sembrava un semplice top a fascia, realizzato con un tessuto leggero e appiccicoso. Non troppo diverso da uno spolverino che si indosserebbe su una spiaggia della Florida.

"Puoi mettere questi stivali" disse Korum, porgendole un paio di stivaletti grigi fino al ginocchio. "Dato che andremo a piedi e che non ti piacciono gli insetti, questa potrebbe essere l'opzione migliore per te."

Disposta a indossare qualsiasi cosa pur di ridurre al minimo l'esposizione agli insetti disgustosi della Costa Rica, l'umana indossò gli stivali. Dando un'ultima occhiata al riflesso nello specchio, prese il frullato dal comò. "Sono pronta."

"Andiamo, allora." Afferrando la sua tazza, Korum la condusse fuori dalla casa, verso la giungla verdeggiante.

IL PRIMO LUOGO che Korum le mostrò fu una bella grotta con due cascate di medie dimensioni. L'acqua cadeva da un'altezza di una decina di metri in un laghetto poco profondo, e poi si riversava in un piccolo fiume. Sulla sponda del fiume c'erano rocce molto grandi, e l'erba sembrava soffice e verde. Un luogo molto invitante per rilassarsi e leggere, pensò Mia, notando la posizione della grotta.

Dopo le cascate, si incamminarono verso un altro fiume più grande—un estuario che si riversava nell'oceano. Secondo Korum, era un ottimo posto per ammirare la fauna locale, tra cui varie specie di uccelli e scimmie urlatrici. "Sembra divertente" esclamò Mia, e lui promise di portarla a fare un gito in barca una di quelle mattine.

Seguendo l'estuario verso ovest, finalmente raggiunsero la spiaggia. Come Korum l'aveva avvertita, le onde erano abbastanza imponenti, e alcune si infrangevano contro la riva. In lontananza, Mia poté vedere alcune persone—probabilmente Krinar—che si godevano l'oceano, ma la zona intorno a loro era completamente deserta.

"Abbiamo solo trenta minuti a questo punto" disse Korum. "Dopodiché, dovrò andare al processo."

"Certo" disse Mia, sorridendo. "Che ne dici di una breve nuotata?" E senza aspettare la risposta, tolse gli stivali, gettò via il tubino, e corse verso l'oceano.

La prese subito in braccio, facendola dondolare tra le braccia prima che potesse mettere un piede nell'acqua. "Presa" disse, con gli occhi carichi di caldo divertimento.

Mia rise, con una sensazione di leggerezza nel petto che non sperimentava da settimane. Mettendogli le braccia intorno al collo, gli disse: "Ok, ma ora entrerai con me. E se l'acqua è troppo fredda per te, non voglio sentire lamentele."

"Oh, una sfida?" disse lui, sollevando un sopracciglio. "Vedremo chi si lamenta per primo..." E tenendola tra le braccia, si avvicinò con decisione alle onde.

Gridando e ridendo per l'improvvisa immersione

nell'acqua fredda, Mia trattenne il fiato mentre una grossa ondata le coprì la testa. Poté sentire la forte corrente, e si rese conto che Korum probabilmente aveva ragione sui potenziali pericoli del nuotare da sola. Con lui, tuttavia, si sentiva completamente al sicuro; poteva resistere con facilità al trascinamento dell'acqua, con la forza del Krinar che poteva competere facilmente con la corrente.

L'onda si ritirò, e Mia si strofinò gli occhi con una mano, cercando di far uscire l'acqua salata. Quando finalmente li riaprì, Korum la guardò con un sorriso strano.

"Che cosa c'è?" chiese, sentendosi un po' a disagio.

"Niente" mormorò, continuando a sorridere. "Sei molto carina così, con le ciglia e i capelli tutti bagnati. Mi ricorda quel giorno in cui ti ho vista sotto la pioggia."

"Vuoi dire la seconda volta che ti ho visto, quando ti ho starnutito in faccia?" chiese Mia, ancora un po' imbarazzata per quel ricordo.

Annuì. "Sei stata la cosa più bella che avessi visto da tempo, con tutti i ricci gocciolanti e gli occhioni azzurri... e non riuscivo a smettere di baciarti."

Mia lo guardò, incredula. "Davvero? Credevo di essere in pessime condizioni, come un ratto annegato."

Rise. "Più che altro come una gattina annegata, se vuoi usare analogie animali. O un fregu bagnato—è un mammifero carino e morbidoso che abbiamo su Krina."

"Ce n'è qualcuno qui?" chiese Mia, improvvisamente

emozionata all'idea di vedere qualche animale alieno. "A Lenkarda, voglio dire—"

Korum scosse la testa. "No, i fregu non sono addomesticabili in alcun modo, e non portiamo animali selvatici fuori dai loro habitat. Non addomestichiamo gli animali in generale."

"Quindi, non avete animali domestici?" domandò Mia, sorpresa.

Un'altra ondata si avvicinò in quel momento, e Korum la sollevò, permettendole di tenere la testa fuori dall'acqua questa volta. "Nessun animale domestico" confermò, non appena l'ondata passò. "Quella è una consuetudine unicamente umana."

"Davvero? Non l'avrei mai immaginato. I miei genitori hanno un cane" confidò Mia. "Un piccolo Chihuahua. È molto carino."

"Lo so" disse Korum. "Ho visto le registrazioni."

In qualche modo, Mia non era sconvolta. "Certo" disse, sospirando. Sapeva che avrebbe dovuto essere arrabbiata per quella invasione della privacy della sua famiglia, ma si sentiva stranamente rassegnata. Il suo amante non concepiva l'idea dei confini, e Mia in quel momento era troppo felice per rovinarlo con un'altra discussione. Tuttavia, non riuscì a fare a meno di chiedere: "C'è qualcosa che non sai di me o della mia famiglia?"

"Probabilmente non molto a questo punto" ammise con disinvoltura. "La tua famiglia è affascinante per me."

La sua famiglia? "Perché?" chiese Mia, perplessa. "Siamo una normalissima famiglia americana—"

"Perché *tu* sei affascinante per me" disse Korum, guardandola con imperscrutabili occhi color ambra. "E voglio capire meglio chi sei e da dove vieni."

Mia lo fissò. "Capisco" mormorò, ma in realtà non capiva. Non capiva come mai uno come lui—un brillante K con una posizione così alta nella loro società—potesse essere interessato a una normale ragazza umana.

Improvvisamente, le sorrise, e la strana tensione si dissolse. "Allora, perché non mi fai vedere come sei brava a nuotare?" le suggerì con gioia, lasciandola andare.

Mia ricambiò il sorriso, sentendosi insopportabilmente allegra. "Guarda e impara" gli disse con arroganza, e si diresse verso le profondità dell'oceano con una forte spinta, certa che sarebbe stata più al sicuro con Korum nell'acqua profonda che in una piscina per bimbi con un bagnino.

~

IL KRINAR OSSERVÒ il nemico spassarsela in acqua con la sua charl.

Inizialmente, non aveva compreso il fascino della ragazza; gli era sembrata una tipica umana. Una piccola umana, ma nulla di speciale. Tuttavia, mentre continuava a osservarla, cominciò lentamente a notare la fine delicatezza dei suoi lineamenti, il pallore della pelle. Il suo corpo era piccolo e fragile, ma con le curve nei punti giusti, e c'era un'innocente sensualità nel modo in cui si muoveva, nell'angolo in cui teneva la testa quando parlava.

Con shock, il K comprese di voler seppellire le dita nei suoi folti capelli ricci, respirare il suo profumo, leccarle il collo e sentire il caldo sangue scorrerle nelle vene sotto la soffice pelle. Era quella la parte migliore del sesso con le donne umane—la consapevolezza che con un solo piccolo morso avrebbe raggiunto il paradiso.

Quella bramosia lo sorprese ancora una volta. Non faceva parte del suo piano. Aveva cercato di passare sopra a quelle sciocchezze, a quei bisogni primitivi. Raramente si concedeva qualche sfizio; non poteva permettersi quella distrazione. La posta in gioco era troppo alta per mandare tutto all'aria, soddisfacendo un futile piacere fisico.

Con uno sforzo eroico, scacciò la fantasia e si concentrò sul compito a portata di mano.

CAPITOLO DIECI

opo la nuotata, Korum la riportò a casa, saltò nella doccia e se ne andò due minuti dopo, alla velocità di un tornado. Confusa, Mia poté solo guardarlo, quando le diede un rapido bacio sulla fronte e poi praticamente volò fuori dalla porta.

Dopo la sua partenza, Mia fece una doccia e si rifocillò con uno spuntino a base di mango e noci, preparandosi ad un'altra udienza probabilmente lunga. Poi, indossando il braccialetto che Korum che le aveva dato, si sistemò comodamente sul divano e si immerse nello spettacolo.

Il secondo giorno del processo iniziò con l'ormai familiare scampanellio.

Come la volta precedente, Mia si fece strada tra la folla verso il podio di Korum e si sedette lì sopra. Questa volta, si rifiutò di toccargli il corpo virtuale, con le guance che avvamparono al ricordo di quello che le aveva fatto la scorsa notte come conseguenza delle sue azioni.

Oggi ci furono pochi saluti e preliminari. Dopo l'apparizione nell'arena dell'accusato e del Protettore, il pubblico si fece silenzioso, assistendo con grande interesse allo svolgimento del processo.

Come l'ultima volta, Loris era vestito di nero. L'espressione sul viso era tesa, con lo sguardo rivolto a Korum carico di una tale rabbia e amarezza che Mia rabbrividì involontariamente. Dopo pochi secondi, l'alieno sembrò riprendere il controllo, e i suoi lineamenti si addolcirono, con il volto che diventò inespressivo.

Facendo un passo in avanti, si rivolse agli spettatori con voce forte e squillante. "Cari abitanti della Terra e concittadini di Krina! Vi sono state mostrate le prove di un terribile crimine—un crimine così terrificante da sembrare quasi incredibile. E se doveste credere alle registrazioni che vi sono state mostrate ieri, naturalmente giudichereste quelle persone—tra cui mio figlio—colpevoli.

Ma dovete chiedervi: è plausibile? Com'è possibile che sette giovani senza precedenti di alcun tipo improvvisamente abbiano cospirato per deportare con la forza cinquantamila Krinar dalla Terra, mettendo in pericolo la nostra vita? Mettendo in pericolo la *mia* vita? Com'è possibile che abbiano elaborato questo complesso piano, fornendo agli umani le armi e la tecnologia Krinar? E perché? Per aiutare gli umani? Ha senso per qualcuno di voi?"

La folla rimase in silenzio. Mia trattenne il fiato, incapace di staccare gli occhi dalla figura vestita di nero così imponente nell'arena.

"Beh, per me non ha alcun senso. Conosco mio figlio, e ha i suoi difetti—ma non è un assassino di massa. Ed è per questo che ho dovuto assumermi il ruolo di Protettore—perché questo processo è una farsa. È un vero e proprio attacco a questi giovani, e non ho altra scelta che difenderli—"

Girandosi per un breve secondo, Mia osservò Korum, cercando di vedere la sua reazione a tutto questo. C'era un'espressione di caldo divertimento sul suo viso, e sembrava che stesse studiando il processo con garbata attenzione.

"Ho parlato a lungo con Rafor e i suoi amici, e nessuna delle loro storie corrisponde" continuò Loris. "Anzi, sono davvero confusi. Talmente confusi che non ricordano di aver fatto nulla in linea con quello per cui sono stati accusati—talmente confusi da riuscire a ricordare a stento gran parte degli eventi chiave dell'anno passato...

"Ora, so cosa stanno pensando molti di voi. Ovviamente, se fossero colpevoli, fingere di non ricordare sarebbe un ottimo modo per insabbiare il processo, per mettere in dubbio la validità di quelle accuse. E questo è stato anche il mio pensiero iniziale... ecco perché ho commissionato una scansione della memoria da parte di alcuni esperti della mente che vivono qui sulla Terra. Quattro diversi laboratori della mente hanno eseguito i loro esami—laboratori con sede in Arizona, Tailandia, Figi e Hawaii—e i risultati sono indiscutibili.

A tutti i sette accusati sono stati alterati i ricordi."

Uno shoccato mormorio attraversò la folla, e Mia vide gli sguardi sorpresi sui volti dei Consiglieri. Rivolgendo un'altra occhiata dietro di lei, vide che c'era un cipiglio lieve, quasi impercettibile sul viso di Korum. Sembrava confuso.

"Ora, molti di voi sanno che non ci sono molte persone in grado di fare qualcosa del genere. Infatti, credo che ci siano meno di trenta individui su questo pianeta che abbiano qualcosa a che fare con la manipolazione della mente. Tuttavia, uno stimato membro del Consiglio appartiene a questi—"

Un altro mormorio attraversò la folla all'ultima frase, e Saret si alzò lentamente dietro il podio. "*Mi* stai accusando di qualcosa?" chiese con tono incredulo.

"Sì, Saret" disse Loris, e Mia poté nuovamente sentire la rabbia appena trattenuta nella sua voce. "Sto accusando te e il tuo amico Korum di aver manomesso i ricordi di mio figlio e degli altri. Vi sto accusando di aver violato le loro menti con l'obiettivo di avanzare in politica. Sto accusando Korum di aver pianificato l'intera sequenza degli eventi, fino all'attacco alle colonie, col solo scopo di distruggere me e di sconvolgere l'equilibrio del potere in questo Consiglio per soddisfare la sua insaziabile ambizione. E ti sto accusando di averlo aiutato a coprire le tracce, violentando la mente di mio figlio e degli altri giovani presenti qui oggi!"

La folla esplose in una cacofonia di esclamazioni scioccate, e Mia si voltò di nuovo per vedere Korum. Non sapeva come avrebbe dovuto reagire alle parole di Loris. Poteva esserci qualche accenno di verità?

Korum rimase seduto lì tutto calmo, con un'espressione assolutamente indecifrabile. Soltanto le debole striature gialle intorno alle pupille mettevano in risalto le emozioni dentro di lui. Alzandosi lentamente, si avvicinò al centro dell'arena, dove si trovava il Protettore.

"Ottimo lavoro, Loris" disse Korum, con tono leggero e derisorio. "È stato piuttosto creativo. Devo ammettere che non mi aspettavo che saresti andato in quella direzione—anche se posso capirne il motivo. Volevi prendere due piccioni con una fava e tutto il resto... Naturalmente, ci sono ancora tutte le registrazioni, per non parlare dei testimoni, che mostrano chiaramente che tuo figlio e i suoi amici hanno agito lucidamente, senza alcuna traccia di confusione mentale—"

"Quelle registrazioni sono inutili" lo interruppe Loris, con il viso tirato da una rabbia appena controllata. "Come tutti sappiamo, una persona con le tue capacità tecnologiche può fingere benissimo cose del genere—"

"Invierò le registrazioni per farle esaminare dagli esperti" disse Korum, scrollando le spalle con fare indifferente. "Puoi scegliere tu alcuni di questi esperti —purché possano dimostrare il proprio valore in base ai risultati ottenuti. E, naturalmente, gli altri

Consiglieri hanno già interrogato i testimoni. Consiglieri, c'era qualcosa nella storia di qualcuno di loro in contraddizione con le registrazioni?"

Arus si alzò per rispondere. Deglutendo nervosamente, Mia vide un altro avversario di Korum camminare verso il centro dell'arena. E se si fosse alleato con Loris? Korum sarebbe stato nei guai? Non riusciva a sopportare l'idea che sarebbe potuto succedergli qualcosa a causa di quelle accuse.

"Parlerò per conto del Consiglio" disse Arus con voce profonda e calma. Ancora una volta, c'era qualcosa in quello sguardo dall'aspetto aperto e sincero che spingeva Mia a fidarsi di lui. Un tratto molto utile per un politico, si rese conto—specialmente per un ambasciatore.

"Per quanto mi piacerebbe sostenere la causa di Loris per proteggere il figlio" affermò: "Non c'è dubbio sul fatto che tutti i testimoni intervistati finora—dai membri della Resistenza umani ai guardiani coinvolti nell'operazione—abbiano raccontato la stessa storia. E purtroppo, Loris, la storia comprova le registrazioni." Sembrava esserci un sincero rammarico nella voce di Arus, mentre diceva questo.

"I testimoni possono essere stati corrotti—"

Arus scosse la testa. "Non così tanti. Abbiamo radunato oltre cinquanta testimonianze di individui completamente diversi, sia umani che Krinar. Mi dispiace, Loris, ma sono semplicemente troppi."

"E allora, come spieghi la perdita di memoria?"

chiese Loris amaramente, fissando Arus con risentimento.

"Non posso spiegarla" ammise Arus. "Il Consiglio dovrà investigare sulla questione—"

"Forse posso avanzare un'ipotesi" disse Korum, e Mia poté quasi sentire il brusio dell'attesa tra la folla. "C'è una strategia di difesa nei processi umani che viene spesso utilizzata nei Paesi sviluppati. Ciò comporta la dimostrazione che l'accusato è pazzo, mentalmente incapace di intendere e di volere. Perché, vedete, se è giudicato malato mentale, allora non può essere ritenuto responsabile delle proprie azioni—e invece di essere punito, viene curato.

Ora, il Protettore è pienamente consapevole che le prove indicano la colpevolezza dell'accusato. Naturalmente, non può affermare che suo figlio è pazzo e quindi che non sapeva cosa stava facendo. No, non può affermarlo—ma *può* dire che la mente del figlio è stata manipolata, che gli sono stati cancellati i ricordi con la forza. Naturalmente, c'è solo una persona che trarrebbe beneficio dalla perdita della memoria di Rafor e degli altri traditori—e non siamo né io, né Saret."

"Mi stai accusando di aver violato la mente di mio figlio?" chiese Loris, incredulo, e Mia vide le sue mani stringersi a pugno.

"A differenza tua, non accuso senza prove" disse Korum, rivolgendogli un sorriso freddo. "Sto solo ipotizzando."

Il rumore della folla aumentò. Curiosa di vedere

come stesse reagendo Saret a tutto quello, Mia rivolse l'attenzione al podio. Stava seguendo il processo con un'espressione leggermente sorpresa sul volto, come se non riuscisse a credere di essere stato trascinato in quella storia. La ragazza si sentiva male per lui. Non che sapesse molto sulla politica dei Krinar, ma l'amico di Korum non sembrava un tipo che amasse ritrovarsi tra due fuochi.

Il suo amante, al contrario, era chiaramente a proprio agio. Korum godeva della furia impotente del nemico.

"Tutte le ipotesi e le accuse sono inutili a questo punto" disse Arus, e la folla cadde nuovamente nel silenzio. "Il Consiglio dovrà esaminare i risultati dei laboratori prima che possiamo procedere in quella direzione. Nel frattempo, mostreremo le testimonianze di tutti i testimoni disponibili per fare ulteriormente luce su questo caso." E con un piccolo gesto, fece apparire un'immagine tridimensionale, proprio come aveva fatto Korum il giorno prima.

Altre registrazioni, comprese Mia, sospirando al pensiero che il processo di oggi sarebbe durato ancora di più. Se avessero mostrato le testimonianze di cinquanta testimoni, allora il processo probabilmente sarebbe andato avanti fino a notte inoltrata.

Sistemandosi più comodamente sul podio di Korum, Mia si preparò per una sessione probabilmente lunga e noiosa.

~

Il Krinar osservò le registrazioni con soddisfazione.

Aveva funzionato tutto perfettamente, proprio come aveva sperato. Nessuno avrebbe scoperto la verità, non finché non fosse stato troppo tardi per poter fare qualcosa.

Era contento di aver avuto la prontezza di cancellare i ricordi dei Keith. Ora non avrebbero mai potuto spiegare, non avrebbero mai potuto indicarlo come leader dietro la loro piccola ribellione.

Era al sicuro, e avrebbe potuto implementare il suo piano in pace.

Soprattutto se fosse riuscito a distogliere la mente da una certa ragazza umana.

CAPITOLO UNDICI

Dopo circa cinque ore di registrazioni, Mia ne aveva abbastanza. Uscendo dal processo virtuale, si alzò dal divano e si recò in cucina per mangiare qualcosa. Era davvero stressante prestare attenzione per tutto quel tempo, e non riusciva a capire come avessero fatto Korum e gli altri K a rimanere seduti così attentamente per tutto il tempo.

Come prima, la casa le preparò un delizioso pasto. Sentendosi audace, Mia chiese il piatto Krinar più tradizionale—purché fosse adatto al consumo umano. Quando il piatto arrivò, qualche minuto dopo, quasi gemette dalla fame, salivando per quel profumo appetitoso. Sembrava essere nuovamente uno stufato, con un ricco sapore salato che le ricordava vagamente l'agnello o il vitello. Naturalmente, non mangiava quelle prelibatezze da oltre cinque anni, quindi forse era solo la sua immaginazione. Come tutti i prodotti K che aveva provato finora, anche quello stufato era interamente vegetale.

Era ancora giorno quando terminò il pasto, così decise di avventurarsi fuori per un po'. Indossando un paio di stivali e un semplice vestito color avorio, disse alla casa di lasciarla uscire e sorrise con soddisfazione, quando la parete si dissolse per lei, come faceva solitamente per Korum. Afferrando il dispositivo simile a un tablet che Korum le aveva dato ieri e un asciugamano dal bagno, si diresse verso le cascate, impaziente di trascorrere un paio d'ore a leggere e a saperne di più sulla storia antica dei Krinar.

Arrivando a destinazione, Mia trovò uno spazio erboso dove non sembrava ci fosse vicino alcun formicaio. Poggiando l'asciugamano, si sdraiò a pancia in giù e si immerse nel dramma della fine della prima Età dell'Oro dei Krinar.

"EHI? MIA?" Il suono di una sconosciuta voce che gridava il suo nome distolse la ragazza dall'immersione nella storia.

Sbalordita, alzò lo sguardo e vide una giovane donna umana a pochi metri di distanza. Con gli abiti Krinar, sembrava vagamente mediorientale, con grossi occhi castani, capelli neri ondulati e carnagione olivastra.

"Ciao" disse Mia, alzandosi e fissando la nuova arrivata. A prima vista, la donna—più una ragazza, in realtà—sembrava avere intorno ai vent'anni, ma c'era qualcosa di regale nel modo in cui si atteggiava che le fece pensare che fosse più grande. Pur non avendo i lineamenti di Maria, c'era una bellezza particolare e quasi luminosa nel suo volto a forma di cuore e nella figura alta e snella. Un'altra charl, capì Mia.

"Sono Delia" disse la ragazza, rivolgendole un sorriso gentile. Parlava in Krinar. "Maria mi ha detto che ti ha conosciuta ieri, così ho pensato di presentarmi e di accoglierti a Lenkarda."

"Piacere di conoscerti, Delia" disse Mia, ricambiando il sorriso. "Come sapevi che ero qui?"

"Sono andata a casa di Korum, ma non c'era nessuno" spiegò Delia. "Quindi, stavo tornando prendendo la strada panoramica verso casa, ma ti ho vista leggere qui. Spero che non ti dispiaccia—non ti volevo disturbare..."

"Oh, no, non mi disturbi affatto!" la rassicurò Mia. "Sono contenta che tu sia venuta! Siediti pure." Indicando l'altra estremità dell'asciugamano, Mia si mise a sedere. Delia sorrise e si unì a lei, sistemandosi con grazia sul telo.

"È da tanto che vivi a Lenkarda?" chiese Mia, studiando l'altra ragazza con curiosità.

"Sono qui fin da quando è stato costruito il Centro" rispose Delia. "Diciamo che sono uno dei residenti originari."

Mia sgranò gli occhi. Quella ragazza era una charl da quasi cinque anni? Doveva aver conosciuto il suo Krinar subito dopo il K-Day. "È incredibile" disse sinceramente a Delia. "Ti piace vivere qui?"

Delia scrollò le spalle. "È un po' diverso da quello a cui ero abituata. Preferisco la nostra vecchia casa, in realtà, ma Arus doveva vivere qui—"

"Arus?" Poteva trattarsi dello stesso Arus che aveva visto virtualmente?

"Sì" confermò Delia. "Hai già sentito questo nome?"

"Sì" rispose Mia attentamente, non sapendo bene quanto potesse rivelare a una persona che apparentemente stava con l'avversario di Korum. "È un membro del Consiglio, giusto?"

Delia annuì. "Sì, ed è anche il responsabile delle relazioni con i governi umani."

"Oh, sì, è vero" disse Mia, cercando di capire quanto ne sapesse la ragazza sull'apparente tensione tra i loro amanti.

Come se le leggesse nel pensiero, Delia le rivolse un'occhiata rassicurante. "Non devi preoccuparti, Mia" le disse. "Anche se i nostri *cheren* hanno avuto qualche divergenza politica, non sono qui come rappresentante di Arus o qualcosa del genere. Ho solo pensato che ti sentissi un po' sopraffatta da tutto e che ti avrebbe fatto bene parlare con qualcuno—"

Mia le rivolse un sorriso timido. "Scusa, non volevo insinuare—"

Delia ricambiò il sorriso. "Non importa. Non preoccuparti. Volevo solo chiarire eventuali fraintendimenti e tranquillizzarti."

"E così, da quanto tempo state insieme tu e Arus?" chiese Mia, desiderosa di cambiare argomento. "È così che chiami Arus, il tuo cheren?"

"Sì" confermò Delia. "Cheren è la parola con cui una charl chiamerebbe il proprio amante."

"Capisco." Ora aveva un termine Krinar per definire ciò che Korum era per lei. "Allora, quando hai conosciuto Arus? Quando sono arrivati per la prima volta?"

"L'ho conosciuto molto tempo fa." Delia le rivolse un sorriso calmo. "E tu? È da tanto che stai con Korum?"

Mia scosse la testa. "Affatto. L'ho conosciuto circa un mese fa a New York, a Central Park."

"Quando facevi parte della Resistenza?" chiese Delia, fissandola con quei grandi occhi scuri e languidi.

Mia arrossì. Tutti a Lenkarda sembravano essere a conoscenza del suo coinvolgimento nel tentato attacco alle colonie. "No" disse. "Ho conosciuto i combattenti della Resistenza solo in un secondo momento."

"Quindi, sei diventata prima la charl di Korum e *poi* sei entrata nella Resistenza?" Delia sembrava perplessa da quella sequenza di eventi.

Mia sospirò. "Mi hanno avvicinata subito dopo averlo conosciuto, e ho accettato di aiutarli. Credevo di fare la cosa giusta."

"Capisco" disse Delia, studiandola con attenzione. "Immagino che Korum non sia il cheren più facile, vero?"

Mia avvampò ulteriormente. "Non so bene che cosa intendi dire" disse, fissandola con un leggero cipiglio.

"Scusa." Delia sembrava rammaricata. "Non volevo

ficcare il naso nella tua relazione. È solo che sembri così giovane e vulnerabile..."

"Non posso essere molto più giovane di te" disse Mia, un po' offesa dalla supposizione della ragazza.

Delia rise, scuotendo la testa con aria dispiaciuta. "Scusa, Mia. Ho di nuovo ficcato il naso, non è vero? Ascolta, non volevo insultarti in alcun modo... Tutto quello che volevo dire è che so quanto sia difficile all'inizio avere una relazione con uno di loro. Il tuo cheren ha anche la reputazione di essere molto spietato, e credo che volessi solo assicurarmi che stessi bene—"

"Sto benissimo" disse Mia, con un nuovo cipiglio. Non aveva bisogno di sentire da quella ragazza quale fosse la reputazione di Korum; sapeva meglio di chiunque altro quanto potesse essere spietato il suo amante.

"Certo" disse Delia con dolcezza. "Lo vedo."

"Come hai conosciuto Arus?" chiese Mia, cercando di far prendere alla conversazione una piega diversa.

Delia sorrise. "È una lunga storia. Se vuoi, posso raccontartela un giorno." Alzandosi, disse: "Arus mi ha appena detto che il processo è terminato e che sta tornando a casa. Devo andare. È stato un vero piacere averti conosciuta, Mia. Spero di rivederti presto."

Mia annuì e si alzò. "Grazie, è stato un piacere anche per me. Forse dovrei tornare a casa anch'io."

"Non è una cattiva idea" aggiunse Delia, sorridendo. "Sono certa che Korum si stia chiedendo dove sei."

Mia agitò la mano con fare sprezzante. "Oh, lo sa, grazie all'irradiazione e tutto il resto."

"Certo" disse Delia, e per un attimo ci fu qualcosa di simile alla compassione sul suo bel volto sereno. Prima che Mia potesse riflettere ulteriormente, la ragazza aggiunse: "Ascolta, Maria sta organizzando un raduno sulla spiaggia che si terrà tra circa tre settimane, una specie di picnic. È il suo compleanno, e voleva che ti invitassi, se ti avessi vista oggi. Ci sarà la maggior parte delle charl di Lenkarda, e potrebbe essere un buon modo per conoscere qualcuna di noi e farti delle amiche..."

Una festa in spiaggia tra charl? Mia sorrise, emozionata all'idea. "Oh, ci sarò" promise.

"È fantastico" disse Delia, sorridendo di nuovo. "Ci vedremo lì, allora." E, sollevando la mano, sfiorò le nocche sulla guancia di Mia con un gesto che sembrava quasi una carezza. Sorpresa, Mia portò la mano alla guancia, ma Delia stava già andando via, con la sua graziosa figura che scomparve tra gli alberi.

~

Entrando in casa, Mia sentì dei rumori ritmici provenienti dalla cucina. Incuriosita, andò a controllare e vide che Korum era già lì, a sminuzzare qualche verdura per cena. Lo stomaco di Mia brontolò, e si rese conto di essere molto affamata.

Vedendola entrare, Korum interruppe la sua attività e le rivolse un sorriso lento che la fece sentire calda dentro. "Ehilà. Stavo cominciando a chiedermi se fosse il caso di venirti a cercare tra i boschi. Non ti sei persa, vero?"

"No" gli disse Mia, sorridendo. "Ho appena conosciuto un'altra charl, in realtà. Una ragazza di nome Delia... e mi ha invitata a una festa in spiaggia!"

"Delia? La charl di Arus?"

Mia annuì con entusiasmo. "La conosci?"

"Non benissimo" rispose Korum. "L'ho vista solo alcune volte nel corso degli anni." Non sembrava particolarmente felice, e la sua espressione si raffreddò in modo significativo.

"Non ti piace?" chiese Mia, con l'entusiasmo che svanì. "O è solo perché sta con Arus?"

Korum si strinse nelle spalle. "Non ho niente contro di lei" disse. "Di cosa avete parlato? E cos'è questa storia della festa in spiaggia?"

"È il compleanno di Maria, e sta organizzando un raduno per le charl che vivono qui a Lenkarda" gli disse. "E non abbiamo avuto la possibilità di parlare molto. Delia ha detto che sta con Arus da molto tempo —credo che l'abbia conosciuto poco dopo il vostro arrivo. Più che altro, mi è sembrata molto amichevole. Oh, e ho scoperto un uovo termine che non conoscevo: cheren."

Korum sorrise, e Mia pensò che sembrasse quasi sollevato. "Sì, puoi chiamarmi così."

"Che cosa significa esattamente? Esiste una parola umana equivalente?"

"No" rispose Korum. "Proprio come non ce n'è una per charl. È unica della lingua Krinar."

"Capisco" disse Mia, camminando verso il tavolo e sedendosi. "Beh, la festa in spiaggia si terrà tra tre settimane. Posso andarci, vero?"

"Certo" disse, rivolgendole un sorriso caldo. "Puoi andare se vuoi, ti farai delle amiche. Penso che Maria sia molto gentile, e credo che tu le sia piaciuta ieri."

"Anche a me è piaciuta lei" ammise Mia, sorridendo al pensiero di rivedere la charl di Arman. "È esattamente così che spesso vengono dipinte le donne latine dai media americani—molto belle ed estroverse. A proposito, ho dimenticato di chiederlo a Delia oggi... Sai da dove viene? Delia, voglio dire..."

"Dalla Grecia, credo" rispose Korum, mettendo le verdure sminuzzate in una grande scodella e spruzzando sopra un po' di polvere marrone. Mescolando rapidamente il tutto, portò l'insalata al tavolo e la versò in ciascun piatto.

Mia consumò rapidamente la porzione e si appoggiò allo schienale, sentendosi sazia. Come tutti gli altri pasti preparati da Korum, era delizioso, con i familiari sapori dei pomodori e dei cetrioli che si mescolavano bene alle piante più esotiche di Krina. Era anche sorprendentemente pesante, considerando che erano solo verdure. "Grazie" gli disse Mia. "Era ottimo."

"Prego. Mi fa piacere che ti sia piaciuto."

"Sono andata avanti con la vostra storia oggi" gli disse Mia, guardandolo mentre si alzò dal tavolo con un movimento disinvolto per portare i piatti verso la parete, dove scomparvero immediatamente.

"E che cosa ne pensi?" Tornò al tavolo con un bicchiere di fragole.

"Sono rimasta abbastanza scioccata" disse Mia sinceramente. "Non riesco a credere che la vostra società sia sopravvissuta alla peste che ha quasi estinto quei primati. Non so se gli umani sarebbero potuti andare avanti, se l'ottanta per cento del loro cibo fosse stato eliminato nel giro di qualche mese."

"Per poco non ce l'abbiamo fatta" disse Korum, mordendo una fragola e leccando il succo rosso sul labbro inferiore. Mia soppresse un improvviso impulso di leccarlo. "Più della metà della nostra popolazione rimase uccisa a causa di tumulti e battaglie in quel periodo, e molti altri morirono a causa della mancanza di emoglobina necessaria. Se il sostituto sintetico del sangue non fosse arrivato in tempo, saremmo morti tutti. Impiegammo milioni di anni a riprenderci, a tornare ai livelli di prima che la peste spazzasse via quasi del tutto i lonar."

Mia annuì. L'aveva letto. Le conseguenze della peste furono orribili. I Krinar erano una specie violenta, e quella violenza si scatenò quando la loro sopravvivenza fu minacciata. Alcune regioni combatterono altre regioni, alcuni centri attaccarono altri centri all'interno della regione, e tutti cercarono di accaparrarsi i pochi lonar rimasti per se stessi e le proprie famiglie. Anche dopo che il sostituto sintetico divenne disponibile, i sanguinosi conflitti proseguirono, poiché le terribili perdite subite durante i giorni che seguirono la peste avevano lasciato profonde cicatrici nella psiche dei K. Quasi ogni famiglia aveva perso qualcuno—un figlio, un genitore, un cugino o un amico—e la sete di vendetta divenne una caratteristica della vita quotidiana.

"Come avete fatto a superarle? Tutte le guerre e le vendette? Per arrivare dove siete oggi?" Quel poco che aveva avuto modo di capire dei Krinar vivendo a Lenkarda sembrava in forte contrasto con la storia che aveva appena imparato.

"Non è stato facile" confessò Korum. "Ci volle molto tempo per far svanire i ricordi di quel tempo. Alla fine, creammo leggi che frenassero i comportamenti violenti e le vendette illegali. Ora, le sfide nell'Arena sono l'unico modo socialmente e legalmente accettato per vendicarsi e risolvere le controversie che non possono essere risolte diversamente."

Mia lo studiò con curiosità. "Hai mai combattuto nell'Arena?"

"Poche volte." Non sembrava disposto ad aggiungere altro. Così, si alzò dal tavolo e chiese: "Che ne dici di fare una passeggiata lungo la spiaggia?"

Mia sorrise, sorpresa. "Uhm, certo. Non pensi che presto sarà buio?"

"Vedo abbastanza bene al buio, e poi c'è la luce della luna. Non hai nulla da temere."

"Ok, allora sì." A parte le zanzare, avrebbe potuto divertirsi molto.

PRENDENDOLA PER MANO, Korum la condusse fuori. Il sole era appena tramontato, e c'era ancora un bagliore dietro gli alberi, che sembrava una scura silhouette nel cielo luminoso. Cominciava a fare più fresco, con il calore del giorno che iniziava a svanire, e Mia sentì il ronzio di alcuni insetti e il fruscio delle foglie nella profumata brezza tropicale. A pochi metri di distanza, una grossa iguana saltò giù da una roccia e si nascose tra i cespugli, cercando di evitarli.

"Com'è andato il resto del processo?" chiese Mia. "Ho smesso di guardarlo dopo circa cinque ore."

"È stato piuttosto tranquillo" disse Korum, sorridendole. "Non ti sei persa molto."

"Pensi che qualcuno abbia creduto a Loris, quando ha mosso quelle accuse contro di te?"

"Ne sono certo." Non sembrava troppo preoccupato per questo. "Ma non ha prove per dimostrare le sue affermazioni."

"Arus sembra essere dalla tua parte" disse Mia, superando attentamente un sasso caduto. Si stava facendo sempre più buio, e la spiaggia era ancora lontana.

"Non ha altra scelta" spiegò Korum. "Deve schierarsi dalla parte delle prove."

"Come mai non ti piace?" chiese Mia, guardandolo. "Non sembra una cattiva persona..."

"Non lo è" ammise Korum. "Solo che spesso commette errori. Non vede sempre il quadro generale delle cose."

"E tu sì?"

Il sorriso di Korum si allargò. "Quasi sempre."

Nei due minuti che seguirono, camminarono avvolti da un conciliante silenzio, con Mia concentrata su dove mettere i piedi, e Korum apparentemente perso nei suoi pensieri. C'era qualcosa di molto pacifico in quel momento, dal tenue bagliore del crepuscolo al quieto ruggito dell'oceano in lontananza.

Per la prima volta, Mia realizzò appieno quanto fosse tumultuosa la sua relazione con Korum. Era come stare sulle montagne russe, con molta passione, drammi ed entusiasmo, ma pochi momenti come quello, in cui poter trascorrere del tempo con lui senza che il cuore corresse a un miglio al minuto per l'eccitazione sessuale o qualche altra forte emozione. Quando aveva immaginato di avere un ragazzo, l'aveva sempre pensato così—lunghe, piacevoli passeggiate insieme, tempo trascorso in tranquillità a godere semplicemente della presenza di un'altra persona. E in quel momento, poteva fingere che Korum fosse esattamente quello per lei—un ragazzo, un normale amante che poteva far conoscere ai genitori senza preoccupazioni, qualcuno con cui poter avere un futuro...

Improvvisamente, Mia colpì una roccia con il piede, e inciampò. Prima che potesse fare più che ansimare, Korum la prese in braccio.

"Stai bene?" chiese, guardandola con preoccupazione.

In risposta, Mia gli avvolse le braccia intorno al collo e poggiò la testa sulla sua spalla, sentendosi insolitamente a disagio. "Sto bene. Sono solo un po' imbranata."

"Non sei imbranata" negò Korum. "È solo che non vedi bene al buio."

"Vero" disse Mia, respirando il caldo profumo della sua pelle vicino alla zona della gola. Si sentiva stranamente contenta di stare in quel modo, tenuta così dolcemente dalle sue braccia potenti. Si accorse di non aver più paura di lui, almeno a livello fisico. Era difficile credere che solo pochi giorni fa aveva pensato che l'avrebbe uccisa per aver aiutato la Resistenza.

L'alieno camminò per qualche altro minuto, portando Mia in braccio, fino a raggiungere la spiaggia. Mettendola giù con attenzione, le tenne le mani sulla vita. "Ti va di nuotare?" chiese, e Mia poté scorgere la sensuale curva delle sue labbra nella debole luce della luna quasi piena.

"Non ho il costume" disse Mia, guardandolo. L'aria della sera stava diventando sempre più fresca—perfetta per una passeggiata, ma probabilmente meno piacevole sulla pelle bagnata.

"Non c'è nessuno in giro" le disse. "A parte me. E io ti ho già vista nuda."

Per qualche ragione, quella semplice affermazione convinse Mia. La parte inferiore del ventre si strinse dall'eccitazione, e i capezzoli si indurirono. Tutto d'un tratto, sentiva molto più caldo, come se il sole ardente stesse ancora splendendo su di loro. Guardandolo, chiese: "E se venisse qualcuno?"

"Non succederà" promise Korum. "Questa porzione della spiaggia sarà tutta per noi stasera."

Aveva riservato la spiaggia solo per loro? Non aveva realizzato che qualcuno potesse farlo. Ma aveva senso, naturalmente, che se qualcuno avesse potuto, quella persona sarebbe stata Korum; essendo un membro del Consiglio, probabilmente godeva di privilegi speciali a Lenkarda.

Apparentemente impaziente per la mancanza di risposta, Korum decise di prendere in mano la situazione. Facendo qualche passo indietro, si tolse i vestiti e gettò via i sandali, spargendo tutto in modo negligente sulla sabbia. Il respiro della ragazza accelerò. Il corpo alto e muscoloso dell'extraterrestre era ormai completamente nudo, e la luce della luna rivelò la dura erezione tra le gambe.

"Spogliati" ordinò piano. "Ti voglio subito nuda."

Guardandolo, Mia si leccò le labbra improvvisamente asciutte. Poteva sentire il morbido tessuto del vestito sfregare sui capezzoli duri e l'umidità che cominciava a radunarsi tra le cosce. Tutto il suo corpo era sensibile, con il cuore che batteva più forte e il sangue che scorreva più velocemente nelle vene. I ricordi dell'esperienza inquietante—ma incredibilmente erotica—di ieri sera, improvvisamente le tornarono in mente, e deglutì nervosamente, chiedendosi se avesse intenzione di darle un'altra lezione o di soddisfare un'altra fantasia di cui non era a conoscenza.

Non le disse niente; rimase lì in attesa a guardarla.

Mia si chiese quanto fosse bello il suo aspetto notturno. Non riusciva a vedere l'espressione sul suo viso nella luce fioca e non aveva idea di cosa stesse pensando adesso.

Con le mani un po' tremanti, tolse lentamente gli stivali. La sabbia sembrava fredda sotto i piedi nudi, non trattenendo più il calore del sole.

"E ora il vestito" ordinò Korum, e nella voce c'era una durezza che le fece pensare che la sua pazienza fosse al limite.

Mia obbedì, togliendo l'abito da sopra la testa e lasciandolo sulla sabbia. Ormai era completamente nuda, e si sentiva tremare nella brezza serale dell'oceano.

Le si avvicinò e la prese per le spalle, tirandola più vicino a sé. "Sei così bella" sussurrò, chinandosi per baciarla. Le staccò le mani dalle spalle e le piegò intorno alle natiche, sollevandola fino a farle sentire la durezza del cazzo sulla pancia.

Poggiò la bocca sulla sua, e Mia sentì il calore delle sue labbra e la persistente spinta della lingua che le penetrava la bocca. Tutto dentro di lei si ammorbidì, si sciolse, e gemette sottovoce, avvolgendogli le braccia intorno al collo. Le strinse le mani sul sedere, schiacciando i piccoli globi rotondi, e poi la poggiò a terra, mettendola sui loro vestiti. La mano destra si stava già facendo strada lungo il corpo dell'umana, aprendole le gambe ed esplorando le tenere pieghe con un tocco insopportabilmente delicato. Mia fremette, sollevando i fianchi verso di lui, desiderando di più, e lui insistette, penetrandole l'apertura con un dito e trovando il punto sensibile all'interno. La familiare tensione cominciò a radunarsi nel ventre di Mia, che contrasse i fianchi, avendo bisogno solo di un po' di più… e poi raggiunse il culmine con un piccolo grido, con i muscoli interni che pulsarono per un sollievo orgasmico.

Sdraiata lì esausta, sentì le mani dell'extraterrestre aprirle le gambe ancora di più. La sua eccitazione le strofinò le cosce, con la punta del cazzo incredibilmente liscia e calda. Era premuta sulla sua apertura, e a Mia si fermò il respiro nell'attesa dell'entrata, con il corpo che desiderò istantaneamente maggior piacere.

"Dimmi che mi vuoi" sussurrò, e c'era qualcosa di strano nella sua voce, una nota oscura che Mia non aveva mai sentito prima.

"Sai che ti voglio" gli disse piano, sentendosi come se fosse morta, se non l'avesse avuto subito. La sua pelle era troppo tesa, troppo sensibile, come se non potesse contenere il bisogno che la bruciava dall'interno.

"Quanto?" insistette duramente. "Quanto mi vuoi?"

"Tanto" ammise Mia, fissandolo, con i muscoli pelvici che si strinsero dal desiderio e il clitoride pulsante. Che cosa voleva da lei? Non riusciva a capire quanto il suo corpo lo desiderasse?

Poi abbassò la testa, baciandola nuovamente, con il cazzo premuto, ed entrò con una potente spinta. Mia gridò sulle sue labbra, improvvisamente piena fino all'orlo. Prima che potesse adattarsi completamente alla sensazione, lui cominciò a muoversi, spingendo e ritirandosi, con un ritmo duro che le riecheggiava nelle viscere in un modo che le fece dimenticare tutto il suo strano comportamento. Sentì le proprie grida, pur non essendone consapevole, con la durezza dell'alieno che in qualche modo si aggiunse alla tensione dentro di lei—

E poi lui si fermò, proprio quando lei era a pochi secondi dal rilascio. Frustrata, Mia gemette, divincolandosi sotto di lui, incapace di controllare i movimenti convulsi del corpo. "Korum, per favore..."

"Per favore?" mormorò, ritirandosi. La sua mano si fece strada tra i corpi e le premette leggermente le dita sul clitoride, tenendola su un delizioso bilico di dolore-piacere. "Per favore cosa?"

"Per favore scopami" gli sussurrò, travolta dal bisogno. Le premette più duramente sulle pieghe, e Mia gridò, con la tensione al suo interno che crebbe ancora di più.

"Dimmi che mi ami" ordinò, e Mia si bloccò, con quelle inusitate parole che perforarono il suo stordimento, facendole dimenticare per un attimo la nebbia sensuale.

"Dimmelo, Mia" disse bruscamente, e affondò un dito dentro di lei, trovando il punto che la faceva sempre impazzire e spinse ritmicamente, fin quando non cominciò quasi a piangere dalla frustrazione, contorcendosi tra le braccia dell'alieno.

Quasi incoerente, gridò: "Sì! Ti prego, Korum... sì!"

"Sì cosa?" Era implacabile, assolutamente insistente.

"Ti amo" singhiozzò, sapendo che si sarebbe pentita in seguito, ma non poteva farci niente. "Korum, ti prego... Ti amo!"

A quel punto, tolse le dita, e lei sentì nuovamente il suo cazzo spingerle dentro, e rabbrividì dal sollievo quando lui riprese a spingere, penetrandola profondamente, riempendo il vuoto che pulsava dentro. Allo stesso tempo, le affondò la mano tra i capelli, piegando la gola verso di lui, e Mia sentì il calore della sua bocca sul collo e il dolore del morso. Quasi istantaneamente, il suo mondo si dissolse in un mix di sensazioni, con l'orgasmo tanto atteso che esplose con tanta forza che sbatté le palpebre per pochi secondi, a malapena consapevole del grido dell'alieno, quando raggiunse l'orgasmo anche lui.

Il resto della notte fu sfocato, e lui la prese più volte con una frenesia indotta dal sangue, finché lei non poté più venire, con la gola roca per le urla e il corpo esausto per gli infiniti orgasmi. Niente di tutto quello sembrava reale, con i sensi inesorabilmente amplificati dalla sostanza chimica nella saliva di Korum e la mente svuotata da ogni pensiero, con tutto il corpo sconvolto dall'estrema estasi di quel tocco.

Infine, a un certo punto prima dell'alba, Mia si addormentò tra le sue braccia, con le onde dell'oceano che sbattevano sulla riva a pochi metri di distanza e la luna che splendeva sui loro corpi avvinghiati.

CAPITOLO DODICI

La mattina seguente, aprendo gli occhi, Mia fissò il soffitto, mentre i ricordi della notte prima le inondarono il cervello.

Gli aveva detto di amarlo, ricordò con una strana sensazione nello stomaco. Come un'idiota, gli aveva permesso di strapparle la protezione rimanente, mettendo a nudo il cuore e l'anima. Ora lui poteva giocare con i suoi sentimenti, proprio come giocava con il corpo. E perché? Perché le aveva fatto questo? Non era sufficiente che avesse il pieno controllo della sua vita? Doveva possederla anche a livello emotivo, privandola dell'ultimo pizzico di privacy?

Avrebbe potuto negarlo. Avrebbe potuto dire che l'aveva costretta a dire quelle parole—e sarebbe stato vero. Ma Korum avrebbe saputo che stava mentendo, se Mia avesse provato a rimangiarsi quella riluttante confessione.

Gemendo, seppellì il viso nel cuscino, desiderando

di poter dormire più a lungo. L'ultima cosa che voleva era affrontarlo oggi.

Dopo circa un minuto, si sforzò di alzarsi e di entrare nella doccia. Con sorpresa, non c'era traccia di sabbia su nessuna parte del corpo. Korum doveva averla portata a casa e lavata la notte scorsa—o a un certo punto di quella mattina. Non ricordava niente. Inoltre, era sorpresa di non provare alcun dolore dopo la maratona sessuale di ieri notte; a New York, Korum usava spesso il suo dispositivo di guarigione su di lei dopo una notte come quella. Probabilmente l'aveva fatto mentre lei dormiva, pensò Mia.

Sistemandosi sotto il getto caldo della doccia, chiuse gli occhi e cercò di pensare a qualcos'altro, oltre a vedere Korum oggi.

Si rivelò essere un compito impossibile. La sua mente continuava a pensare a ciò che gli avrebbe detto quando l'avrebbe rivisto, a come lui si sarebbe comportato, domandandosi se avrebbe conservato quell'atteggiamento beffardo... Desiderava disperatamente poter allontanarsi per un paio di giorni, tornare nel suo appartamento—ma ovviamente era fuori discussione.

Uscendo dalla doccia, si asciugò e indossò un accappatoio. Preparandosi per un possibile incontro, si avventurò nel salone. Con suo sollievo, Korum non c'era. Doveva essere al processo, comprese Mia. Controllando l'ora, rimase scioccata accorgendosi che erano già le tre del pomeriggio.

Andando in cucina, richiese un piatto di frutta per

colazione e la portò con sé nel salone. Probabilmente era troppo tardi per entrare nel mondo virtuale del processo; se era cominciato alla stessa ora di ieri, gli interventi sarebbero andati avanti un altro paio d'ore. Così, la ragazza si sdraiò sul divano e cercò di distrarsi, leggendo l'ultimo thriller di Dan Brown.

Staccando gli occhi dal libro, controllò l'ora. Erano quasi le cinque. Il suo stomaco brontolava, ricordandole che aveva mangiato molto poco. Indossava ancora l'accappatoio e le pantofole.

Alzandosi, entrò nella camera da letto e indossò un bel vestito bianco e rosa e un paio di sandali col cinturino. Non aveva idea di quando Korum avrebbe finito con il processo, ma ieri era tornato a casa in serata e stava già preparando la cena, quando era tornata dopo la chiacchierata con Delia. Per qualche ragione, non voleva essere sciatta al suo ritorno, anche se non sapeva come mai si facesse tutti quei problemi. Per un breve istante, pensò di fare una passeggiata nella speranza di evitarlo per un po', ma poi decise di non comportarsi come una codarda. Non sarebbe andata lontano, e l'avrebbe trovata immediatamente. I dispositivi di tracciamento incorporati nei palmi lo aggiornavano costantemente su dove fosse. Era meglio affrontarlo una volta per tutte.

L'alieno tornò a casa un'ora dopo.

Sentendolo entrare, Mia alzò gli occhi dal libro, e il suo cuore saltò un battito a quella vista. Con gli indumenti formali adatti al processo, era assolutamente splendido, con la pelle dorata in netto contrasto con il bianco della maglia e il potente fisico enfatizzato dal vestito. Lo sguardo negli occhi ambrati era sorprendentemente caldo, come se non avesse passato la scorsa notte a torturarla con l'obiettivo di farle confessare i suoi stupidi sentimenti.

Mentre Mia lo guardava con cautela, si avvicinò e la prese dal divano, sollevandola per un rapido bacio.

"Ho una sorpresa per te" disse, continuando a tenerle le mani sulla vita.

"Una sorpresa?" chiese Mia, stupita.

Korum annuì, sorridendole. "Andremo a cena con Saret e uno dei suoi assistenti."

"Ok..." disse Mia, con un leggero cipiglio. "Sembra interessante, ma quale sarebbe la sorpresa?"

Il sorriso di Korum si allargò. "Il motivo per cui ci riuniremo è che vogliono saperne di più sulla tua conoscenza ed esperienza nel campo della psicologia, per capire meglio se e quanto tu possa essere utile nel laboratorio di Saret."

"Che cosa vuoi dire?" Mia non riusciva a credere alle proprie orecchie. "Che cosa c'entra il laboratorio di Saret?"

"Beh, dal momento che la scuola e la carriera sono così importanti per te" disse Korum: "Volevo assicurarmi di non averti privato di niente portandoti qui. Mi sei sembrata interessata alla specializzazione di Saret e, da quello che ho capito, il tuo campo di studio è simile al suo. Recentemente, uno dei suoi assistenti se n'è andato, liberando un posto nel laboratorio. Naturalmente, ci sono già circa dieci candidati per la posizione, ma l'ho convinto a lasciarti provare per qualche mese, solo per vedere come va. Naturalmente, questa sarà una straordinaria opportunità di apprendimento per te, ma potresti anche aiutarlo con le tue conoscenze uniche, visto il background—"

"E lui ha accettato? Un'umana?" chiese Mia incredula, col cuore che le saltò nel petto.

"Esattamente" rispose Korum. "Mi deve un paio di favori, e poi mi ha detto che gli piaci."

"Mi stai dicendo che posso lavorare in un laboratorio K insieme al miglior esperto della mente?" disse Mia lentamente, sentendo il bisogno di sentirne la conferma. Stava quasi iperventilando dall'entusiasmo. Era un'occasione incredibile. Quanti umani avevano quella possibilità, di studiare le menti Krinar dalla loro prospettiva? Gli scienziati avrebbero venduto l'anima al diavolo per essere al suo posto. Voleva saltare su e giù e ridere forte, e sapeva di avere un enorme sorriso stampato sul viso.

"Se sei interessata, sì" disse con fare indifferente, ma negli occhi aveva un bagliore che le fece capire che sapeva esattamente quanto ciò significasse per lei.

"Se sono interessata? Oh, Korum, non so nemmeno come ringraziarti" gli disse Mia sinceramente. "Ovviamente, questa è un'opportunità straordinaria per me! Grazie!"

Sorrise, sembrando soddisfatto di sé. "Certo. Mi fa piacere che ti piaccia l'idea. Per quanto riguarda il modo in cui puoi ringraziarmi..." I suoi occhi assunsero una familiare sfumatura dorata, e si sedette sul divano, tirandola a sé. "Un bacio sarebbe bello" le disse piano.

Il sorriso di Mia svanì e si irrigidì, ricordando ieri notte. Per un momento, aveva dimenticato quello che aveva fatto, quello che l'aveva costretta a dire, troppo distratta dall'incredibile occasione che le stava offrendo. Ma ormai, le era tornato in mente. Voleva fingere che non fosse successo? Se le cose stavano così, sarebbe stata più che felice di stare al gioco.

Guardandolo in faccia, Mia gli seppellì le dita tra i capelli e portò la testa verso di lei. I capelli dell'alieno erano folti e morbidi nelle sue mani e le labbra lisce e calde sulle sue. Aveva un sapore delizioso, sapeva di un frutto esotico e di lui, e lo baciò con tutta la passione e l'emozione che provava. Quando finalmente si fermò, il respiro di Korum era più rapido, e Mia poté sentire i suoi capezzoli stretti sotto il vestito.

"Mmm, bel ringraziamento" mormorò, guardandola con un sorrisetto. "Forse dovrei trovare tirocini per te ogni giorno."

"L'emozione potrebbe svanire, se lo facessi" gli disse Mia sinceramente. "Davvero, non me lo sarei mai aspettata. Grazie ancora."

"Prego" disse, ovviamente godendo della sua reazione. "Sei pronta per andare? La cena sarà pronta tra quindici minuti e non dobbiamo arrivare tardi."

Mia si alzò e roteò davanti a lui. "Posso indossare questo o dovrei cambiarmi?"

"Quello è perfetto. Aggiungi qualche gioiello, e sarai pronta."

~

LASCIARONO la casa qualche minuto dopo, quando Mia indossò la sua collana di milioni di anni. Korum aveva già creato la piccola navicella che li avrebbe portati a cena, e Mia salì dalla parete che si dissolse, sedendosi su una delle panche fluttuanti e mettendosi comoda. Si stava già abituando a quella modalità di trasporto.

"Li incontreremo in un ristorante?" chiese, curiosa di sapere se qualcosa del genere esistesse a Lenkarda. Finora, l'unico pasto che aveva consumato fuori dalla casa di Korum era stato da Arman.

Korum annuì. "Qualcosa del genere. Si chiama Salone del Cibo, e abbiamo un salottino privato lì. L'idea è simile a un ristorante umano, ma non ci sono camerieri. Il cibo tende ad essere molto più ricercato di quello che mangeresti a casa, con ingredienti più esotici rispetto a quelli della mia casa o che preparerei io."

"E così, i K si ritrovano in questo Salone del Cibo, proprio come noi andiamo al ristorante per socializzare?"

"Esattamente" confermò Korum. "È un luogo popolare per incontri di lavoro e occasioni simili. Anche per gli appuntamenti privati, ma la maggior parte della gente preferisce un po' più di privacy per quello."

"Perché?" chiese Mia, quando la piccola navicella si alzò senza emettere suoni.

"Il sesso in pubblico è considerato scortese" spiegò Korum, guardandola con un sorriso maligno. "E gli appuntamenti privati spesso si concludono con il sesso."

Mia si sentì avvampare. "Capisco. Più frequentemente che nella società umana?"

"Probabilmente—anche se non ho prove evidenti per dimostrare tale ipotesi. La nostra società tende ad essere molto più liberale su tali questioni. Ad eccezione delle coppie, tutti usano il controllo delle nascite, così non ci dobbiamo preoccupare delle gravidanze indesiderate. Inoltre, non esistono malattie sessualmente trasmissibili tra i Krinar. Non c'è davvero alcun motivo per non divertirci."

Mia si sentì improvvisamente e irrazionalmente gelosa, immaginando Korum "divertirsi" con qualche donna Krinar. Le aveva detto che era lei l'unica donna della sua vita da quando l'aveva conosciuta, e lei gli credeva—non aveva motivo di mentire. Tuttavia, non riusciva a togliersi dalla mente le immagini di Korum con una bella donna K.

Prima che potesse fargli altre domande, la navicella atterrò delicatamente davanti a un grande edificio bianco. Con una forma simile alla casa di Korum, era anche un cubo allungato con angoli arrotondati, solo molto più grande.

Korum uscì per primo, e poi le tenne la mano. Mia la accettò, stringendogli il palmo con forza. Era la sua prima uscita pubblica a Lenkarda, e si sentiva emozionata e nervosa all'idea di conoscere altri Krinar. Soprattutto, sperava di non sembrare un'idiota davanti a Saret e al suo assistente. Avrebbe voluto avere la possibilità di ripassare le nozioni di alcune lezioni, nel caso in cui avessero deciso di interrogarla su ciò che aveva imparato finora grazie agli studi di psicologia.

Tenendole la mano, Korum la condusse verso l'edificio. Man mano che si avvicinavano, il muro si dissolse per lasciarli entrare, e si ritrovarono in un grande corridoio con pareti opache e un soffitto trasparente. Nessuno venne a riceverli, ma c'erano molti K che gironzolavano, sia maschi che femmine, vestiti con un mix di abbigliamento formale e casual.

Al loro ingresso, diverse dozzine di teste si girarono, e Mia strinse la mano di Korum, sorpresa di essere al centro dell'attenzione. Korum, però, non fece caso alle occhiate, camminando lentamente lungo il corridoio. Mia fece del proprio meglio per imitarne la compostezza, guardando dritto davanti a sé e sforzandosi di non sembrare inebetita davanti alle meravigliose creature che stavano studiando apertamente lei e il suo amante—e anche scortesemente, secondo lei. Proprio quando stavano per raggiungere la fine del corridoio, le pareti sulla destra si separarono, e Korum la portò nell'apertura. Si rivelò essere una piccola area privata, dove Saret e un altro Krinar maschio li stavano aspettando.

Appena entrarono, Saret si alzò dalla panca fluttuante e si avvicinò a Korum, salutandolo con il palmo sulla spalla. Il suo amante ricambiò il gesto con un piccolo sorriso.

"Sono felice di vedervi" disse Saret, guardando entrambi. "Mia, è la tua prima volta nel Salone del Cibo?"

La ragazza annuì, sentendosi un po' nervosa. Se tutto fosse andato secondo i piani, quel K sarebbe diventato presto il suo capo. "Sì, non sono ancora uscita molto."

"Certo" disse Saret. "Il tuo cheren è stato occupato con il processo, come molti di noi. Dimmi, Korum, conosci Adam?"

"Non ne ho avuto il piacere" disse Korum, rivolgendosi all'altro Krinar. "Ma ho sentito parlare di questo giovane."

Adam si alzò e, con sorpresa di Mia, gli strinse la mano con un gesto molto umano. "Anch'io ho sentito parlare molto di te" disse. La sua voce era profonda, e il modo in cui pronunciava alcune parole in Krinar lo faceva sembrare quasi uno straniero.

Sorridendo leggermente, Korum si allungò e strinse la mano di Adam. "Vedo che non apprezzi molto i nostri saluti."

L'altro K si strinse nelle spalle. "Ormai sono abituato, ma non mi vengono ancora naturali. Visto che hai vissuto per un po' di tempo a New York, ho pensato che non ti sarebbe dispiaciuto." Poi, rivolgendosi a Mia, le sorrise e disse: "Sono Adam Moore. E tu devi essere Mia Stalis, la ragazza di cui ho sentito tanto parlare."

Mia sbatté le palpebre, non sapendo bene se avesse solo immaginato di sentire un K presentarsi con quelli che sembravano un nome e un cognome umani. "Sì, ciao" disse, ricambiando il sorriso. Korum lo aveva definito un giovane, e si chiese quanti anni avesse. Fisicamente, sembrava avere la stessa età di Korum e Saret.

"Adam ha un background molto insolito" disse Saret, percependo la confusione della ragazza. "Vieni, siediti, e parleremo un po' di più durante la cena."

"Sembra una buona idea" disse Korum, avvicinando un paio di sedie fluttuanti. Mia si sedette su una di esse, lasciando che si adattasse alla forma del suo corpo, e Korum fece lo stesso. Le sedie fluttuarono verso gli altri due Krinar, che nel frattempo si erano seduti. Ora, tutti e quattro erano disposti a cerchio intorno a quello che sembrava essere un piccolo tavolo fluttuante. Dopo un'ispezione più approfondita, Mia poté vedere che il tavolo somigliava più a un tablet, pieno di scritte in Krinar e di immagini di vari piatti appetitosi. Un menù, si rese conto.

"Abbiamo già chiesto il nostro pasto" disse Saret. "Potete scegliere il vostro."

"Vuoi che ordini per te?" chiese Korum a Mia, con le labbra piegate in un sorriso.

"Certo" rispose la giovane amante, felice di delegare quel compito. Anche se il traduttore incorporato le permetteva di leggere la scrittura Krinar, non aveva idea di cosa fossero quei piatti.

Korum agitò il palmo sul tavolo. "Ok, ho appena

ordinato per entrambi. Il cibo dovrebbe arrivare tra pochi minuti."

Mia lo ringraziò e tornò a rivolgere l'attenzione agli altri K, sorridendo.

Saret ricambiò il sorriso, con gli occhi scuri che brillarono. "Come stanno andando i tuoi primi giorni a Lenkarda?"

"È un bellissimo posto" gli disse sinceramente. "La spiaggia è molto carina. Sono cresciuta in Florida, quindi mi manca molto a New York. Voglio dire, abbiamo l'oceano e tutto il resto lì, ma non è la stessa cosa."

"Troppo sporco e inquinato, vero?" chiese Saret.

"È abbastanza sporco" ammise Mia. "E affollato. Anche d'estate, le spiagge intorno alla città non sono proprio le migliori. E, ovviamente, il tempo non è ottimale per andare al mare, la maggior parte delle stagioni dell'anno—"

"Vai mai a Jersey Shore o agli Hamptons?" chiese Adam. "Quelle spiagge sono molto più belle."

"No, non ne ho mai avuto la possibilità" rispose Mia. "Non ho la macchina, e di solito non trascorro l'estate a New York. Durante l'anno scolastico, il tempo è abbastanza bello per una gita in spiaggia solo a settembre, e di solito sono troppo occupata per prendere l'autobus e andare da qualche parte per un intero fine settimana. Perché, ci sei stato?"

"Sono cresciuto a Manhattan" disse Adam. "Quindi, andavo sia a Jersey Shore che agli Hamptons con la mia famiglia."

Mia sgranò gli occhi dallo shock. "Con la tua famiglia?"

Adam annuì. "Da piccolo, sono stato adottato da una famiglia umana. Non avevano idea di cosa fossi, naturalmente, e nemmeno io, almeno fino al K-Day."

"Davvero?" Mia lo fissò affascinata. Le sembrava un K, con i capelli bruni, la pelle dorata e gli occhi color nocciola. Aveva anche quel modo di muoversi, con la grazia simile a quella di un gatto comune a molti predatori. Ovviamente, prima del K-Day, nessuno sapeva dell'esistenza dei Krinar, quindi era possibile che fosse stato scambiato per un umano. "Quindi, hai scoperto solo di recente di essere un K?"

"Sapevo di essere diverso, naturalmente" disse Adam con una scrollata di spalle. "Ma non sapevo di provenire da un altro pianeta."

"Ma com'è possibile che nessuno se ne fosse accorto? Voglio dire, sarai stato molto più forte e più veloce degli altri ragazzi... E che dire delle analisi del sangue e delle vaccinazioni?"

"Non è stato facile" ammise Adam. "I miei genitori sono persone straordinarie. Capirono presto che non ero un normale ragazzo della Romania e fecero tutto il possibile per proteggermi."

"Ma com'è potuto succedere?" Mia stava ancora cercando di riflettere su una situazione così improbabile. "Come sei finito sulla Terra da piccolo—e prima del K-Day?"

"È una lunga storia" rispose Adam, sembrando improvvisamente più freddo e molto più pericoloso.

Guardandolo più attentamente, Mia poté facilmente immaginarlo nei panni di Korum tra altri centinaia di anni. "E probabilmente non è un buon argomento di conversazione per una cena."

"Certo" si scusò Mia rapidamente. Chiaramente, aveva colpito un tasto dolente. "Non volevo ficcare il naso—"

"Non preoccuparti" disse Adam, sorridendole di nuovo. "So che è tutto molto strano, e non ti biasimo per esserne incuriosita."

Il cibo apparve in quel momento, con i piatti che emersero dalla parete alla sinistra di Mia e fluttuarono per poi posarsi sul tavolo—che si estese subito su una superficie abbastanza considerevole. Il piatto di Mia sembrava essere un mix di qualche strano grano violaceo e un mazzo di piante verdi e arancioni dall'aspetto sconosciuto. Tutto era organizzato in elaborate forme e vortici di fiori, più simili a un'opera d'arte che ad un cibo vero e proprio.

Korum sembrava aver ordinato la stessa cosa per sé. Assaggiando un boccone, Mia quasi gemette dal piacere, con le papille gustative inebriate dall'incredibile fusione di sapori dolci, salati e piccanti. Per qualche minuto, regnò solo il silenzio, poiché tutti e quattro erano concentrati sul pasto.

Saret fu il primo a terminare il pasto e spinse via il piatto, che immediatamente si allontanò. Tornando al precedente argomento di conversazione, disse a Mia: "Come puoi immaginare, Adam sta ancora cercando di abituarsi al nostro stile di vita. In qualche modo, voi due in realtà avete molto in comune; ecco perché ho portato Adam con me oggi. Nonostante la giovane età, è uno dei miei assistenti più promettenti—e questo è parzialmente dovuto al punto di vista unico che deriva dal suo background. Normalmente non sceglierei uno sui vent'anni—un adolescente della nostra società— ma Adam è molto più maturo di un tipico Krinar di quell'età."

Mia annuì, con i palmi che cominciavano a sudare. Stavano arrivando al motivo che si celava dietro a quella cena. Allontanò il resto del cibo per concentrarsi maggiormente su Saret.

"Korum mi ha detto che hai un forte interesse per tutte le questioni della mente—e che, infatti, è il tuo campo di studio. È vero?" le chiese, speranzoso.

"Mi sto specializzando in psicologia alla NYU" confermò Mia. "Da quello che ho capito, la psicologia è solo una parte della tua specializzazione... ma mi piacerebbe imparare qualunque cosa abbia a che fare con la mente."

"E quanto ne sai già? Cosa ti hanno insegnato alla NYU finora?"

Mia si sentiva in "modalità colloquio," con il nervosismo che in qualche modo si tradusse in una maggiore chiarezza di pensiero e di discorso. Facendo appello a tutto ciò che ricordava, parlò a Saret delle lezioni di psicologia di base, per poi passare ai corsi più avanzati e specializzati che aveva iniziato a seguire di recente. Parlò del saggio che aveva appena finito di scrivere sulla Psicologia del Bambino e del tirocinio che aveva fatto l'anno scorso presso l'ospedale di Daytona Beach, lavorando come consulente per le vittime di abusi domestici. Spiegò anche il suo piano di ottenere un master e di lavorare come consulente, in modo da poter influenzare positivamente i giovani in un momento importante della loro vita.

Saret e Adam ascoltavano con attenzione, con Saret che di tanto in tanto annuiva, quando lei menzionava alcuni dei concetti fondamentali che aveva appreso durante le lezioni. Korum osservò tutto silenziosamente, apparentemente contento di guardarla, mentre parlava animatamente dei suoi studi.

Alla fine, Saret la fermò dopo circa mezz'ora. "Grazie, Mia. Questo è esattamente quello che volevo sapere. Sembri molto appassionata per la tua... scelta... e credo che tu possa essere un valore aggiunto per la mia squadra. Potresti iniziare domani?"

Mia quasi saltò dall'emozione, ma si controllò all'ultimo momento e semplicemente rivolse a Saret un sorriso enorme. "Assolutamente! A che ora mi vuoi lì?" Poi, ricordando che probabilmente doveva consultare il K che le gestiva la vita, diede una rapida occhiata a Korum. Lui annuì, sorridendo, e il sorriso di Mia diventò più ampio.

"Potresti essere lì per le nove di mattina?" chiese Saret. "So che avete bisogno di più sonno rispetto a noi, ma credo che sia lo standard aziendale tra gli umani..."

"Certo" disse Mia con impazienza. "Posso anche venire prima, qualunque sia il normale orario—"

Con la coda dell'occhio, vide Korum scuotere la testa davanti a Saret.

"No, non ce n'è bisogno" disse Saret. "Non c'è alcuna urgenza, e ci sarai di grande utilità, se non sarai sfinita. Vieni alle nove, va bene?"

L'umana annuì, sentendosi al settimo cielo. "Certo, non vedo l'ora!"

Adam sorrise davanti al suo entusiasmo. "È una curva di apprendimento molto ripida" l'avvisò. "Ho lavorato in questo laboratorio negli ultimi due anni, e posso dirti che sto ancora imparando cinquanta cose nuove al giorno."

Mia sorrise di nuovo, troppo entusiasta per sentirsi intimidita. "Va benissimo—mi piace imparare." Girandosi verso Saret, gli disse con sincerità: "Grazie per questa opportunità. Farò del mio meglio per rendermi utile."

"Naturalmente" disse Saret con un sorriso. "Non vedo l'ora di vederti domani." E alzandosi, ripeté il saluto di prima, toccando la spalla di Korum prima di uscire.

Adam seguì l'esempio del suo capo, alzandosi e stringendo la mano di Korum prima di andarsene. Mia notò che per qualche ragione non le aveva stretto la mano, anche se doveva sapere che era un po' maleducato ignorarla così. Pensò che ci fosse qualche tabù sul toccare le donne—o forse solo le charl di altri K—che probabilmente aveva a che fare con la natura territoriale dei K. Visto che persino Adam rispettava quella particolare usanza, doveva esserci un motivo abbastanza convincente.

Alla fine, Korum e Mia rimasero da soli.

Alzandosi, il suo amante le sorrise calorosamente. "Sei andata benissimo—sono certo che Saret sia rimasto piacevolmente colpito. Sono davvero orgoglioso di te."

Mia gli rivolse un bel sorriso e si alzò, con quelle parole che le scaldarono il cuore. "Grazie. E grazie ancora per averlo reso possibile."

"Prego" disse Korum, tirandola più vicino a sé e affondando la mano tra i suoi capelli. Tenendola premuta contro il suo corpo e con il viso inclinato verso di lui, disse piano: "Dimmi ancora che mi ami."

Guardandolo, Mia si bloccò, con l'euforia che svanì, rimpiazzata da un terribile senso di vulnerabilità. Non aveva intenzione di *ignorare* quello che era successo la notte scorsa.

L'umana inumidì le labbra. "Korum, io..." Cercò di abbassare lo sguardo, di guardare lontano, ma era impossibile visto il modo in cui la stava stringendo.

"Dimmelo, Mia." I suoi occhi stavano assumendo una sfumatura dorata più accentuata. "Voglio sentirtelo ripetere."

Desiderava disperatamente negarlo, dirgli che quella notte non era in sé, ma le parole semplicemente non le uscivano.

Perché l'amava, così tanto che faceva male, così tanto che riusciva a malapena a concentrarsi su altro che non fossero le potenti emozioni che le riempivano il petto. A un certo punto, nelle ultime settimane, era passato dall'essere uno strano e pericoloso estraneo a qualcuno senza il quale non poteva immaginare di vivere. E per quanto detestasse la perdita di libertà, amava le innumerevoli premure che le riservava quotidianamente, il modo in cui la faceva sentire così viva...

Lui aveva ragione: non era mai stata così felice prima di conoscerlo. Conduceva un'esistenza tranquilla, per lo più piacevole. Ma non aveva vissuto davvero.

"Dimmelo, tesoro mio" insistette, facendole scivolare la mano dai capelli per stringerle leggermente la guancia. "Dimmelo..."

"Sì. Ti amo" sussurrò, fissandolo, chiedendosi che cosa avrebbe detto ora, se avrebbe usato la sua confessione contro di lei.

Ma sorrise e si chinò per baciarla, con le bellissime labbra che sfiorarono le sue così teneramente che sentì il cuore stringersi nel petto. "Ti rende felice sapere che farai un tirocinio qui?" mormorò, sollevando la testa e guardandola con un bagliore caldo negli occhi dorati.

Mia annuì. "Certo" disse sottovoce. "Lo sai."

"Bene. Ti voglio felice qui" disse piano, facendo un passo indietro e liberandola dal suo abbraccio. Poi, prendendole la mano, la condusse fuori dalla loro area privata, nel corridoio.

~

ARRIVARONO A CASA POCHI MINUTI DOPO.

Durante il breve tragitto, Mia tenne lo sguardo fisso sul pavimento trasparente, anche se riusciva a vedere a malapena il paesaggio sottostante con la mente occupata dagli eventi della serata. Per qualche strana ragione, era stato quasi liberatorio aprirsi con Korum in quel modo, dirgli cosa provava davvero. Ora non avrebbe dovuto stare costantemente in guardia, preoccupandosi del fatto che sapesse che si era innamorata di lui. Non avrebbe dovuto temere che l'avrebbe presa in giro per essere una ragazza sciocca, che confondeva il sesso con le emozioni.

No, non l'aveva affatto presa in giro. Contrariamente alle sue aspettative, sembrava accogliere il suo aspetto emotivo; infatti, l'aveva praticamente costretta ad ammettere che l'amava. Non aveva ricambiato con le sue parole d'amore, ma non si aspettava che lui lo facesse. Aveva detto in passato che teneva a lei, e lei gli aveva creduto. Ma l'amava? Uno come Korum poteva davvero innamorarsi di un'umana? Arman sembrava amare Maria, ma la loro relazione era così diversa da quella che Mia aveva con il suo cheren.

No, non sapeva se Korum l'avrebbe mai amata, e non voleva impazzire domandandoselo—non ora, non quando si sentiva così felice e aspettava con impazienza di iniziare il tirocinio.

Scesero dalla navicella, e Korum la fece svanire rapidamente, attivando le nanomacchine con un piccolo gesto. Mia lo guardò, con il cuore che sembrava essere sul punto di uscirle dal petto, incapace di contenere i sentimenti all'interno. Ogni movimento del corpo alto e muscoloso di Korum era carico di una forza trattenuta a stento, con l'eredità di cacciatore Krinar evidente nella grazia predatoria con cui agiva. Era così lontano dalla persona con cui si immaginava che sarebbe stata—e così sbagliato per lei—tuttavia era l'unico uomo in grado di farla sentire così.

Dopo la scomparsa della navicella, trasformatasi in singoli atomi, Korum la sollevò tra le braccia e la portò a casa, dirigendosi verso la camera da letto. Mia si aggrappò a lui, desiderosa del contatto fisico e dell'incredibile piacere che solo lui era in grado di darle.

Entrarono nella camera e la poggiò delicatamente sul letto. Sdraiata lì, Mia lo guardò togliersi la maglia, rivelando un torace potente e uno stomaco muscoloso. Seguirono i pantaloni, e poi fu completamente nudo, con il grosso cazzo già duro e le palle che oscillavano pesantemente tra le gambe. Il suo corpo era l'epitomo della bellezza maschile, pensò Mia vagamente, con il fisico che reagì a quella vista con un'eccitazione quasi istantanea.

Prima che potesse avere la possibilità di ammirarlo pienamente, salì sopra di lei e le tirò su il vestito, esponendo le zone inferiori al suo sguardo ardente. Senza preliminari, le aprì le gambe e si fermò per qualche secondo, apparentemente affascinato dal suo sesso.

Arrossendo, Mia cercò di chiudere le gambe,

sentendosi troppo esposta, ma non glielo permise, non prima di averla osservata per bene. Infine, alzando la testa, Korum mormorò: "Hai la fighetta più bella che io abbia mai visto. Te l'ho mai detto?"

Mia scosse la testa, avvampando ancora di più.

"È così" confermò. "Con le pieghe delicate e rosa e il piccolo clitoride—il fiorellino più bello di tutti." E prima che Mia potesse dire qualcosa, lui piegò la testa verso l'oggetto della sua ammirazione, separando con le dita le suddette pieghe, passandoci inesorabilmente la lingua e trovando la zona sensibile intorno al clitoride.

Sorpresa dall'improvvisa ondata di piacere, Mia gridò e si piegò contro la sua bocca, con tutto il corpo teso per una sensazione così intensa che era quasi insopportabile. Le sue mani in qualche modo si fecero strada nei capelli dell'alieno, stringendoli, cercando di costringerlo ad assumere un ritmo più duro che le avrebbe consentito un immediato rilascio. Ma Korum si rifiutò di correre, e la sua lingua continuò con quei colpi assolutamente leggeri, mantenendola al limite. E proprio quando Mia cominciò a credere di impazzire, le premette il lato piatto della lingua sul clitoride, spostandolo avanti e indietro con la forza sufficiente a farle raggiungere l'orgasmo con un forte grido, con tutto il corpo tremante per la forza del climax.

Ansimante e debole, rimase lì, mentre lui le osservava il sesso palpitare per l'orgasmo, con un interesse apparentemente ancora non pienamente soddisfatto. Dopo averla fatta un po' riprendere, cominciò a salire di nuovo sopra di lei, ma Mia sussurrò: "Aspetta."

Con sua sorpresa, la ascoltò, fermandosi un secondo.

Ancora leggermente tremante per i postumi di quello che aveva appena sperimentato, si mise a sedere e rivolse a Korum un sorriso di sfida, allungando la mano sinistra per strofinargli le palle. "E ora tocca a me" disse piano. "Perché non ti sdrai?"

Gli occhi dell'extraterrestre assunsero una sfumatura dorata più profonda, e Mia sentì le sue palle stringersi nella mano. Lo eccitava, si rese conto, quando prendeva l'iniziativa in quel modo.

"Che ne dici se sto in piedi?" suggerì lui, e Mia annuì, apprezzando l'idea ancora di più. Mettendosi in ginocchio sul letto, si allungò e gli passò le mani sul petto, godendosi la sensazione dei muscoli duri ricoperti da una pelle morbida. La sua carne era calda e solida al tocco, e sembrava quasi la statua vivente di un dio greco o romano.

Abbassò la mano destra, fino ai muscoli tesi dello stomaco, e seguì la lieve traccia di peli fino al sesso. Avvolgendo le dita intorno all'asta, Mia lo sentì indurirsi nella sua presa. Lo accarezzò dolcemente, godendo della sua pelle vellutata, e lui gemette, chiudendo gli occhi, con un'espressione sul viso che quasi rasentava il dolore.

Incoraggiata, Mia gli premette le labbra sul petto e lo baciò lungo il corpo, inginocchiandosi lentamente fin quando la bocca non fu appena sopra il suo cazzo.

Gli si bloccò il respiro dall'attesa, e Mia sorrise e lo leccò, passando la lingua sulla punta sensibile. Lui sibilò, spingendo i fianchi contro di lei. Le affondò le mani tra i capelli, portandole il viso più vicino al sesso, fin quando Mia non ebbe altra scelta che aprire la bocca e lasciarlo entrare.

Alla sensazione delle labbra dell'umana intorno al cazzo, rabbrividì, e lei poté sentire il debole sapore salato del liquido pre-eiaculatorio. I suoi muscoli interni si strinsero, quando un tremito di emozione l'attraversò.

Il suo piacere l'aveva eccitata, si rese conto Mia, lieta dell'effetto che aveva su di lui. Raramente aveva la possibilità di farlo, di prenderlo in bocca e farlo venire, perché era sempre così preso a *farla* impazzire, *facendola* urlare dall'estasi nelle sue braccia.

Afferrandogli le palle con la mano sinistra, avvolse la destra intorno alla base dell'asta e iniziò un lento movimento ritmico, prendendolo sempre più in profondità con la bocca. Naturalmente, non poteva accettare tutta la lunghezza, ma a lui non sembrava importare, stringendole le dita nei capelli quasi al limite del dolore.

Lo sentì gonfiarsi ulteriormente, diventando incredibilmente lungo e spesso, e un liquido caldo e salato le inondò la bocca, quando Korum venne con un duro grido, piegando la testa all'indietro dall'estasi.

Un minuto dopo, Korum le staccò lentamente le dita dai capelli, mentre ritirò l'asta afflosciata dalla sua bocca. Guardandola, sorrise. "È stato incredibile" disse, e Mia lo fissò, leccandosi lentamente le labbra e degustando i residui del suo seme. Non sapeva perché trovasse così eccitante dargli piacere, ma era così. Era di nuovo eccitata, come se il potente orgasmo che aveva appena avuto fosse avvenuto giorni fa, e non pochi minuti prima.

Salendo sul letto, la tirò a sé e le sollevò il vestito da sopra la testa. Vedendola nuda, gli si agitò di nuovo il sesso, e lo stomaco di Mia si strinse dall'attesa, quando la tirò ulteriormente a sé, coprendole la bocca per un bacio sconvolgente.

E poi la prese, possedendola con il corpo, anche se ormai aveva anche il suo cuore e l'anima.

CAPITOLO TREDICI

Nei dieci giorni che seguirono, Mia cadde in una routine. I suoi giorni erano quasi interamente consumati dall'apprendistato presso il laboratorio di Saret, mentre Korum occupava le sue serate e—spesso—le nottate.

L'apprendistato al laboratorio si rivelò essere un lavoro impegnativo e mentalmente stancante, ma Mia imparò più in pochi giorni lì di quanto non avesse fatto nei tre anni di università. Saret non la prendeva in giro per la sua ignoranza o per il fatto che, essendo umana, fosse più lenta in certi compiti rispetto agli altri assistenti. Il primo giorno, la fece lavorare con Adam, assegnandole tre progetti, di cui il più interessante era quello di capire come poter migliorare il processo di trasferimento della conoscenza per i bambini Krinar. Il trasferimento della conoscenza, aveva appreso Mia, era il modo in cui i K educavano i figli—essenzialmente imprimendo le informazioni necessarie sui loro cervelli in maturazione, eliminando così la necessità di apprendere mnemonicamente le basi come la lettura, la scrittura, la matematica e la storia.

Dopo averle fatto una rapida panoramica della tecnologia altamente avanzata utilizzata nel laboratorio, Saret disse ad Adam di spiegare a Mia la ricerca che avevano fatto finora e di mostrarle le registrazioni e le letture necessarie. Quando Mia aveva lasciato il laboratorio il primo giorno, erano le dieci di sera, ed era completamente sfinita. Korum si era infuriato con Saret, ma il suo nuovo capo si era rivelato sorprendentemente inflessibile: o Mia lavorava duramente come gli altri apprendisti o non c'era posto per lei nel suo laboratorio. Dopo una forte discussione tra i due K, che aveva incluso diverse minacce appena velate di Korum, Saret aveva accettato con riluttanza che Mia tornasse a casa entro le sette la maggior parte delle sere—tranne quando eseguivano simulazioni critiche. In quei giorni, doveva rimanere fino a mezzanotte, come il resto della squadra. Mia aveva protestato, dicendo che non le dispiaceva, che amava imparare e sarebbe rimasta per tutto il tempo necessario, ma Korum si era rifiutato di ascoltarla. "Sei umana, e sei la mia charl. Non ti permetterò di esaurirti in quel modo" le aveva detto.

E la sua routine fu stabilita.

Nel tentativo di tenere il passo con l'enorme quantità di informazioni che riceveva quotidianamente, Mia inserì una serie di registrazioni relative al lavoro sul tablet che Korum le aveva dato. Il tablet era impermeabile, e Mia lo utilizzava per guardare alcuni video mentre faceva la doccia. Korum non fu affatto contento quando lo scoprì, mormorando che era ancora più ossessionata da quell'apprendistato di quanto non fosse stata con la scuola, ma non si fermò a questo. Infatti, creò per lei un comodo sedile nel suo ufficio, dove poteva studiare accanto a lui la sera, mentre lui era impegnato con i propri progetti.

Adam si dimostrò indispensabile come socio di laboratorio, e Mia si rese conto che Saret le aveva fatto un grande favore mettendoli a lavorare insieme ai progetti. Il giovane K—aveva appena ventott'anni, aveva scoperto la ragazza—era intelligente e si sentiva davvero a proprio agio a lavorare con un'umana. Da adolescente, aveva già fatto una fortuna lavorando nel mercato azionario, creando per la sua famiglia umana adottiva un importante fondo fiduciario e garantendo loro una vita agiata. Inoltre, aveva registrato un certo numero di brevetti di microchip, a cui Intel e Apple erano interessati, e sperava di svolgere un tirocinio presso l'azienda di Korum negli anni successivi. Con sua sorpresa, Mia scoprì che aveva una fidanzata umana (si rifiutava di chiamarla la sua charl). Quando Mia cercava di insistere, certa che fosse una storia affascinante, lui rifiutava di rivelare ulteriori dettagli. Le promise di fargliela conoscere un giorno, e dovette accontentarsi.

I primi tempi, Mia si sentì così sopraffatta da voler piangere, con il cervello dolente a causa dell'enorme quantità di informazioni che stava cercando di memorizzare giorno dopo giorno. Per aiutarla, Adam suggerì di provare a imprimerle alcune informazioni necessarie, proprio come avrebbero fatto con un figlio Krinar. La ragazza inizialmente resistette all'idea, ma dopo aver lottato con la raccolta base di dati utilizzando alcune delle apparecchiature più complesse del laboratorio, acconsentì amaramente. Saret era stato felice di avere un soggetto reale con cui sperimentare, anche se non era né una bambina, né una Krinar, e chiese a Korum di provare la nuova procedura di imprinting su Mia. Dopo aver torchiato sia Saret che Adam circa la sicurezza della procedura e i possibili effetti collaterali, il suo cheren diede il consenso, dicendo a Mia che sperava che l'avrebbe aiutata con la difficoltà del periodo iniziale di adattamento. Di conseguenza, Mia trascorreva la maggior parte del fine settimana all'interno della camera di imprinting, con il cervello che assorbiva rapidamente tutte le informazioni che Saret aveva ritenuto utili per la sua assistente.

Quando Mia uscì dalla camera domenica sera, si sentiva nauseata e in preda alle vertigini, ma conosceva la neurobiologia a sufficienza da poter fare domanda per una laurea ad honorem nel campo. Poteva anche eseguire la chirurgia al cervello, soprattutto su un soggetto Krinar—anche se non credeva che le sarebbe piaciuto l'aspetto fisico di quel compito specifico. Allo stesso tempo, aveva imparato a padroneggiare—almeno teoricamente—tutte le apparecchiature del laboratorio di Saret e ora si sentiva infinitamente più a proprio agio con la tecnologia Krinar in generale.

Dopo l'imprinting, un nuovo mondo le si aprì, e la sua seconda settimana nel laboratorio di Saret fu molto meno stressante della prima. Invece di sentirsi una perfetta idiota per tutto il tempo, sapeva come svolgere tutti i compiti semplici—e a volte anche quelli più avanzati—che Saret richiedeva ai suoi assistenti. Gli altri tre apprendisti del laboratorio—che all'inizio sembravano divertiti dalla sua presenza—cominciarono a trattarla con maggior rispetto, lasciandole condividere alcuni dei loro strumenti e attrezzature. Erano ancora diffidenti con lei, come se non si fidassero di un'umana, ma Mia non ci faceva caso. C'erano stati molti candidati Krinar per quel posto, e lei era lì solo grazie a Korum. Era comprensibile che gli altri apprendisti pensassero che non meritasse davvero quell'opportunità. Era determinata a dimostrare che si sbagliavano.

Ora che aveva ricevuto una solida base con l'imprinting, era diventata molto più veloce nell'apprendimento, ed era addirittura in grado di dare ad Adam dei suggerimenti sui possibili miglioramenti del processo di imprinting. Lui aveva già pensato alla maggior parte di essi, naturalmente, ma nonostante ciò riferì a Saret del progresso di Mia, e il suo capo disse che sembrava avere un'attitudine naturale per quel campo—parole di lode che non si sarebbe mai aspettata da un Krinar.

Le piaceva così tanto lavorare in laboratorio che si

chiese come mai il precedente assistente se ne fosse andato.

"Non lo so" disse Adam. "Saur ha preso e se n'è andato un giorno. Ha detto a Saret che si sarebbe dimesso, e il giorno dopo non è più tornato. Era sempre stato un po' strano, un tipo solitario—nessuno di noi lo conosceva bene. Ma era davvero in gamba. Si impegnava moltissimo nella manipolazione della mente, che è la parte più complessa di quello che facciamo. Nessuno l'ha più visto, da quando è andato via. Non credo che viva ancora a Lenkarda."

Sul fronte privato, il suo rapporto con Korum aveva subito un cambiamento significativo. Dopo la prima piuttosto riluttante confessione d'amore, si sentiva come se non avesse più niente da nascondere, e le parole ora le uscivano rapidamente e facilmente. Korum sembrava compiaciuto di quella nuova situazione, insistendo spesso affinché gli dicesse quanto lo amava, e aveva un costante bagliore caldo nello sguardo quando la guardava. A volte, Mia pensava che ricambiasse il suo amore, almeno un po', ma non osava chiederlo per paura di incrinare la fragile tregua che ora sembrava regnare tra loro. Così, per la prima volta in vita sua, scelse di concentrarsi sul presente e di non soffermarsi sul passato o di preoccuparsi per il futuro.

Le giornate di Korum erano occupate dal processo e da tutta la politica associata, e spesso gliene parlava durante la cena. Il Consiglio aveva commissionato un'indagine sulla presunta perdita di memoria dei

Keith, e diversi esperti della mente—tra cui Saret—dovevano accertare la validità di quei risultati. A quanto pareva, la perdita di memoria era davvero reale, e il verdetto finale venne posticipato fin quando il Consiglio non avrebbe scoperto cosa fosse accaduto esattamente e chi ci fosse dietro quegli eventi strani. Korum continuava a sospettare che Loris fosse il colpevole, ma non aveva le prove sufficienti per convincere il resto del Consiglio. Di conseguenza, i Keith godevano di una temporanea tregua, mentre l'indagine era in corso.

Ogni sera, Korum preparava la cena per loro, presentandole costantemente cibi nuovi ed esotici da Krina. Poi, facevano una passeggiata sulla spiaggia o si sedevano in ufficio, lavorando fianco a fianco. Ogni volta che Mia pensava alla sua vita a Lenkarda, rimaneva colpita da quanto fosse diversa—e straordinaria—rispetto alle sue prime aspettative. Lungi dal sentirsi l'animaletto umano di Korum, si svegliava ogni mattina con uno scopo, emozionata all'idea di affrontare la giornata e di imparare tutto ciò che il nuovo lavoro poteva insegnarle. Trascorreva le serate godendo della compagnia dell'amante, mentre le notti erano consumate dal sesso appassionato.

A letto, Korum era insaziabile, e Mia si rese conto che si era trattenuto a New York. Il suo desiderio per lei sembrava non conoscere limiti, e spesso la scopava finché non fosse completamente sfinita e quasi svenuta tra le sue braccia. Sorprendentemente, il suo corpo sembrava essersi abituato alle sessioni di sesso, e non doveva più preoccuparsi del dolore interno o dei muscoli doloranti al mattino. Anche nelle occasioni in cui le prelevava il sangue, si riprendeva con inusuale facilità.

Korum cominciò a introdurre la realtà virtuale anche nella loro vita sessuale. Ora, almeno un paio di volte alla settimana, facevano sesso in diversi luoghi pubblici e privati, che andavano dal palco di un concerto di Beyonce alla cima del Monte Everest (che era troppo freddo per i gusti di Mia). Dopo la prima volta in quella discoteca virtuale, non la spingeva troppo oltre la zona comfort, anche se lei non aveva dubbi sul fatto che l'alieno avesse appena iniziato a scalfire la superficie su tutto quello che aveva intenzione di farle a letto.

Alcuni giorni, si meravigliava per la sua stessa energia apparentemente inesauribile. Anche se si stancava molto più facilmente rispetto agli altri Krinar nel laboratorio di Saret, riusciva a lavorare più di dieci ore al giorno per poi trascorre tante altre ore con Korum, di cui almeno un paio a letto—o dovunque si trovassero quando lui ne aveva voglia. Avrebbe dovuto sentirsi esaurita e sfinita tutto il tempo, invece stava benissimo. Sicuramente il segreto era l'aria fresca della Costa Rica e l'entusiasmo generale per il nuovo lavoro.

Telefonò a Jessie una settimana dopo e le disse che era felice.

"Davvero, Mia? Sei felice lì?" chiese Jessie, incredula. "Dopo tutto quello che ti ha fatto?"

"È diverso ora" spiegò Mia alla compagna di stanza.

"Ho sbagliato ad aver così paura di lui all'inizio. Credo che mi voglia davvero bene—"

"Un alieno che beve sangue e che ti ha praticamente rapita? Hai una strana versione della sindrome di Stoccolma?"

Mia rise. "Ehi, sono io che studio psicologia. E no, non credo..." Non rivelò tutti i dettagli sul migliorato rapporto con Korum—sembrava ancora troppo fragile e prezioso—ma parlò a Jessie del tirocinio e descrisse alcune delle nuove cose fighe che stava imparando.

"Oh mio Dio, Mia, sarai un'esperta di K, quando tornerai" disse Jessie gelosamente. "Ok, vedo che non ti sta esattamente maltrattando—"

"No, nient'affatto" disse Mia sinceramente. "Anzi, credo di non essere mai stata così felice in vita mia."

"Ma *tornerai* a New York, vero?" chiese Jessie, preoccupata. "Non rimarrai lì, vero?"

"No, certo che no" la rassicurò Mia. "Devo finire il college e tutto..." Anche se il pensiero di tornare non sembrava allettante come le era sembrato solo qualche giorno prima.

Telefonava anche ai suoi genitori qualche volta, dicendo loro che stava andando tutto bene e che sarebbe tornata a casa venerdì, quasi esattamente due settimane dopo rispetto al ritorno previsto. Korum aveva chiesto un periodo di ferie a Saret, dicendogli che Mia aveva bisogno di rivedere la sua famiglia. Il suo capo non era stato affatto contento di sapere che Mia se ne sarebbe andata per un'intera settimana, ma lo accettò, soprattutto dopo che lei promise di rimanere in contatto con Adam e di tenere il passo con gli ultimi sviluppi sui suoi progetti.

"Su quale volo sarai?" chiese sua madre con ansia. "Dobbiamo saperlo, in modo da poter venire a prenderti."

Mia fece una smorfia, felice che la madre non potesse vederla. Non aveva idea di come avrebbe fatto ad arrivare in Florida, ed era stata così occupata al lavoro che aveva dimenticato di chiedere a Korum le specificità del viaggio.

"Attualmente sono su una lista d'attesa per un volo in mattinata" mentì Mia, sentendosi male per un'altra bugia. "Ma potrebbe essere nel pomeriggio, quindi non lo so ancora. Ma non ti preoccupare—il professore ha prenotato una macchina a noleggio per me, quindi non c'è bisogno che mi veniate a prendere all'aeroporto."

"D'accordo, tesoro" disse sua madre, sembrando sorpresa. "Se ne sei sicura... Per noi non sarebbe affatto un problema. Atterrerai a Orlando o a Jacksonville?"

"Orlando" rispose Mia. Sembrava abbastanza plausibile.

~

Giovedì sera, proprio prima della partenza per la Florida, dovevano andare a una festa. La cugina di Korum, Leeta, stava con il suo compagno da quarantasette anni—un traguardo importante nella cultura Krinar. Secondo il tempo della Terra, in realtà erano più vicini ai cinquant'anni, in quanto Krina viaggiava intorno al suo sole ad un ritmo leggermente più lento rispetto alla Terra.

Era il primo evento pubblico di Mia a Lenkarda.

"Non abbiamo matrimoni come gli umani" spiegò Korum, guardandola indossare il bel vestito che aveva creato per lei. "Invece, quando una coppia vuole impegnarsi in modo permanente, si arriva a un accordo verbale, che poi viene documentano con una registrazione. A quel punto, la cosa non riguarda più nessuno. Non ci sono feste o cose del genere, e l'unione non è considerata permanente finché la coppia non avrà trascorso insieme almeno quarantasette anni—"

"Perché quarantasette?" chiese Mia, incuriosita, infilando i piedi in un paio di sandali brillanti abbinati al tessuto bianco scintillante dell'abito. Il vestito era aderente, evidenziando ogni curva del suo corpo. Era anche incredibilmente sexy, con la schiena interamente esposta. Intorno al collo, indossava la bella collana di Korum, e i capelli erano decorati da una treccina d'argento che li evidenziava con attenzione, separando ogni ciocca. Era stupenda, ed era grata a Leeta per averle inviato le istruzioni registrate su cosa indossare. Korum aveva insistito, volendo assicurarsi che Mia non si sentisse a disagio alla sua prima grande festa a Lenkarda.

"Perché è un numero che consideriamo speciale. È un numero primo decisamente grande, e diversi eventi storici importanti sono avvenuti su Krina in anni che finivano con quarantasette. Inoltre, è considerato un tempo sufficiente, affinché una coppia sappia se è compatibile nel lungo termine o meno. Prima della Celebrazione dei Quarantasette, è molto facile rompere il legame; ma l'evento a cui parteciperemo stasera rende l'unione vincolante. A questo punto, una coppia che si separa, perde una parte della propria posizione nella società. Naturalmente, se uno dei due ha tradito o ha fatto qualcos'altro per mettere fine all'unione, la sua posizione è quella che perde maggiormente, mentre la parte innocente è meno colpita."

"Quindi, i divorzi sono rari tra i Krinar?"

Korum annuì, alzandosi dal letto dov'era sdraiato. Indossava un paio di pantaloni bianchi infilati in scarponcini grigi lunghi fino al ginocchio e una maglietta bianca senza maniche realizzata con qualche tessuto rigido e strutturato. Era l'abito tradizionale dei Krinar per quelle celebrazioni, e gli stava splendidamente.

"Sì, i divorzi—o le dissoluzioni di legami—sono rari. Tuttavia, anche le unioni permanenti sono inusuali. Molti Krinar non trovano la persona con la quale vogliono stare per secoli o addirittura millenni, e alcuni evitano proprio le unioni tradizionali per diversi motivi. Quindi, vedi, la Celebrazione dei Quarantasette è un evento importante per noi, e ci sarà tantissima gente. Non possiamo fare tardi."

"Certo" disse Mia, seguendolo verso la porta della camera da letto.

Lasciando la casa attraverso la solita parete che si dissolse, salirono sulla navicella che Korum aveva creato accanto alla casa in preparazione del viaggio. La celebrazione si sarebbe tenuta a Lenkarda, ma non nelle immediate vicinanze. Nelle due settimane precedenti, Mia aveva scoperto che i Krinar viaggiavano in due modi—a piedi o tramite piccole capsule volanti. Non c'erano automobili, né trasporti terrestri di alcun tipo.

Sistemandosi sul sedile intelligente, Mia godé della sensazione di essere assolutamente comoda. Pur essendo già le dieci di sera e avendo trascorso una lunga giornata nel laboratorio, si sentiva piuttosto entusiasta al pensiero di partecipare a quella festa. Picchiettando il piede sul pavimento, osservò la navicella decollare, portandoli velocemente verso il centro della colonia.

Un minuto dopo, atterrarono davanti a un grande edificio che Mia non aveva mai visto prima. Anziché essere collocato sul terreno, fluttuava in aria pochi metri sopra le cime degli alberi. Un lungo sentiero collegava una parete alla terra, come una sorta di ponte.

"È la Sala della Celebrazione" spiegò Korum, mentre scesero dalla navicella e si avvicinarono all'imponente struttura. L'edificio sembrava alto circa venti piani, con le dimensione di un isolato cittadino. Mia era sorpresa di non averlo notato sulla mappa virtuale di Lenkarda.

"Questo edificio è sempre stato qui?" chiese, vedendo altre navicelle atterrare intorno a loro, facendo scendere centinaia di Krinar.

"No" rispose Korum, conducendola verso l'edificio e

ignorando tutte le occhiate nella loro direzione. "È stato costruito appositamente per questo scopo, e verrà disfatto subito dopo oggi. C'è una Sala della Celebrazione molto più grande su Krina, e quella è permanente, ma siamo troppo pochi qui sulla Terra per giustificare un edificio così grande in modo stabile. La Celebrazione dei Quarantasette è uno dei rari eventi che riuniscono l'intera popolazione Krinar della Terra. Anche molti su Krina assisteranno virtualmente."

L'intera popolazione Krinar della Terra? Tutti i cinquantamila? Mia non si era resa conto della portata di quell'evento. Nervosa ed emozionata, si aggrappò al braccio di Korum, mentre entrarono nell'edificio.

Il rumore all'interno era quasi assordante. A quanto pareva, migliaia erano già dentro, e Mia non poté fare a meno di guardare le splendide creature intorno a lei. Le femmine indossavano scintillanti abiti di colore chiaro simili a quello di Mia, mentre i vestiti maschili erano simili a quelli di Korum. Anche le donne Krinar più basse superavano Mia di diversi centimetri, facendola pentire di non aver indossato i tacchi alti. L'edificio era magnificamente decorato, con fiori e superfici scintillanti ovunque. Le pareti non erano trasparenti, a differenza della maggior parte delle strutture Krinar; anzi, sembravano riflettenti, rendendo l'enorme sala ancora più grande.

Come nel Salone del Cibo, i Krinar intorno a loro fissavano Mia e Korum. Mia si chiese se fosse perché non avevano visto molti umani—improbabile, visto che vivevano tutti sulla Terra—o perché erano sorpresi di vedere Korum con una charl. Optò per la seconda alternativa. Probabilmente era solo il fattore novità di vedere un membro del Consiglio con una ragazza umana.

Mentre si facevano strada tra la folla, Korum le mise un braccio intorno alla vita con fare possessivo, tirandola a sé. La ragazza aveva imparato nelle ultime due settimane che era considerato un gesto altamente offensivo per un maschio Krinar toccare la femmina di un altro uomo, a prescindere che fosse la propria compagna o la charl. Era dovuto alle loro origini territoriali. I Krinar erano molto liberi quando si trattava del sesso, e le donne Krinar godevano tutte degli stessi diritti e libertà degli uomini Krinar. Tuttavia, quando si impegnavano in una relazione, nessun altro uomo poteva toccare le donne senza l'esplicito consenso del cheren o del compagno. In alcuni casi, la violazione di quella regola poteva addirittura portare a una sfida nell'Arena.

Korum era particolarmente rigido a quel proposito. Quando era andato a prenderla nel laboratorio il suo secondo giorno e aveva visto Adam chino su di lei per aiutarla con un particolare dispositivo, era quasi impazzito. Mia era rimasta colpita dalla compostezza di Adam in quella situazione; invece di spaventarsi per la rabbia di Korum, il giovane Krinar aveva spiegato con calma che stava aiutando Mia a fare il suo lavoro e che non le aveva messo nemmeno un dito addosso. Per fortuna, Korum non aveva fatto altro che guardarlo storto—Mia avrebbe detestato assistere a una rissa tra i due. Tuttavia, dopo quell'incidente, Adam divenne particolarmente cauto con lei, lasciando sempre almeno due metri di spazio tra loro. L'ultima cosa di cui aveva bisogno era un cheren geloso, le aveva spiegato con una risata.

Così, ora Korum la teneva stretta, mentre camminavano verso il centro della sala gigante. Guai se qualche maschio l'avesse anche solo sfiorata, pensò Mia, esasperata.

Man mano che si avvicinavano al centro, Mia vide una piattaforma fluttuante con una coppia su di essa. Riconobbe i capelli rosso scuro della cugina di Korum, di cui stavano festeggiando l'unione. Era una tonalità insolita per una Krinar, e Mia si chiese se fosse naturale o tinta. Il compagno di Leeta era bello quanto lei—alto, muscoso e con la tipica carnagione scura dei Krinar. Indossavano abiti inusuali, color verde chiaro, ed erano disposti l'uno davanti all'altra.

Centinaia di panche fluttuanti erano disposte in file circolari intorno alla piattaforma, e Korum la condusse verso la prima fila. Essendo un parente e un membro del Consiglio, probabilmente gli spettavano i posti migliori.

Guardandosi intorno, Mia notò una figura familiare un paio di file dietro di loro. Sollevando il braccio, salutò Delia e sorrise, quando la charl di Arus ricambiò il saluto. Ruotando la testa per vedere cosa stesse guardando Mia, Korum vide Arus e gli fece un cenno. L'altro Consigliere ricambiò con gentilezza. Chiaramente, le tensioni politiche tra i due non si erano appianate da quando Mia li aveva osservati interagire al processo.

"Allora, che cosa succederà?" chiese Mia, vedendo sempre più Krinar entrare nell'edificio. Forse non erano ancora cinquantamila, ma certamente sembravano tantissimi.

"Tra qualche altro minuto, si uniranno e poi festeggeranno ballando tutta la notte" disse Korum, con un malvagio scintillio negli occhi.

Quel bagliore generalmente significava che stava escogitando qualcosa. "Che cosa vuol dire che si uniranno?" chiese Mia con cautela. La sua mente stava cominciando a vagare in una direzione strana e inopportuna.

Separò le labbra per un sorriso, esponendo la fossetta sulla guancia sinistra. "Esattamente quello che credi significhi, dolcezza. Si accoppieranno pubblicamente, vincolando la loro unione come i nostri antenati."

"Faranno sesso davanti a tutti?"

Doveva essere diventata rossa, perché Korum scoppiò a ridere. "Sì, mia cara. Ma non ti preoccupare, le vesti che indossano sono state realizzate specificamente per la privacy. La tua delicata sensibilità non verrà troppo offesa."

"La mia sensibilità non è delicata" sibilò Mia, sapendo che tutti i Krinar intorno a loro probabilmente potevano ascoltare la loro conversazione. Come i vampiri della leggenda, i K avevano sensi più affinati rispetto alla maggior parte degli umani, con miglior vista, udito e senso dell'olfatto —tutto grazie alla loro tradizione di cacciatori.

"No?" mormorò, alzando la mano per accarezzarle la guancia. "Sei abituata alle orge pubbliche?"

La ragazza allontanò la sua mano e si girò per rivolgere l'attenzione alla coppia sulla piattaforma. A volte Korum amava scherzare con lei, dicendole cose cattive per vederla arrossire. Mia non era una puritana, ma non poteva fare niente per impedire alcune reazioni involontarie della pelle—e lui sembrava esserne divertito.

In quel momento, la sala si oscurò e il rumore della folla improvvisamente svanì. Si accese una luce tenue, che illuminava solo la piattaforma. Era come un palcoscenico, si rese conto Mia, con le guance che avvamparono nuovamente al pensiero di quello che sarebbe successo. In generale, trovava la cultura Krinar piuttosto paradossale; mentre la loro scienza e la tecnologia erano incredibilmente avanzate, alcune delle loro tradizioni—come i combattimenti nell'Arena e ora questo rituale di accoppiamento—erano quasi barbare.

Una strana musica, diversa da qualunque altra Mia avesse mai sentito, cominciò a suonare. La melodia era affascinante e potente, e il beat sottostante era sia ritmico che irregolare, facendo agitare Mia sulla sedia. Non era musica per ballare, ma era stranamente sensuale, con qualche tono che quasi le accarezzava la pelle. Non aveva idea di quali fossero gli strumenti musicali utilizzati, ma dovette ammettere che il risultato complessivo era bello. Korum le aveva fatto sentire qualche musica Krinar, e lei l'aveva trovata molto insolita—ma niente a che vedere con quella che stava ascoltando ora.

"Questa è la canzone tradizionale dell'unione" le sussurrò Korum. "È una delle nostre melodie più antiche—risale a più di un miliardo di anni fa."

"È incredibile" sussurrò Mia, sentendo i sottili peli sulla nuca rizzarsi, man mano che il ritmo cresceva.

La coppia—che era rimasta sul palcoscenico tutto il tempo senza muoversi—fece un passo l'uno verso l'altra. Avvicinarono le mani, unendo i palmi, e le vesti che indossavano sembrarono espandersi e piegarsi intorno ai loro corpi, creando una specie di tenda. Solo le loro teste erano visibili ora, e le espressioni sui volti erano calme, come se non stessero per fare qualcosa di molto intimo davanti a cinquantamila spettatori.

Mentre la musica continuava a suonare, il compagno di Leeta cominciò a parlare, con la voce che riecheggiò in tutta la sala. "Negli ultimi quarantasette anni, sei stata la mia compagna, il mio amore, la mia vita. Senza di te, il mio futuro non ha alcun significato. Tu sei l'aria che respiro, l'acqua che bevo, il cibo che consumo. Sei parte di me, e lo sarai sempre."

Si fermò, e Mia sbatté le palpebre per sbarazzarsi dell'improvvisa umidità negli occhi. Pur essendo semplici, quelle parole sembravano davvero sincere, e non poté fare a meno di invidiare Leeta per avere qualcuno che l'amasse così profondamente.

Poi, fu Leeta a parlare. "Tu sei il mio compagno, il

mio amore, la mia vita" disse solennemente. "Senza di te, il mio futuro non ha alcun significato. Tu sei l'aria che respiro, l'acqua che bevo, il cibo che consumo. Sei parte di me, e lo sarai sempre. Sarò con te per i prossimi quarantasette anni, per gli altri quarantasette che verranno, e per tutti gli altri quarantasette fino all'infinito."

Rimase in silenzio, e poi parlarono insieme. "Siamo uniti" dissero, e la loro promessa riecheggiò in tutto l'edificio.

La musica si fermò un attimo e poi riprese, solo che questa volta il ritmo era più profondo, più sessuale. Con sua sorpresa, Mia cominciò a sentirsi eccitata, con il battito accelerato e i muscoli del ventre che si strinsero per quei toni insoliti, ma melodiosi. Non avrebbe mai immaginato che la musica potesse farle un effetto simile.

E a quanto pareva, non era l'unica. L'atmosfera nel pubblico sembrò cambiare, e Mia poté sentirne l'improvvisa tensione. Una calda mano maschile le sfregò la coscia, accarezzandola leggermente, e Mia si voltò per vedere Korum, che la stava guardando con un familiare bagliore negli occhi ambrati. "Ora inizia la parte divertente" le disse, e Mia avvampò di nuovo.

Guardandosi intorno, vide che gli altri spettatori stavano fissando il palco con un'espressione rapita sui volti.

Nel frattempo, la coppia sul palco si avvicinò ancora di più. Anche se Mia non poteva vederne i corpi, capì che si stavano toccando a quel punto. Leeta aveva gli occhi chiusi, e sembrava rossa sotto la pelle leggermente dorata, mentre il suo compagno sembrava respirare più rapidamente, mentre le guardava il bel viso. Non si stavano baciando, e non c'era alcun contatto fisico visibile, ma il cuore di Mia continuò a battere per la consapevolezza di ciò che stavano facendo. La scena sulla piattaforma era incredibilmente erotica, acuita ancora di più dal fatto che molto era lasciato all'immaginazione degli spettatori.

Incantata, Mia fissava il palcoscenico, incapace di staccargli gli occhi di dosso.

~

QUALCHE FILA PIÙ DIETRO, il Krinar guardava la charl di Korum osservare la cerimonia di accoppiamento.

Aveva le guance arrossate e le labbra leggermente separate. Poteva vederne il piccolo petto salire e scendere ad ogni respiro, e lui stava morendo dalla voglia di tirarle giù il vestito e di denudarle i seni perfettamente tondi e rosa.

Nelle ultime due settimane, quel desiderio era diventato un'ossessione quasi insopportabile. Quando cercava di analizzarla logicamente, sapeva che era dovuto al fatto che apparteneva al suo nemico. Odiava Korum da molto tempo, e il pensiero di strappargli qualcosa che amava era estremamente affascinante.

Ma non era solo quello. Si ritrovava a pensare a lei costantemente, fantasticando di toccarla, assaporarla... Di scoparla, come aveva visto fare Korum sulla spiaggia. Ancora oggi non riusciva ad accettare pienamente quell'evento, a causa della rabbia e della gelosia che gli scorrevano nelle vene dopo aver visto il nemico, che godeva di qualcosa che lui desiderava ardentemente.

Era incredibilmente pericolosa quella sua ossessione. Stava iniziando ad avere problemi a controllarsi, e non poteva permettersi di mostrare i suoi veri sentimenti. La posta in gioco era troppo alta per buttar via tutto a causa di una ragazza umana, nonostante la voglia di quel corpicino delicato.

Inoltre, se il piano fosse riuscito, sarebbe stata sua.

Tutto sarebbe stato suo.

CAPITOLO QUATTORDICI

Finito il rituale di accoppiamento, una parete opaca si alzò intorno ai bordi della piattaforma, nascondendo la coppia dalla vista, e la musica si abbassò.

Con le guance rosse, Mia si alzò dal sedile, seguendo l'esempio di Korum. Quello a cui aveva appena assistito non era stato pornografico, ma non riusciva a togliersi dalla mente le espressioni estasiate sui volti della coppia. Il loro atto sessuale era stato nascosto, ma i sentimenti e le emozioni durante il rituale erano stati sotto gli occhi di tutti. Alla fine, la musica raggiunse un crescendo, e Mia si rese conto che stava imitando e facilitando il sesso.

Ora stavano tutti in piedi. Rivolgendo un'occhiata a Korum, vide che stava guardando dritto davanti a sé. All'improvviso, sbatté il piede sul pavimento, più e più volte. Il suo gesto sembrò un segnale, perché la sala si riempì improvvisamente di rumori, man mano che ogni singola persona del pubblico seguiva l'esempio di Korum. Incerta in un primo momento, lo fece anche Mia, pensando che probabilmente si trattava della versione K degli applausi. Korum girò la testa e le rivolse un sorriso di approvazione.

La luce del riflettore sul palco si affievolì e la sala gradualmente diventò più chiara. Tutti i sedili si levarono in aria e fluttuarono, lasciando una grande zona vuota, in cui gli spettatori erano seduti.

Una canzone diversa cominciò a suonare, questa più in linea con quello che Mia aveva ascoltato nella casa di Korum. Sembrava un mix di qualche sintetizzatore, con sottotoni tristi e un ritmo pulsante. La musica da festa dei Krinar, pensò Mia, guardandosi intorno, mentre tutti cominciarono a radunarsi in piccoli gruppi.

"Che te ne è parso?" chiese Korum, mettendole una mano sulla spalla e guardandola con un sorriso.

"Mi è parso bellissimo" disse Mia sinceramente, e il sorriso dell'extraterrestre si allargò.

"Vuoi rimanere per il ballo o sei troppo stanca?" le chiese.

"Oh, no, mi piacerebbe rimanere!" Che idiota sarebbe stata, se si fosse persa la prima festa da ballo Krinar?

"Allora, andiamo a ballare."

La portò via dalla piattaforma, conducendola verso una delle zone all'angolo, che apparentemente fungevano da pista da ballo. Mentre si facevano strada tra la folla, gli altri Krinar si fecero da parte, lasciandoli passare. Korum fece un cenno con la testa verso alcune persone in segno di assenso, fermandosi per salutarli brevemente e presentare Mia a qualche K. Tutti quelli che incontravano sembravano trattare Korum con un mix di rispetto e stima, e Mia rifletté ancora una volta su quanto fosse potente il suo amante nella società K.

Quando raggiunsero una delle piste da ballo all'angolo, Mia si fermò e rimase semplicemente a guardare. Non avrebbe mai potuto ballare così. Semplicemente non poteva.

La grazia atletica mostrata dai ballerini era incredibile—e inumana. Non si muovevano—semplicemente *fluivano* da un passo di danza a un altro. Era uno spettacolo diverso da qualsiasi altro a cui Mia avesse assistito, e cercò di immaginare come fossero gli atleti o i ballerini professionisti K—ammesso che esistessero.

Guardando Korum, disse con aria sbalordita: "Credo che guarderò dai margini. Questo potrebbe essere un po' troppo avanzato per me."

"Non ti preoccupare" disse Korum, sorridendole. "Puoi seguire il mio andamento."

E prima che la ragazza potesse protestare, la spinse sulla pista da ballo, con le mani salde sulla vita. Spaventata, Mia lo afferrò per le spalle, aggrappandosi a lui, mentre la lanciava in una serie di mosse sconosciute.

Ballare con Korum era un'esperienza diversa da qualunque altra. Non era nemmeno sicura di poterlo definire ballare—sembrava più che altro di essere sollevata e trasportata da un tornado. Durante l'ora successiva, i suoi piedi toccarono appena il pavimento, mentre la faceva volteggiare in una complessa sequenza. Ridendo e restando a bocca aperta per alcune delle mosse più estreme, Mia poteva solo aggrapparsi, mentre la stanza le girava intorno. Infine, assetata e senza fiato, lo pregò di fermarsi.

"È stato incredibile!" Non riusciva a togliersi il grande sorriso dal viso, quando si fermarono su uno dei tavoli fluttuanti che conteneva una varietà di liquidi dall'aspetto interessante.

Korum ricambiò il sorriso. "Vedi? Sai ballare." Riempendo una tazza arrotondata con un liquido rosa, gliela porse.

"Più che altro, posso aggrapparmi a te, mentre mi fai girare" disse Mia, ridendo per l'immagine che dovevano aver rappresentato. Le era sembrato di volare, ed era stata una sensazione straordinaria. Prendendo la tazza da lui, bevve un sorso e immediatamente trangugiò tutto.

"Era gustoso" disse. "Che cos'è?" Sembrava un succo di frutta, ma aveva un retrogusto rinfrescante.

"È un cocktail di frutta. Molto comune alle feste e ad altri eventi."

"Non bevete alcolici?"

"Sì." Korum indicò le altre bevande sul tavolo. "Ma tu non puoi berli. Quelli sono stati pensati per *mandarci* su di giri, quindi probabilmente finiresti sul tuo bel sederino, se ne assaggiassi uno. Quindi, accontentati di quel cocktail, ok?"

Mia fece finta di mettere il broncio. Dopo l'incidente nel locale di New York, Korum aveva fatto di tutto per limitarle l'assunzione di alcol. In realtà, Mia non voleva niente di abbastanza forte da far ubriacare un K, ma trovava divertente che Korum sentisse il bisogno di avvisarla.

"Non guardarmi così" disse piano, con gli occhi incollati sulla sua bocca. "Mi fa venir voglia di mordere quel delizioso labbro inferiore."

Sorpresa dall'improvviso cambiamento d'umore di Korum, Mia inumidì le labbra—e si rese conto dell'errore, quando lo sentì respirare forte.

"Basta così" disse piano, con voce un po' roca. "Andiamo a casa."

E prima che lei potesse aggiungere altro, la condusse rapidamente tra la folla, dirigendosi con decisione verso l'uscita.

QUANDO ARRIVARONO A CASA, le tolse immediatamente i vestiti. Sconcertata, Mia rimase lì nuda, vedendo spogliare anche lui. Era già completamente eccitato, e un calore familiare le scaldò il ventre, notando lo sguardo bramoso nei suoi occhi.

"Mi fai impazzire, lo sai?" disse duramente, facendo un passo verso di lei e sollevandola per sistemarla sul divano. Da lì, era un po' più alta di lui, ed era contenta per una volta di vederlo dall'alto in basso.

"Non sto facendo niente" protestò Mia, poi gemette, quando le poggiò la bocca calda sul collo, mordicchiandole la zona sensibile. Dei tremori di piacere l'attraversarono, e chiuse gli occhi, quando lui la tirò a sé, accarezzandole la schiena nuda con le mani. Spostò le labbra sulla clavicola, poi più in basso, fino a strofinarle la lingua intorno al capezzolo destro. Le si strinse lo stomaco dalla sensazione.

Sollevò la testa, osservandola con un ardente sguardo ambrato. "Tu esisti. Mi fai venir voglia di desiderarti semplicemente respirando. Tutto di te mi affascina—il sapore, il profumo, l'espressione sul viso quando sto in profondità dentro di te. Non posso stare un solo fottuto giorno senza toccarti, senza stringerti tra le mie braccia. Non posso resistere nemmeno poche ore. E non basta, Mia... voglio di più. Voglio tutto."

Il respiro di Mia si bloccò nella gola, mentre lo fissava. La sua intensità era quasi spaventosa.

"Hai tutto" sussurrò, stringendogli le spalle potenti. "Ti amo. Lo sai—"

"Lo so?" Le fece scivolare le mani lungo la schiena, afferrando le natiche. La tirò più a sé, fin quando la parte inferiore del corpo non fu premuta contro la sua, con la punta del cazzo dura in mezzo alle cosce della ragazza.

"Certo..." ansimò Mia, sentendolo cominciare a spingere.

"Dimmi che sei mia" ordinò, e lei si chiese cosa fosse quell'oscuro bisogno che vedeva riflesso sul suo volto. Il viso era arrossato e gli occhi scintillavano per qualche strana emozione.

Mia si leccò le labbra. Solo la punta del cazzo era

dentro di lei per ora, ed era disperata per avere di più. "Sono tua" gli disse piano, e poi gridò, piegando la testa all'indietro, mentre lui entrò pienamente dentro con una spinta.

"Proprio così" sussurrò selvaggiamente. "Sei mia. Sarai sempre mia."

E nelle ore successive, Mia non ne dubitò.

~

"Come andremo in Florida? E puoi crearmi dei vestiti più umani? Non credo di averne abbastanza qui... E le scarpe... Forse dovremmo prendere qualche mio vestito nuovo che ho a New York?"

Sentendosi molto nervosa la mattina successiva, Mia camminò su e giù per la cucina, troppo agitata per continuare a dormire dopo le sette, nonostante avesse dormito appena quattro ore.

"Non credo di averti mai vista così nervosa, nemmeno quando mi spiavi" osservò Korum con divertimento, tagliando una papaya per il suo frullato. Era tornato normale, superando il malumore della notte scorsa.

Mia fece un respiro profondo e si accasciò su una delle sedie. "No, ma seriamente, non ho niente da indossare. Tutto quello che ho sono i jeans e la maglietta che indossavo—"

"È mai successo che non mi prendessi cura di te?"

Era vero, era molto premuroso. Si occupava sempre della logistica, e andava tutto perfettamente.

"E va bene, sono nervosa" confessò Mia, portando il pollice alla bocca per mordere l'unghia, prima di ricordare che si era liberata di quel terribile vizio al liceo.

"Perché? Dovresti essere felice. Rivedrai la tua famiglia. Non è quello che volevi?"

"Scopriranno che ho mentito" spiegò Mia impazientemente, guardando Korum come se non capisse. "E poi, saranno scioccati, quando vedranno te—"

Sospirò dall'esasperazione. "Non succederà. Ne abbiamo già discusso. Prima parlerai di me, e poi farò del mio meglio per rassicurarli sulla tua sicurezza e la salute."

Mia saltò in piedi, non riuscendo a stare seduta. "Lo so, ma non capisco come possano *non* rimanere scioccati. Non ho mai portato un ragazzo a casa, e ora mi presento con un K. Non hanno mai visto uno di voi, a parte in TV."

"Beh, sarà un'esperienza nuova."

Korum era assolutamente inflessibile su quell'argomento. Secondo lui, i genitori di Mia dovevano solo abituarsi al fatto che la loro figlia ora fosse la sua charl. Ogni volta che Mia cercava di convincerlo affinché potesse andare in Florida da sola, la guardava storto. Troppo pericoloso, le diceva, e non aveva intenzione di non vederla per una settimana. Quando Mia sosteneva che avrebbero potuto vedersi di notte—dal momento che la navicella super veloce poteva arrivare ovunque in tutto il mondo nel giro di pochi minuti—le ricordava la prima parte della sua affermazione. Non tutti i combattenti della Resistenza erano stati catturati ancora, spiegava, e quindi non era sicuro per lei lasciare Lenkarda da sola.

Mia si lasciò sfuggire un sospiro frustrato. "Ok, benissimo. Quindi, andremo lì con la stessa navicella che ci ha portati qui in Costa Rica?" Al cenno con la testa di Korum, continuò: "E dove hai intenzione di atterrare? Nel cortile dei miei genitori?"

Rise. "No, dolcezza. Questo li spaventerebbe davvero troppo, per non parlare del fatto che la tua famiglia riceverebbe troppa attenzione indesiderata. Atterreremo in una sezione speciale dell'Aeroporto Internazionale di Daytona Beach, e noleggeremo un'auto. Poi, guideremo fino alla casa dei tuoi genitori. Il tuo arrivo sarà molto umano e diretto."

"E poi? Rimarrai seduto in macchina, mentre spiegherò tutto?"

"Ti farò scendere e andrò a esplorare la zona. Mi chiamerai quando sarai pronta. Ecco, bevi il tuo frullato e smetti di stressarti. Andrà tutto bene" disse Korum per rassicurarla, porgendole il bicchiere.

"Grazie" gli disse Mia dopo qualche sorso. Stava cominciando a sentirsi leggermente meglio. Forse si stava preoccupando *eccessivamente*. "Allora, quando partiremo?"

Scrollò le spalle. "Quando sarai pronta. Anche ora, se vuoi."

"Che cosa? Anche in questo secondo?" I nervi riaffiorarono in tutta la loro potenza.

Korum sembrava esasperato. "Ho detto quando sarai pronta. Finisci il frullato, fa' tutto quello che devi fare, e poi andremo."

"Non dovrei vestirmi?" chiese Mia, guardandolo con ansia. Indossava la vestaglia e le pantofole.

"Sì, dovresti. E se guardi nell'armadio, troverai un abito che ho preparato apposta per oggi" disse Korum pazientemente. "Ora, smetti di angosciarti e preparati. La tua famiglia sta aspettando."

QUASI VIBRANDO DALLA TENSIONE, Mia corse nella camera da letto e aprì l'armadio. Korum le aveva preparato un bel prendisole blu e un paio di infradito argentate. Non c'erano etichette né sul vestito, né sulle scarpe; il suo amante ovviamente aveva creato tutto da solo. Tuttavia, aveva lo stile giusto; l'abito era scollato come quelli delle riviste di moda e le infradito avevano proprio il giusto "glam casual da giorno"—o come le riviste denominavano quel look di recente. C'era anche un set di biancheria intima per lei: un paio di mutandine sexy e un reggiseno senza spalline abbinato. Korum aveva chiaramente pensato a tutto.

Indossando i nuovi abiti umani, Mia si studiò con fare critico davanti allo specchio, cercando di capire come l'avrebbero percepita i suoi genitori. Secondo il suo parere non troppo modesto, stava insolitamente bene. La pelle era priva di imperfezioni—perfino le lentiggini si erano in qualche modo sbiadite nonostante il calore del sole—e i ricci castano scuro erano ordinati e luminosi. Il colore del vestito era perfetto per i suoi occhi, trasformandoli in un azzurro più profondo. Nel complesso, sembrava esattamente come si sentiva—felice e sana. Forse quello avrebbe contribuito a mitigare la preoccupazione dei suoi genitori per la situazione.

Uscendo dalla camera da letto, Mia trovò Korum seduto nel suo ufficio, a modificare un progetto. Anche lui si era cambiato, e ora indossava un paio di jeans e una polo bianca che evidenziava i potenti muscoli del corpo alla perfezione. Ai piedi, indossava un paio di mocassini marroni che sembravano sia casual che eleganti al tempo stesso.

"Sono pronta" gli disse coraggiosamente, sentendosi come se avrebbe dovuto affrontare la ghigliottina, anziché i suoi amorevoli genitori.

Vedendola, Korum le sorrise lentamente e delle striature dorate apparvero nei suoi occhi espressivi. "Vieni qui" disse piano, tirandola sul grembo prima che lei potesse protestare.

Sistemandola lì, la baciò appassionatamente, spingendole la lingua nella bocca, mentre la mano si faceva strada sotto la gonna, premendo sulla figa coperta dal pizzo. Il corpo della ragazza reagì con una rapida eccitazione, con i capezzoli che si trasformarono in boccioli appuntiti e l'apertura che si inumidì, preparandosi per lui.

Mandando giù un po' d'aria, Mia gemette: "Che cosa stai facendo?" Le dita maliziose dell'alieno erano nelle sue mutandine, e le sentì cominciare a strofinare la zona direttamente intorno al clitoride. Non riuscendo a rimanere seduta, si dimenò sul suo grembo, sentendo la tensione cominciare a crescere. Non poteva credere che le stesse facendo quello, così presto dopo la maratona sessuale di ieri sera.

"Mi sto assicurando che sarai meno stressata, quando rivedrai i tuoi genitori" mormorò, e Mia sentì il rumore di una cerniera che si abbassava. Prima che lei potesse aggiungere altro, le tirò giù le mutandine, lasciandole appese alle caviglie e alzò la gonna. Ora aveva il sedere nudo sul suo grembo, e il cazzo duro le spingeva sulle natiche.

"Korum, ti prego... Non credo che sia una buona idea... Oh!" ansimò, quando entrò improvvisamente, spingendo dentro senza preliminari. Con i piedi legati dalle mutandine, non poteva allargare le gambe per una posizione più comoda, e lo sentiva enorme dentro di lei, con l'asta simile a un tizzo ardente che le bruciava dall'interno.

"Shh" le sussurrò, con le dita che trovarono ancora una volta il clitoride. "Rilassati. Che brava ragazza..."

Mia sussultò, sentendosi incredibilmente piena e insopportabilmente eccitata, quando cominciò a muoversi dentro di lei, sbattendo il cazzo sul punto G. Allo stesso tempo, iniziò a sfregarle il clitoride, mantenendo la pressione costante.

Senza alcun avvertimento, un potente orgasmo l'attraverso, e Mia gridò, con l'apertura fremente intorno al grosso intruso. Gemette anche Korum, spingendo il cazzo dentro di lei e rilasciando il caldo seme, mentre la ritmica contrazione dei muscoli interni di Mia lo spinse oltre il limite.

Sentendosi come una bambola, la ragazza crollò contro di lui. Il suo corpo continuava a tremare per i residui dell'orgasmo, e poté sentire il respiro dell'extraterrestre tornare lentamente alla normalità.

Dopo circa un minuto, si alzò e la mise dolcemente in piedi, porgendole un fazzoletto per togliere i resti del sesso. "Ti sento meglio adesso?" chiese, sorridendole.

L'umana sicuramente si sentiva meno tesa, ma ora era preoccupata di presentarsi dai genitori, sembrando una ninfomane. Lo guardò storto, mentre toglieva le tracce dello sperma dalla parte interna della coscia. "Ora ho bisogno di una doccia prima di andare..."

"Va bene." Korum sorrise. "Facciamo un rapido risciacquo e poi partiamo. Cinque minuti dovrebbero essere sufficienti." E sollevandola, la portò velocemente nel bagno, muovendosi con una velocità inumana.

Fedele alla sua parola, finirono e uscirono pochi minuti dopo. La capsula che aveva portato Mia in Costa Rica era già stata assemblata ed era pronta accanto alla casa. Korum aveva ampliato la radura intorno alla casa per accogliere la navicella, per evitare di camminare pochi minuti fino al punto in cui erano atterrati due settimane fa.

Entrando attraverso la parete che si dissolse, Mia studiò le trasparenti pareti avorio ormai familiari e i sedili fluttuanti. La navicella comunque non sembrava quel complesso pezzo di tecnologia che era, senza parti elettroniche o comandi visibili. Tuttavia, sapeva che era in grado di trasportarli a migliaia di chilometri di distanza in pochi minuti, senza gli effetti collaterali che ci si aspetterebbe viaggiando a quella velocità.

Sistemandosi su un sedile, Mia sospirò sentendolo adeguarsi intorno a lei, conformandosi alla forma del corpo. Quella era una delle cose che le sarebbero mancate maggiormente in Florida— tutta la tecnologia intelligente che sembrava essere stata progettata unicamente per rendere la vita più facile e comoda. Decise di chiedere a Korum di rifare la casa com'era prima che la "umanizzasse" per lei; ora che si era abituata alla tecnologia Krinar, era molto curiosa di vedere com'era normalmente la sua casa.

E poi partirono, con la navicella che si alzò silenziosamente, portandoli verso la Florida, dove i genitori di Mia erano ancora inconsapevoli della sorpresa che la loro figlia più piccola aveva in serbo per loro.

~

Il Krinar osservò la partenza della navicella.

Erano andati via. *Lei* era andata via.

Vederla ballare con il nemico la scorsa notte era stato quasi insopportabile. Voleva essere *lui* ad avere quel corpo leggero premuto contro il suo, a riportarla a casa. Aveva trascorso le ore successive immaginandola nel letto di Korum, e la rabbia gli era bruciata nello stomaco. Forse era stato meglio che fosse partita. Avrebbe minimizzato le distrazioni per la prossima settimana.

Era sembrata felice, ridendo, mentre Korum l'aveva fatta volteggiare. Che ragazza sciocca. Se solo avesse saputo la verità...

Avrebbe accettato la sua causa, dopo avergliela spiegata. Avrebbe capito—il K ne era certo.

Avrebbe desiderato la salvezza della Terra.

CAPITOLO QUINDICI

"Puoi farmi scendere qui?" chiese Mia a Korum, quando arrivarono nei pressi della via dei genitori. "Potrebbero vedere la macchina, se entrerai nel loro vialetto."

"Certo" disse, e la costosissima Ferrari Spider decappottabile si fermò a qualche isolato di distanza dalla casa d'infanzia di Mia.

La ragazza non sapeva come mai Korum avesse scelto proprio quell'auto. Ricordò vagamente che il fratello di Jessie gliene aveva parlato qualche mese fa; presumibilmente costava più di tre case medie messe insieme. Quando Mia aveva protestato che una Toyota sarebbe andata altrettanto bene, il suo amante aveva semplicemente sollevato un sopracciglio. "È una delle auto più belle" le aveva detto: "E vorrei godermi l'esperienza di guidare uno di questi veicoli umani. Per non parlare del fatto che questo è l'unico modello di auto che mi sono preoccupato di adattare per renderlo riproducibile dalla nostra nanotecnologia."

Ed era straordinaria. La piccola vettura sportiva aveva sfrecciato sull'I-95 a oltre duecentoquaranta chilometri orari, portandoli alla loro destinazione di Ormond Beach in tempi record. Uno dei vantaggi del viaggiare con un K stava nel non doversi preoccupare delle multe per l'alta velocità; qualunque agente di polizia abbastanza sfortunato da fermarli sarebbe immediatamente rimasto a bocca aperta, vedendo il conducente.

"Va bene, chiamami, quando vuoi che venga. E smettila di preoccuparti" disse Korum, chinandosi per aprirle la portiera e dandole un rapido bacio sulle labbra.

"Certo."

Mia scese dalla macchina e chiuse la portiera, guardandolo mentre si allontanava. Poi, facendo un respiro profondo, si diresse verso la casa dei genitori.

LA STRADA in cui Mia era cresciuta si trovava nella zona leggermente più vecchia della città. La maggior parte delle case era stata costruita negli anni Ottanta e Novanta, prima del grande boom immobiliare della metà del 2000. Di conseguenza, alcuni tetti dei vicini sembravano un po' datati, ricoperti da pannelli solari che non erano proprio l'ultimo ritrovato. In generale, le case non avevano quell'aspetto lucido e nuovo che caratterizzava alcune di quelle erette nella zona più benestante. Tuttavia, il paesaggio era molto più bello, con grandi alberi che facevano ombra e garantivano un risparmio sulle bollette elettriche.

Attraversando la strada, Mia assorbì l'atmosfera familiare, con ogni casa, ogni arbusto che innescava un ricordo d'infanzia. C'era la casa della sua amica Lauren, dove aveva trascorso molte estati calde a nuotare nella sua piscina. E c'erano le alte querce su cui si arrampicavano, spensierate come solo i bambini potevano essere. Lauren si era trasferita nel Michigan per frequentare l'università, e Mia la vedeva raramente ormai, anche se si sentivano per telefono o su Skype ogni due mesi.

Come molti altri, i genitori di Mia si erano trasferiti in Florida da Brooklyn, attirati dal tempo caldo e dagli alloggi a prezzi abbordabili. Era stata una decisione di cui non si erano mai pentiti, adattandosi rapidamente al ritmo più lento della vita. Marisa aveva tre anni all'epoca, e New York era troppo costosa per far sì che una giovane coppia potesse acquistare qualcosa di più grande di un monolocale. Così, invece, risparmiarono per due anni—senza mangiare ai ristoranti per l'intero periodo, le aveva detto con orgoglio sua madre—e pagarono un anticipo per una bella casa con quattro camere da letto in un quartiere borghese di Ormond Beach.

Avvicinandosi alla casa, Mia esitò un secondo, cercando di controllare la tensione. Non volendo raccontare altre bugie, aveva deciso di non chiamare i genitori per comunicare a che ora sarebbe arrivata.

Presentarsi lì e poi spiegare tutta la storia sembrava più facile. Controllando il telefono, vide che erano solo le nove del mattino, quindi probabilmente erano in casa.

Sollevando la mano, suonò il campanello. Subito, l'abbaiare di un cane ruppe il silenzio, quando Mocha, il Chihuahua dei genitori, fece il proprio dovere annunciando i visitatori. I genitori avevano preso il cane, quando Mia era partita per il college—un sostituto, le aveva detto il padre scherzosamente.

Venti secondi dopo, sua madre aprì la porta. "Oh mio Dio, Mia!"

Prima che Mia potesse dire qualcosa, la tirò a sé per un abbraccio caldo e familiare. Come al solito, Ella Stalis odorava di limoni e di profumo Chanel.

Sorridendo, Mia l'abbracciò prima di fare un passo indietro. "Ciao, mamma. Sorpresa!"

"Oh tesoro, non pensavamo che saresti arrivata così presto! Perché non ci hai chiamati? E dov'è la tua auto?" Sua madre guardò dietro le spalle di Mia e vide un vialetto vuoto. "E il bagaglio?"

"È una lunga storia, mamma. Papà è in casa? C'è una cosa che devo dirvi."

Un'espressione di immediata preoccupazione apparve sul volto dolcemente arrotondato di sua madre. "Mia, tesoro, va tutto bene? Che cos'è successo? Vieni, entra—"

"Non è successo niente, mamma" la rassicurò Mia, entrando nel corridoio che conduceva nell'ampio salotto. Mocha scappò subito via. Il cane dei genitori era timido con gli sconosciuti e continuava a ritenere

Mia tale, pur avendola vista tante volte. "Va tutto bene. Ho solo una storia interessante da raccontarvi, tutto qui. Papà è in casa?"

"È nel suo ufficio" disse sua madre, poi gridò: "Dan! Vieni a vedere chi c'è!"

Daniel Stalis entrò nel salotto, indossando ancora i pantaloni del pigiama e una vestaglia. Alla vista di Mia, gli si illuminò il volto. "Mia, tesoro! Che cosa ci fai a casa così presto? Quando sei partita?"

Sorridendo, Mia si avvicinò e lo avvolse in un grande abbraccio, inalando il familiare profumo del dopobarba e del dentifricio. "Ciao, papà. Oh, mi siete mancati tanto!"

Suo padre sorrise, ricambiando l'abbraccio. "Oh, dimentico sempre quanto sei esile, quando passa troppo tempo senza vederti. Davvero, tesoro, dovresti mangiare di più."

"Mangio come un maiale, lo sai" gli disse Mia, sorridendo.

"Mia ha una cosa da dirci" disse la madre, e la ragazza notò il tono preoccupato nella sua voce.

Suo padre sollevò un sopracciglio. "Va tutto bene? Si tratta di quel professore?"

"Sì e no." Mia non sapeva nemmeno da dove cominciare. "Perché non vi sedete e beviamo un tè? È una storia un po' lunga."

La madre annuì lentamente. "Certo. Fammi preparare un po' di tè. Hai fame? Hai fatto colazione? Posso preparare un po' di frittelle di patate..."

"Ho già mangiato, mamma, grazie. Sarà sicuramente per un'altra volta." Sedendosi al tavolo, Mia strinse nervosamente le mani, guardando la madre mettere su l'acqua. Anche suo padre si sedette, studiando in silenzio la figlia mentre l'acqua si scaldava. Quando l'acqua ebbe finito di bollire, Mia si alzò per aiutare la madre a portare le tazze. Finalmente, tutti e tre si sedettero al tavolo, con un tè verde caldo che fumava davanti a loro.

"Va bene, tesoro. Ora dicci" disse sua madre, preparandosi al peggio.

"Ok" disse Mia lentamente. "Allora, non sono stata completamente sincera con voi riguardo a quello che mi è successo nelle ultime settimane. Non c'era nessun professore, e non sono rimasta a New York per quel progetto di volontariato..."

Vedendo le espressioni sorprese sui volti dei genitori, Mia continuò. "Vedete, ho conosciuto una persona..."

"Vedi, Ella, non ti avevo detto che Mia si comportava in modo strano?" Il padre sembrò compiaciuto per un attimo, ma la madre continuava a fissarla con preoccupazione.

Facendo un respiro profondo, la ragazza continuò. "Il motivo per cui non ve l'ho detto è che non è una persona con cui normalmente ci si sentirebbe a proprio agio, e non volevo farvi preoccupare—"

"Chi è, Mia?" chiese sua madre bruscamente. "Uno spacciatore? Un criminale?"

"No, niente del genere!" Anche se, in quel caso,

sarebbe stato più facile per i suoi genitori accettarlo. "Korum è un K."

Per un attimo, il silenzio calò sul tavolo. I genitori sembravano sconcertati, storditi e senza parole.

Suo padre si schiarì la voce. "Un K? Cioè, un alieno?"

Mia annuì, bevendo un sorso di tè. "L'ho conosciuto in un parco di Manhattan, qualche settimana fa. Stiamo insieme da allora."

Il mento di sua madre tremò. "Che vuol dire che state insieme? Insieme in che senso?"

"Ella, non essere sciocca" disse suo padre, con tono sorprendentemente calmo. "Chiaramente, Mia sta cercando di dirci che ha un ragazzo che è un K. Non è così?"

Il padre era molto bravo in circostanze stressanti. "Esattamente" confermò Mia, con lo stomaco sottosopra, quando il volto della madre si corrugò e delle grosse lacrime cominciarono a rigarle la guancia. Sentendosi la peggior figlia del mondo, Mia cercò di rassicurarla. "Ascolta, come vedi sto benissimo. So come vengono descritti dai media, ma la realtà è ben diversa. È molto premuroso, e mi rende felice—"

"Premuroso? Come possono essere premurosi quei mostri? Mia, dicono che bevono sangue!" Sua madre era assolutamente scioccata, con il volto normalmente pallido ora rosso e chiazzato.

"Bevono sangue?" chiese suo padre, sembrando incuriosito.

"Solo occasionalmente e in piccole quantità"

ammise Mia. "È solo una cosa piacevole per loro —in realtà non ne hanno più bisogno."

La madre nascose il viso tra le mani. "Oh mio Dio, mi sento male!"

"Ella, basta" disse suo padre, con voce insolitamente ferma. "La tua reazione è esattamente il motivo per cui Mia aveva paura e non ce l'ha detto prima."

Mia sorrise, con il nodo nello stomaco che si sciolse un po'. "Grazie, papà. Ascolta, so come può sembrare, ma credimi quando dico che mi tratta molto bene e mi rende molto felice—"

"È per questo che non potevi tornare a casa prima?" chiese suo padre, mentre la madre alzò la testa per fissare Mia con gli occhi ancora pieni di lacrime.

"Sì. Siamo partiti per la Costa Rica subito dopo gli esami" confessò la ragazza. "Sto svolgendo un tirocinio lì, presso un laboratorio di neuroscienze, e sto lavorando su alcuni progetti davvero interessanti—"

"In Costa Rica?" Il padre sembrò perplesso per un attimo, e poi sgranò gli occhi. "Il Centro K della Costa Rica?"

Mia gli rivolse un bel sorriso. "Sì. Korum mi ha trovato un tirocinio lì. Sto lavorando a fianco di uno dei loro massimi esperti della mente, e non potete nemmeno immaginare quante cose sto imparando—"

"Stai lavorando in un Centro K della Costa Rica?" La madre era assolutamente sconvolta. "Con dei K?"

"Lo so, non riesco a crederci nemmeno io" disse Mia, sorridendo. "E ora posso parlare tante lingue..."

"Che cosa? Che cosa vuoi dire?" Il padre si strofinò le tempie. "Quali lingue?"

"Tutte" disse Mia in polacco, sapendo che l'avrebbe capita. "Tutte le lingue umane, più il Krinar. È un traduttore davvero figo, quello che Korum mi ha fornito." Decise di non parlare dell'impianto cerebrale.

Suo padre rimase a bocca aperta. "Parli polacco senza alcun accento! Mia, come hai fatto...?"

"Tecnologia Krinar" spiegò con un sorriso. "Non potete nemmeno immaginare alcune delle cose che possono fare—"

"Ma, Mia, non è *umano*..." La madre sembrava sotto shock. "Come puoi anche solo…"

"Mamma, sono molto simili agli umani sotto molti aspetti. Sai che ci hanno creati a loro immagine, vero?"

La madre scosse la testa, non riuscendo a credere alle proprie orecchie. "E questo li rende più accettabili? Come hai potuto innamorarti di lui? Lo hai conosciuto in un parco e poi che cos'è successo? Sei andata a un appuntamento con lui?"

Mia esitò un secondo. "Sì, più o meno. In realtà mi ha mandato dei fiori, e siamo andati in un ristorante bellissimo. E ci frequentiamo da allora..."

"Davvero?" La madre sembrava incredula. "Incontri una di quelle creature in un parco, e vai a un appuntamento? A cosa stavi pensando?"

Stava pensando che non voleva morire o essere rapita. Ma i suoi genitori non dovevamo saperlo. "È molto bello" disse sinceramente. "E non mi era mai successo di sentirmi attratta da qualcuno così intensamente."

"Quindi, hai completamente ignorato il fatto che non fosse umano? Mia, non è da te..." La madre la guardava come se le fosse spuntata un'altra testa.

"Come hai fatto ad arrivare qui dalla Costa Rica?" chiese il padre sottovoce, guardandola con un'espressione indecifrabile. Come al solito, era l'unico in grado di pensare lucidamente in circostanze difficili.

Mia lo guardò. "Korum mi ha portata qui. Siamo volati a Daytona su una delle loro navicelle, e poi mi ha lasciata scendere dalla macchina, per permettermi di parlarvi."

"E quanto tempo rimarrai?"

"Che cosa intendi dire, Dan? Per il resto dell'estate, non è vero? "chiese sua madre, sembrando in preda al panico.

Mia scosse la testa. "Resterò qui per una settimana, mamma. Purtroppo, non posso stare lontana dal laboratorio così a lungo—"

Sua madre scoppiò in lacrime. "Oh mio Dio, questa è l'ultima volta che ti vediamo..."

"Che cosa? No! Certo che no! Devo solo terminare il mio tirocinio, tutto qui. Tornerò presto a farvi visita e poi potreste venire a New York durante l'anno scolastico—"

"Dov'è adesso?" chiese il padre freddamente. "Se ti ha portata qui, allora dov'è?"

Mia fece un respiro profondo. "Devo chiamarlo. Volevo prima parlarvi, spiegare un po' prima di presentarvelo. Lui vorrebbe conoscervi per rassicurarvi sul fatto che va tutto bene e che sono al sicuro con lui."

"Stiamo per conoscere un K?" La madre sembrava stupefatta dalla piega che stava prendendo la conversazione.

"Sì" rispose Mia. "Vedrete che non c'è nulla di cui temere." Incrociò le dita, sperando che Korum si sarebbe comportato bene.

"Va bene, Mia" disse suo padre. "Perché non lo chiami? Vorremmo conoscere il tuo K."

~

MEZZ'ORA DOPO, il campanello suonò.

Mia era riuscita a raccontare ai genitori qualcosa di più su Korum e sulla loro relazione, soffermandosi solo sulle parti buone. Parlò di come si prendeva cura di lei e del suo hobby per la cucina (il volto della madre si era illuminato un po' sentendo quelle cose), della sua intelligenza pari a quella di un genio e della gestione dell'azienda, nonché della straordinaria opportunità che le aveva offerto con quel tirocinio. Di conseguenza, quando Korum entrò, Mia fu ragionevolmente certa che i suoi genitori sarebbero stati abbastanza tranquilli da essere civili. Tuttavia, non poté fare a meno di sentirsi agitata, quando aprì la porta e vide il suo amante, troppo bello per essere umano.

"Ciao" disse piano, chinandosi per baciare Mia sulla fronte.

"Ciao. Entra." Mia lo prese per mano e lo condusse in casa. Fermandosi un attimo nel corridoio, gli rivolse un'occhiata implorante e gli strinse la mano, sperando che comprendesse quella supplica inespressa.

Korum sorrise e sussurrò: "Fidati di me."

Mia non aveva altra scelta. Preparandosi al peggio, condusse Korum nel salotto.

Vedendolo, i genitori si alzarono dal divano e lo fissarono. Mia non poteva biasimarli: Korum era assolutamente incredibile. Con la polo bianca e i jeans blu, il suo amante era l'epitome dell'eleganza casual. Con i luminosi capelli neri e la pelle dorata, avrebbe potuto essere un modello o la star di un film, a parte il fatto che nessun umano aveva gli occhi di quell'insolita tonalità ambrata—né si muoveva con tale grazia animale. E persino in piedi, emanava un'inconfondibile aura di potere, con la presenza che dominava la stanza.

Facendo un passo verso i genitori, sorrise ampiamente, mostrando la fossetta sulla guancia sinistra. "Dovete essere Ella e Dan. Sono molto felice di conoscervi. Mia mi ha parlato molto della sua famiglia."

La ragazza notò che l'alieno non si era avvicinato per stringere la mano, né li aveva toccati in qualche altro modo. Probabilmente era la cosa giusta da fare. I due erano già abbastanza tesi, avendo un K in casa.

Il padre annuì con cautela. "È buffo, perché invece noi abbiamo sentito parlare di te solo oggi."

"Dan!" sussurrò sua madre, chiaramente preoccupata per la possibile reazione dell'ospite extraterrestre. Sembrava incapace di staccare gli occhi da Korum, fissandolo con un'espressione stordita. Mia sapeva esattamente come si sentiva.

Korum non sembrava affatto offeso, rivolgendo al padre un bel sorriso. "Certo" disse gentilmente. "Mi rendo conto che questo è un enorme shock per voi. So quanto amate vostra figlia e quanto vi preoccupate per lei, e vorrei tranquillizzarvi sulla nostra relazione."

La madre di Mia ricordò le buone maniere di padrona di casa. "Posso offrirti qualcosa da mangiare o bere?" chiese incerta, continuando a fissare Korum come se non sapesse bene se voleva correre via urlando o allungarsi per toccarlo.

"Certo" disse lui allegramente. "Un tè e un po' di frutta andrebbero benissimo, soprattutto se vi unite a me."

Mia sbatté le palpebre dalla sorpresa. Non sapeva che Korum beveva il tè. E poi si rese conto di quanto doveva essere esteso il fascicolo sulla sua famiglia: aveva scelto la cosa che avrebbe messo più a proprio agio la madre—il rituale quotidiano dei genitori di preparare e bere il tè.

"Perfetto." La madre sembrava sollevata di avere qualcosa da fare. "Puoi sederti nella sala da pranzo, e ti porterò un po' di tè. Abbiamo delle arance locali davvero belle... Mangiate le arance, giusto?"

Korum le sorrise. "Assolutamente. Adoro le arance, soprattutto quelle della Florida."

Ella Stalis gli sorrise con esitazione. "Fantastico. Quelle di questa settimana sono davvero buone—succose e dolci. Te le porto subito." E arrossendo un po', si affrettò ad andare in cucina, sembrando insolitamente lusingata.

Mia alzò gli occhi tra sé e sé. A quanto pareva, nemmeno le donne più anziane erano immuni al suo fascino.

"La sala da pranzo è da questa parte" disse suo padre, sembrando leggermente a disagio per essere rimasto da solo con Mia e il suo K.

Mia si avvicinò a Korum e lo prese per mano, decisa a mostrare a suo padre che non c'era niente di cui preoccuparsi. Sorridendo, lo condusse al tavolo.

Si sedettero tutti e tre.

In quel momento apparve Mocha, scodinzolando. Con grande sorpresa di Mia, si avvicinò volontariamente a Korum e gli annusò le gambe. Lui sorrise e si chinò per accarezzare il cane, che sembrò godere delle sue attenzioni. Mia guardò la scena con incredulità; il Chihuahua di solito era molto riservato con gli sconosciuti.

Un minuto dopo, Korum si raddrizzò e tornò a rivolgere l'attenzione agli abitanti umani della casa.

"Mia ci ha detto che sta svolgendo un tirocinio nella vostra colonia" disse Dan Stalis, guardando Korum come se stesse studiando una specie nuova ed esotica—cosa, di fatto, vera. "Come funziona esattamente? Immagino che non sappia molto della vostra scienza e che non conosca la vostra tecnologia..."

"Al contrario" disse Korum. "Mia impara davvero in fretta. Ha fatto enormi progressi nelle ultime due settimane. Saret—il suo capo al laboratorio—mi ha detto che è già molto utile."

Mia sorrise, arrossendo per quelle lodi. "Come ti ho detto, papà, Saret è uno dei loro massimi esperti della mente. È all'avanguardia nella neuroscienza e nella psicologia Krinar. E io lavoro con lui. Riesci a immaginarlo?"

Suo padre si strofinò le tempie, e Mia notò una leggera smorfia. "Non ci riesco, ad essere sincero. Tutta questa storia è piuttosto sconvolgente. Scusaci se non stiamo esattamente saltando dalla gioia—"

"Certo" disse Korum con delicatezza. "Non lo farei nemmeno io, al vostro posto."

"Hai figli?" chiese Dan schiettamente.

"No."

"Perché no?"

"Papà!" Mia si sentiva mortificata da tutte quelle domande.

Korum si strinse nelle spalle, apparentemente a proprio agio con l'interrogatorio. "Perché non ho una compagna, e non voglio crescere un figlio da solo."

Il padre socchiuse gli occhi. "Quanti anni hai?"

"Nei vostri anni terresti, circa duemila."

Suo padre rimase scioccato. "D-duemila?"

In quel momento, entrò la madre con un piatto di arance e un vassoio con le tazze di tè.

Mia si alzò e si precipitò da lei. "Ecco, lascia che ti aiuti" disse, togliendole il piatto dalle mani.

"Grazie, tesoro" disse sua madre, e Mia tirò un

sospiro di sollievo, felice che almeno un genitore sembrava aver recuperato la compostezza.

Poggiando le tazze piene di tè caldo sul tavolo, Ella chiese a Korum: "Vuoi un po' di crema o di zucchero? Abbiamo crema di cocco, crema di mandorle, crema di soia..."

"No, grazie" rispose Korum educatamente, rivolgendole un sorriso smagliante. "Preferisco il tè senza niente."

"Anche noi" ammise la madre, arrossendo di nuovo. Mia non poté fare a meno di sorridere—la madre sembrava avere una cotta per il suo amante.

"Ella" disse il padre di Mia lentamente: "Korum è molto più grande di quanto pensassimo..."

"Davvero?" chiese sua madre, sedendosi e afferrando un'arancia. Sbucciando metodicamente il frutto, rivolse al marito un'occhiata interrogativa.

"Ha duemila anni..." Il padre sembrava impressionato da quel fatto.

"Che cosa?" L'arancia cadde sul tavolo, atterrando con un lieve tonfo.

"Mamma, sapevi che i K vivono a lungo" disse Mia, esasperata dalle loro reazioni. "Abbiamo visto quel programma insieme un paio di anni fa, ricordate? Era uno di quei documentari Nova sull'invasione."

"Mi ricordo" disse sua madre, continuando ad avere l'espressione di chi sembrava essere stata colpita da un martello. "Ma non avevo capito che significasse migliaia di anni..."

"Come funziona esattamente qualcosa di simile, se

avete una relazione con un essere umano?" Il padre sembrava aver ritrovato la compostezza. "Perché Mia non può vivere così a lungo—"

"Questo riguarda me e tua figlia, Dan" disse Korum gentilmente, ma c'era una nota d'acciaio nella sua voce, che lo avvertiva di non proseguire in quella direzione. "Ne parleremo a tempo debito." E prendendo un'arancia, la sbucciò con calma, muovendo le dita più velocemente e in modo più efficiente rispetto alla madre.

"A proposito" aggiunse, mordendo l'arancia: "Mia ha detto che tendi ad avere frequenti mal di testa, e ho notato che ogni tanto ti sfreghi le tempie. Ti fa male ora?"

Colto alla sprovvista, il padre annuì.

A quel gesto affermativo, Korum allungò la mano nella tasca dei jeans e tirò fuori una piccola pastiglia. Consegnandola al padre di Mia, disse: "Questa dovrebbe funzionare. Uno dei nostri esperti di biologia umana l'ha sviluppata specificamente per casi come il tuo."

"Che cos'è? Un antidolorifico?" Il padre studiò la piccola pastiglia con scarsa fiducia.

"Sì, funziona immediatamente. Ma dovrebbe anche impedire che si ripresenti in futuro."

"Una cura per l'emicrania?" chiese la madre, con un'espressione carica di speranza negli occhi.

"Esatto" confermò Korum, e gli occhi di Ella Stalis si illuminarono.

Il padre sollevò un sopracciglio. "Ci sono effetti

collaterali? Come faccio a sapere che è sicuro assumerla?"

"Papà, la loro medicina è meravigliosa" gli disse Mia sinceramente. "Davvero, non hai niente da temere."

"Mia ha ragione. I nostri farmaci non hanno effetti collaterali. E, Dan, l'ultima cosa che vorrei è fare del male alle persone che Mia ama di più. So che non avete motivo di fidarvi ancora, e spero che le cose cambieranno in futuro. Se non vuoi prendere il farmaco, non c'è problema. Volevo solo che l'avessi, nel caso il dolore fosse insopportabile."

"Prendilo, Dan. Subito" ordinò Ella, guardando il marito con un'espressione determinata. "Non credo che il ragazzo di Mia ti darebbe qualcosa che fa male. Se c'è anche una minima probabilità che possa davvero curarti, allora dovresti provarlo per te stesso e per la tua famiglia—soprattutto se Korum dice che non ci sono effetti collaterali."

Il padre esitò, studiando il volto di Korum per alcuni secondi. Qualunque cosa vide, sembrò rassicurarlo. "Devo solo ingoiarla?"

"Mettila in un bicchiere d'acqua, poi bevi" disse Korum. "Funziona più velocemente in quel modo."

La madre di Mia era già in piedi, versando dell'acqua in un bicchiere da una brocca sul tavolo. "Ecco" disse, spingendolo verso di lui.

Dan Stalis prese lentamente il bicchiere e strinse la pastiglia tra le dita, spremendo due gocce di liquido nell'acqua. "Così?" domandò, guardando Korum.

Il suo amante gli rivolse un sorriso incoraggiante. "Sì."

Odorandolo con cautela, il padre di Mia bevve un sorso. "Ha un buon sapore." Sembrava sorpreso.

"La maggior parte dei nostri farmaci ce l'ha."

Portando il bicchiere alla bocca, suo padre mandò giù il resto dell'acqua. Quasi subito, Mia poté vedere i muscoli tesi attorno alla sua mascella rilassarsi. Sorridendogli, disse: "Sta funzionando, vero? Farà subito effetto."

Suo padre sembrava piacevolmente sorpreso, e il viso della madre brillava dalla felicità. "Sì. Sembra istantaneo." Rivolgendosi a Korum, disse: "Grazie. È stato molto gentile da parte tua."

"Prego" disse Korum dolcemente. "Farei qualsiasi cosa per Mia e per le persone che ama."

CAPITOLO SEDICI

"Devo parlare anche con mia sorella" disse Mia, salendo in macchina e salutando i genitori. Sua madre teneva a bada Mocha, che li seguiva molto da vicino, avendo sviluppato un'inspiegabile cotta canina per Korum. "So che mamma la chiamerà ora, ma vorrei sentirla io stessa. Le ho parlato prima, e vorrei davvero avere la possibilità di spiegarle, in modo che non si faccia un'idea sbagliata sulla nostra relazione."

"Che cosa le hai detto?" chiese Korum, uscendo dal vialetto. Guidava come faceva qualsiasi altra cosa—con abilità ed efficienza.

"Le ho detto di avere un amante di Dubai" ammise Mia, arrossendo un po'. "E le ho detto che le cose non avrebbero funzionato tra noi, perché presto sarebbe partito."

"Capisco" disse Korum, con voce visibilmente fredda. "E quando le hai detto questo?"

Cazzo. Non avrebbe dovuto dirglielo, ma ormai era troppo tardi. "Quando credevo che saresti tornato su Krina" confessò. "Sai, prima..."

"Prima del tuo tradimento?"

Mia sospirò. "Sei ancora arrabbiato con me? Avevi detto che ci saresti passato sopra..."

"Che ci sarei passato sopra nel senso che non ti punirò per quello. Ma non riesco a dimenticarlo, dolcezza. Non ancora."

Mia si morse il labbro, sentendosi turbata. "A volte non ti capisco" disse a bassa voce. "Un minuto prima sei gentile con me e con la mia famiglia, e quello dopo dici di punirmi per una situazione che non ho causato io— una situazione che hai manipolato a tuo vantaggio. Che cosa ti aspettavi che facessi? Accettare con calma che sarei diventata una schiava sessuale?"

"Avresti potuto parlarmi in qualsiasi momento e chiedermi se fosse vero." Mantenne lo sguardo sulla strada, ma Mia scorse un muscolo della sua mascella leggermente teso.

"E se fosse stato vero? Che cosa avrei fatto allora? Avrei messo in pericolo John e tutti gli altri della Resistenza e avrei perso la mia unica possibilità di aiutare loro e me."

"Ti ho mai trattata come una schiava sessuale?" chiese Korum, e il suo tono piatto la fece tremare leggermente. Continuava a evitare di guardarla. "Ti ho dato tutto, Mia, e hai continuato a comportarti come se fossi il cattivo della situazione."

Mia deglutì. "Sapevi che avevo paura all'inizio, e

non mi hai lasciato scelta" disse, sentendo il vecchio risentimento riaffiorare. "E poi, che cos'è una charl? Quali diritti ho nella vostra società? So che non mi tratti male, ma potresti, no? Se volessi tenermi chiusa in casa tua, qualcuno ti fermerebbe?"

Non rispose, e lei notò la sua mascella irrigidirsi ulteriormente.

Lasciarono Granada Boulevard per la A1A, e l'alieno guidò ancora qualche minuto prima di fermarsi nel tortuoso vialetto di una grande villa in riva al mare. Man mano che si avvicinavano, i cancelli in ferro battuto si aprirono, lasciandoli passare.

"Dove siamo?" chiese Mia, rompendo il silenzio. Si sentiva male. Detestava litigare con Korum, e gli ultimi giorni erano stati così belli, così pacifici. Perché gli aveva stupidamente ricordato quello che era successo?

La macchina si fermò, e lui inserì la modalità parcheggio prima di girarsi per guardarla. "Vieni qui" disse duramente, seppellendo la mano nei suoi capelli e chinandosi per darle un bacio appassionato. Quando la lasciò per farle riprendere fiato, Mia si stava sciogliendo, quasi tremando dal desiderio.

Lasciandola andare, scese dalla macchina e aprì la portiera del passeggero. Mia camminò su gambe un po' instabili, mentre la guardava con occhi dorati e smaniosi.

Alzò lo sguardo verso di lui.

"Questa è la casa che ho affittato per la settimana" le disse. "Entriamo." E prendendole la mano, la condusse su per le scale dell'imponente edificio bianco.

L'interno della loro "casa in affitto" avrebbe potuto essere facilmente inserito nella rivista *Architectural Digest*, con i suoi mobili bianchi ben progettati e l'ambiente aperto con brillanti pavimenti in legno. Una parete—quella che si affacciava sull'oceano—era interamente di vetro e garantiva una vista mozzafiato.

Girando Mia verso di lui, Korum si chinò e la baciò di nuovo, leggermente. "Perché non chiami tua sorella ora?" suggerì, con voce un po' roca. "Quando tornerai, avrò dei programmi per te."

CERCANDO di calmare il battito cardiaco troppo alto, Mia salì le scale, entrando in una stanza in cui vide un vecchio telefono fisso. Dopo essersi assicurata di avere la situazione abbastanza sotto controllo e di riuscire a pensare a qualcosa di diverso dai programmi di Korum, telefonò alla sorella, digitando il numero di cellulare che conosceva a memoria.

Marisa rispose al quinto squillo. "Pronto?"

"Ehi, Marisa, sono io..."

"Mia? Ho appena parlato con mamma! Dannazione! Stai frequentando un K?!?"

Mia sospirò. "Sì. Ascolta, ricordi quella cosa che ti avevo detto?"

"A proposito del tuo presunto amante benestante?" La voce della sorella sembrava caustica. "Sì, ricordo perfettamente."

Mia sibilò. "Beh, non sono stata completamente sincera con te—"

"No, cazzo!"

"Scusa" disse Mia sinceramente. "Credevo davvero che potesse tornare su Krina e che non l'avrei più rivisto. Avevo bisogno di parlare con qualcuno, ma non me la sentivo di raccontare tutta la storia..."

Per un attimo, regnò il silenzio. "Mia" disse Marisa, arrabbiata: "Puoi sempre dirmi tutto, anche se si tratta di una cosa degna di apparire sulla copertina del *National Geographic*. Sono tua sorella, e se c'è una persona in grado di capirti, quella persona sono io."

Mia chiuse gli occhi, vergognandosi. "Lo so. Mi dispiace. È solo che stavano succedendo troppe cose e non ero molto lucida—"

"Che cosa *stava* succedendo? E che cos'è cambiato? Come sei passata da 'non potrà mai funzionare' al farlo conoscere ai nostri genitori e a trascorrere l'estate in Costa Rica?"

"Abbiamo lavorato sulle nostre differenze" disse Mia, senza voler entrare nei dettagli. "E rimarrà qui, sulla Terra."

Calò di nuovo il silenzio per un secondo. Poi, la sorella disse: "Davvero, Mia? Un K? Non potevi scegliere uno della stessa specie?"

Mia sorrise, sollevata. Il peggio sembrava passato. "Lo so, è folle—"

"Folle è dir poco" disse la sorella seriamente. "Assolutamente incredibile, direi."

Mia rise, sorpresa. "Che cosa?"

"La mia sorellina sta frequentando un alieno benestante e super sexy, che ha appena guarito le emicranie di papà? Cazzo, è straordinario!"

Mia non riusciva a credere alle proprie orecchie. "Non mi farai la predica, dicendomi quanto sono stata sciocca a lasciarmi coinvolgere da qualcuno tanto pericoloso e non umano, e bla, bla, bla?"

"Oh, per favore, sono sicura che l'abbiano già fatto mamma e papà. Che cosa potrei aggiungere? No, sorellina, sono felice per te. Sei stata buona e brava per troppo tempo. Un po' di pericolo e di pepe nella vita è esattamente quello di cui hai bisogno. E poi, da quello che mi ha raccontato mamma, è splendido ed esiste fin dalla notte dei tempi. È una vera figata... non vedo l'ora di conoscerlo!"

Mia sorrise enormemente. Sua sorella riusciva sempre a sorprenderla. "Sei la miglior sorella del mondo" disse a Marisa. "Allora, quando rivedrò te e Connor?"

"Stasera alle sei. A quanto pare, il tuo amante extraterrestre ha invitato tutta la famiglia a cena."

"Che cosa? Quando?" Mia non riusciva a ricordare nulla del genere.

"Non lo so. Non c'ero. Non *dovresti* saperlo? Pensavo che l'avesse fatto su tua richiesta..."

"Uhm... prende molto l'iniziativa, quando si tratta di queste cose." Troppo, considerando che Mia non era nemmeno a conoscenza dell'invito. Doveva aver parlato con i genitori quando era andata al bagno. "Quindi, ceneremo in un ristorante da qualche parte?"

"È abbastanza assurdo che te lo stia dicendo io, Mia." Sembrava che Marisa stesse ridendo. "Verremo a trovarvi nella casa che ha preso in affitto. Cucinerà lui. Davvero non lo sapevi?"

"Non mi sorprende." Mia sorrise, anche se Marisa non poteva vederla. "Sei fortunata—è un cuoco straordinario."

"E fa il bucato, vero? O hai inventato anche quella parte?"

"No" rispose Mia, sorridendo. "Faceva davvero il bucato, quando eravamo a New York. A quanto pare, gli piacciono le apparecchiature umane. Penso che abbia a che vedere col suo hobby della cucina, che è strano. Hanno queste case intelligenti che *cucinano* per loro, Marisa. Non ha bisogno di alzare un dito per avere pasti gourmet, eppure—"

"Oh mio Dio, dove posso trovare un altro K per me? Sono già innamorata e non l'ho ancora conosciuto!"

Mia scoppiò a ridere. "Ehi, questo è già preso! E poi, Connor non avrebbe qualcosa da ridire, sapendo che la moglie incinta frequenta un alieno?"

"Connor cederebbe volentieri la moglie incinta a un alieno in questo momento" disse Marisa, e Mia sentì il sottotono serio nella sua voce. "Sono così lunatica ultimamente che si aggira per la casa come se potessi morderlo. E potrei, in qualsiasi momento. Non riesco proprio a controllare le emozioni. Non rimanere incinta, sorellina—non è divertente..."

Mia si fece subito seria. "Oh, Marisa, sono proprio un'egoista. Non ti ho nemmeno chiesto come ti senti!"

"Beh, non ti ho dato la possibilità di farlo! Ma sì, mi sento ancora di merda. La nausea non se ne va. Ho perso un altro chilo nell'ultima settimana. Il medico non sa più che fare. Sto riposando molto, ho provato lo yoga e la meditazione—niente sembra funzionare."

"Oh Marisa..."

"Pensi che il tuo ragazzo possa aiutarmi?" scherzò sua sorella.

"Non lo so" disse Mia seriamente. "Forse. Glielo chiederò. Non è un medico, ma potrebbe avere accesso a uno dei loro meravigliosi farmaci."

"Oh, no, non c'è bisogno che tu lo faccia... Stavo solo scherzando—"

"Beh, io no. Glielo chiedo subito."

"Mia, per favore, sarebbe imbarazzante. Sono sicura che passerà tra qualche altra settimana..."

"Uh-uh" disse Mia. "Ma saresti pelle e ossa, se non lo sei già. Non hai esattamente molto grasso da spartire."

Poté sentire Marisa sospirare per quella che sembrava esasperazione. "Beh, puoi chiederglielo allora, credo. Non vorrei che pensasse che ci stiamo approfittando di lui—"

"Oh, per favore, è stato Korum a *offrire* la cura per l'emicrania a papà. Non sapevo nemmeno che esistesse una cosa del genere, tanto meno che l'avesse con sé. Non preoccuparti, ti prego—non ti fa bene."

"Ok, ok..." Sua sorella sembrò improvvisamente distratta. "Aspetta un attimo, tesoro, sto parlando con Mia!"

"Devi andare?" tirò a indovinare Mia.

"Oh, era Connor... Dovevamo andare a fare shopping quando mamma ha chiamato, e poi tu..."

"Oh, beh, vai allora. Ci vediamo stasera. Non vedo l'ora!"

"Anch'io. Ti voglio bene, sorellina! A dopo!"

"Ti voglio bene anch'io!" E riagganciando, Mia andò a cercare Korum.

LO TROVÒ FUORI, a nuotare nella piscina olimpionica, che apparteneva alla proprietà. Si muoveva come uno squalo, con una velocità incredibile.

"Ciao" gridò Mia, e ricordò i misteriosi programmi che aveva in serbo per lei. Si trattava di qualcosa di sessuale? Il suo respiro accelerò a quel pensiero. Dicendo a se stessa di concentrarsi su Marisa, decise di chiedere subito il farmaco a Korum, prima che lui avesse la possibilità di mostrarle quali fossero i suoi programmi.

Nuotando fino al bordo della piscina, Korum si sollevò senza sforzo, usando solo le braccia. I suoi capelli neri erano bagnati e schiacciati sulla testa, e le gocce d'acqua brillavano come piccoli diamanti sulla pelle dorata. Era davvero sexy, e Mia deglutì, rendendosi conto ancora una volta di quanto fosse stupendo il suo amante. Camminando verso il bordo della piscina, si sedette su una delle sedie a sdraio posizionate lì.

"Ciao" disse, sorridendole e sedendosi sulla sedia

accanto a lei. Sembrava aver dimenticato la litigata di prima, e Mia ricambiò il sorriso, sollevata.

Sembrava l'occasione giusta per chiedergli di Marisa. "Sai qualcosa sulle donne incinte?" mormorò, e poi, chissà perché, arrossì.

Korum sollevò le sopracciglia, sembrando divertito. "Immagino che stia parlando di tua sorella."

Mia annuì. "Ha una gravidanza difficile. Bruttissime nausee e tutto il resto. Mi chiedevo se avessi qualche farmaco anti-nausea o qualcosa per calmare il suo stomaco..."

Korum rifletté, sembrando pensieroso per un secondo. "Non ce l'ho con me, ma forse posso chiedere a qualcuno di portarlo qui. Tuttavia, sarebbe solo un rimedio temporaneo... Se c'è un problema che causa il malessere di tua sorella, la medicina non farà altro che mascherare i sintomi."

"Oh, capisco..."

"La cosa migliore per tua sorella probabilmente sarebbe Ellet. Le chiederò di passare in settimana e di dare un'occhiata a Marisa—"

"Ellet?" Quel nome suonava stranamente familiare, anche se non riusciva a ricordare dove l'avesse sentito.

Korum sorrise. "È la nostra esperta di biologia umana a Lenkarda. Il suo laboratorio progetta gran parte dei farmaci che ti ho somministrato in passato, così come quello che ho appena dato a tuo padre. È straordinaria in quello che fa, e ne sa più lei sulla salute umana di tutti i vostri medici messi insieme."

Qualcosa infastidì Mia, un ricordo sfuggente che

non riusciva ad afferrare. Dopo aver provato a ricordare per un secondo, rinunciò e tornò sulla questione. "Oh, capisco... Sì, se potesse dare un'occhiata a Marisa, sarebbe fantastico. Lo farebbe davvero? Verrebbe fin qui per questo?"

Scrollò le spalle. "Mi deve alcuni favori."

"C'è qualcuno a Lenkarda che non ti deve dei favori?" chiese Mia, fissandolo. Il suo amante sembrava avere sempre un asso nella manica.

"Non molti" ammise Korum, sorridendole. "Credo che avere le giuste risorse—torni utile in situazioni come questa. Certo, Ellet probabilmente verrebbe qui a prescindere. Ha un debole per le donne incinte."

Mia sorrise, volendo abbracciarlo e baciarlo dalla gratitudine. Non voleva litigare con lui; lo amava troppo. Cedendo all'impulso, si alzò e si sedette sulla sua sedia, ignorando i pantaloncini bagnati dell'alieno che le premevano sul vestito. Prendendogli la testa tra le mani, lo avvicinò e gli diede un tenero bacio sulle labbra. "Grazie, Korum" disse piano, guardandolo negli occhi. "Apprezzo davvero tutto quello che hai fatto per me e per la mia famiglia."

Le sorrise, con gli occhi che emanavano una calda luce ambrata. "Certo, mia cara..."

"Ti amo" gli disse Mia sinceramente. "Ti amo tanto, e mi dispiace per quello che è successo. Hai ragione— avrei dovuto fidarmi di più. Pensi che riuscirai a perdonarmi prima o poi?"

Era la prima volta che si scusava per averlo spiato, e poté vedere che l'aveva piacevolmente sorpreso.

Alzando la mano, le accarezzò la guancia. "Certo" disse piano. "Razionalmente, so perché hai fatto quello che hai fatto, ma ho difficoltà a essere razionale quando si tratta di te. La prima volta in cui hai accettato di lavorare per la Resistenza, ho lasciato che la rabbia per il tuo tradimento mi annebbiasse il pensiero, invece di concederti più tempo per abituarti alla nostra relazione. Mi dispiace per questo, e per lo stress e la preoccupazione che ti ho causato. Ma sono felice che tu sia qui ora, con me..."

"Anch'io sono felice" disse Mia, e sapeva che lui poteva leggerle la profondità dei sentimenti sul viso. "Lo sono davvero..."

Con gli occhi che si illuminarono, Korum si chinò verso di lei e la baciò con desiderio, come se volesse consumarla. Le mise le mani attorno alle spalle, tirandola a sé, trascinandola sul grembo, con l'erezione premuta su di lei, attraverso il tessuto bagnato dei pantaloncini da nuoto.

Sentendosi travolta dalla passione, Mia poté solo aggrapparsi a lui, mentre le divorava avidamente la bocca, passandole le mani sul corpo, strappando gli abiti che gli impedivano di toccarle la pelle nuda. Spostò la bocca calda lungo il collo, mordicchiandole leggermente la pelle, e lei gridò, piegando la testa all'indietro come se fosse troppo pesante per essere sostenuta dal collo. Si sentiva incredibilmente calda, come se stesse bruciando dentro per una fiamma liquida, con ogni centimetro sensibilizzato e desideroso del suo tocco. Lo stesso sembrava valere per lui, con l'erezione che le pulsava contro la gamba e le mani che si muovevano su di lei quasi grossolanamente.

Le dita di Mia diventarono artigli, scavando nelle sue spalle. "Per favore, Korum..." Lo voleva dentro di lei con una disperazione che non aveva pienamente senso. "Per favore..."

Lui si alzò, continuando a tenerla in braccio, e la fece girare, mettendola a cavalcioni sulla sedia. E poi si piegò sopra di lei, spingendo dentro con una spinta potente, con il cazzo duro che la penetrò senza controllo.

Mia ansimò, scioccata dall'entrata improvvisa, con i muscoli interni che si distesero per adeguarsi allo spessore, ma non le concesse il tempo necessario. Afferrandole i fianchi, la scopò incessantemente, martellando con una forza tale da impedirle di riprendere fiato, assolutamente sopraffatta dalle sensazioni. Poté sentire il respiro duro dell'alieno e le sue stesse urla, e poi il suo intero mondo non fu altro che il piacere e il dolore che si mescolarono, finché non fu impossibile distinguerli l'uno dall'altro... finché non fu altro che un animale, travolta dal bisogno più elementare.

Sembrò andare avanti per sempre, e poi venne con un gemito gutturale, sbattendo dentro di lei come se cercasse di unirli. Le pulsazioni del suo cazzo dentro di lei la spinsero al limite, e l'orgasmo l'attraversò, lasciandola debole e tremante nella sua scia. Solo le mani dell'alieno sui fianchi le impedirono di crollare sulla sedia, con le braccia e le gambe che tremavano troppo per sostenere il peso.

Dopo circa un minuto, il respiro dell'extraterrestre si era calmato e si ritirò da lei, separando i loro corpi. Mia si sentiva troppo esausta per potersi muovere, quindi fu felice quando la prese e la portò a casa.

Avvolgendogli le braccia intorno al collo, mormorò nella spalla: "Era questo che avevi in mente, quando avevi parlato di programmi?"

"Più o meno" ammise Korum, salendo al secondo piano. "Avevo immaginato qualcosa di più civile, ma non ho alcun controllo quando si tratta di te. Non ti ho fatto male, vero?"

Un po' sì, ma questo aveva solo aumentato il piacere. E inoltre, si sentiva benissimo, con il dolore apparentemente scomparso. "No" lo rassicurò Mia. "Mi è piaciuto tanto."

Entrò in un grande bagno lussuosamente arredato e la mise in piedi accanto a una grande vasca. "Bene" disse, aprendo l'acqua e sorridendole. "Però, penso che potresti fare un bel bagno, e potrei farlo anch'io."

E, mentre Mia lo guardava, il suo cazzo cominciò a indurirsi di nuovo.

CAPITOLO DICIASSETTE

arisa e Connor furono i primi ad arrivare con la loro Toyota 2012, che si fermò nel vialetto cinque minuti prima delle sei. Korum stava finendo di apparecchiare la tavola, così Mia uscì da sola per salutarli.

"Oh mio Dio, Mia! Sorellina, è così bello rivederti! Sei stupenda! Che cosa ti prepara da mangiare?" mormorò Marisa appena scese dall'auto. "E, dannazione, guarda che posto! Dev'essere un super miliardario!"

Ridendo, Mia abbracciò forte sua sorella, intristendosi leggermente, sentendo l'insolita fragilità del suo corpo. "Marisa! Oh, è così bello rivedere anche te! E Connor!"

Sorridendo, suo cognato si chinò per abbracciarla. "Ecco la mia cognatina preferita. Come stai?"

"Oh, alla grande! Venite, entrate! Korum sta dando il

tocco finale alla cena—che dovrebbe essere deliziosa, a proposito."

"Niente carne?" chiese Connor con un'espressione fiduciosa sul volto, mentre seguiva Mia verso casa. Un ex quarterback del college, il marito di Marisa aveva ancora difficoltà ad adeguarsi alla dieta post-K-Day.

"No, mi dispiace, mangiano per lo più verdure. Ma è roba davvero ottima."

"Trovo ancora strano che i vampiri siano vegetariani..." mormorò Connor, e Mia rise di nuovo.

"Non sono più dei veri e propri vampiri—l'hanno superato" spiegò Mia. "E alcune delle piante di Krina sono molto gustose e ricche di calorie. Penso che se le avessimo qui, nemmeno noi mangeremmo carne."

"Ooh, hai provato le piante di Krina?" Marisa sembrava invidiosa. Sua sorella di solito era una mangiatrice avventurosa, e spesso provavano ristoranti insoliti, quando andava a trovare Mia a New York.

"Sì" confermò Mia, sorridendo. "E sono davvero squisite. Ma questo solo a Lenkarda. Stasera mangeremo cibi molto più locali."

"Uh, spero di poter mangiare qualcosa. Avevo di nuovo la nausea, mentre ero in macchina per venire qui" confessò Marisa. Era pallida e malaticcia. "Ci siamo dovuti fermare in una piazzola di sosta. Mi sorprende che siamo arrivati qui prima di mamma e papà—"

"Oh, stavo per dirtelo" la interruppe Mia, fermandosi un attimo prima di entrare in casa. "Ho parlato con Korum, e farà venire uno dei loro medici a visitarti per determinare quale sia la causa del problema."

"Un medico K?" Connor sembrava sorpreso.

"In realtà, è più di un medico umano—una Krinar specializzata in biologia umana. Korum ha detto che è davvero brava."

"Wow, Mia, non so nemmeno cosa dire..." Gli occhi di Marisa si riempirono improvvisamente di lacrime.

"Oh no, non preoccuparti! Non è un problema—"

"Ormoni" spiegò Connor, avvicinando la moglie a sé per un abbraccio.

"Ah, capisco." Mia concesse a Marisa qualche secondo per riprendersi. Poi, sorridendole, chiese: "Sei pronta per entrare?"

Marisa annuì, sembrando molto più allegra, e Mia li condusse in casa.

Korum doveva aver appena finito quello che stava facendo, perché entrò nel salone nello stesso momento. Come sempre, era stupendo, con la tonalità dorata della pelle in contrasto con il colore bianco della semplice camicia abbottonata che indossava. E sebbene avessero trascorso la maggior parte del pomeriggio a letto, Mia non poté fare a meno di sentirsi eccitata a quella vista.

Notando la sorella, l'extraterrestre le rivolse un grande sorriso e si avvicinò a loro. "Tu devi essere Marisa" disse calorosamente. "Noto la somiglianza..."

Marisa annuì, sembrando stranamente timida e

sorpresa. "Sì, ciao..." Sembrava incapace di dire qualcosa di più profondo.

Ricordando il primo incontro con Korum, Mia capì come doveva sentirsi sua sorella. A quanto pareva, nemmeno il matrimonio e la gravidanza potevano proteggere completamente una donna dall'impatto del fascino magnetico del suo amante.

Rivolgendosi a Connor, Korum disse: "E tu sei il marito di Marisa, vero? Connor?"

Suo cognato allungò educatamente la mano. "Sì, piacere di conoscerti. Korum, vero?" Sembrava molto meno scioccato rispetto alla moglie.

Il suo amante accettò la mano, stringendola leggermente. "Esatto. Il piacere è tutto mio. Posso offrirvi un drink, mentre aspettiamo i genitori di Mia?"

"Una birra sarebbe fantastica" disse Connor. Mia avrebbe voluto complimentarsi per la sua compostezza. Visto dall'esterno, non sembrava affatto intimidito.

Korum sorrise e scomparve in cucina. In quel momento, Marisa incrociò lo sguardo della sorella. "Wow" le mormorò. "È stupendo."

Mia sorrise. Era sempre stata gelosa della sua popolare sorella maggiore, che era sempre riuscita ad avere tutto—buoni voti, ottimi amici e una tonnellata di bei ragazzi che le andavano dietro. E ora, Marisa era invidiosa di lei?

Korum riapparve, portando un vassoio con una birra, un bicchiere di champagne e una tazza piena di liquido lattiginoso. Porgendo lo champagne a Mia e la birra a Connor, sollevò la tazza per la sorella. "Questo dovrebbe calmarti lo stomaco" disse gentilmente. "Almeno per il resto della serata."

Marisa accettò la tazza con gratitudine e bevve il contenuto, senza nemmeno mettere in discussione la sicurezza del liquido. Chiaramente, l'esperienza di suo padre le aveva consentito di fidarsi dei farmaci K. "Grazie" disse, e sgranò gli occhi. "Oh, wow, mi sento già molto meglio..."

In quel momento, il campanello suonò. I genitori delle sorelle erano arrivati.

Dopo averli salutati, Mia e Korum li condussero nella sala da pranzo, dove Korum aveva preparato un pasto che era più simile a una festa. Mia si sentiva un po' in colpa per non averlo aiutato affatto, ma Korum l'aveva gentilmente cacciata dalla cucina, quando si era offerta, spiegando che sarebbe stata semplicemente di troppo. Non sentendosi affatto offesa, Mia era andata a sedersi vicino alla piscina ad informarsi sugli ultimi sviluppi del laboratorio di Saret, chiacchierando con Adam attraverso un dispositivo simile a Skype, che proiettava la sua immagine come un ologramma tridimensionale.

Nel frattempo, Korum aveva preparato una festa gourmet che consisteva in cinque diverse varietà di insalate, un miscuglio di verdure esotiche simili al sushi, vari tipi di spaghetti con salse deliziose e frutta fresca per dessert. Una bottiglia di Cristal era in fresco in un secchiello con del ghiaccio, e il tavolo era decorato con un grande centrotavola, che consisteva in una composizione di splendidi fiori. Era stato davvero straordinario, e il cuore di Mia si strinse, rendendosi conto che l'alieno stava cercando di fare una buona impressione sulla sua famiglia.

E i suoi genitori furono piacevolmente colpiti.

Sua madre continuava a chiedere a Korum informazioni sulle ricette dei piatti che stavano mangiando, e anche suo padre sembrava essere di buon umore, senza più alcuna traccia del mal di testa che lo aveva afflitto. L'atmosfera al tavolo era sorprendentemente rilassata, con la famiglia che interrogava Korum sulla vita su Krina e il suo amante che raccontava storie divertenti sui suoi genitori e sugli scherzi che gli faceva Saret quando erano piccoli. Guardandolo, Mia capì che l'alieno aveva volontariamente spostato la conversazione verso quegli argomenti che probabilmente avrebbero messo la sua famiglia a proprio agio... che l'avrebbero umanizzato ai loro occhi. E pur sapendo che si trattava di una recita, Mia si sentì sciogliere al pensiero di Korum da bambino, che giocava nei boschi di Krina e si metteva nei guai con gli amici.

La cena durò fino alle dieci. Alla fine, sazi e felici, se ne andarono tutti. Uscendo, la madre di Mia baciò Korum sulla guancia, e suo padre gli strinse la mano. Marisa arrossì e balbettò un po', ringraziando Korum ancora una volta per il farmaco anti-nausea, mentre suo marito gli rivolse un enorme sorriso e gli disse che sarebbero venuti a cena ogni sera, visto il delizioso pasto che avevano appena consumato.

Non appena la famiglia si allontanò, Mia avvolse le braccia intorno alla vita di Korum e lo abbracciò forte. Continuando a stringerlo, alzò la testa e notò che la stava guardando con una tenera espressione sul bellissimo viso. "Grazie" gli disse sinceramente. "Questo ha significato davvero molto per me."

Le accarezzò dolcemente la guancia. "Farei qualsiasi cosa per vederti felice, tesoro" disse piano. "Lo sai, non è vero?"

Mia annuì e seppellì il volto sul suo petto, sentendosi come se non potesse contenere tutte le emozioni che si agitavano all'interno. Lo amava così tanto che faceva male. E, in quel momento, fu quasi certa che l'amasse anche lui.

~

LA MATTINA SUCCESSIVA, Mia si svegliò sentendo parlare in Krinar. Una dolce voce femminile, stranamente familiare, si univa ai toni più profondi di Korum. Il medico, comprese Mia. Doveva essere già arrivata per visitare Marisa.

Scendendo giù dal letto, Mia si vestì rapidamente e si lavò, controllando l'ora. La sorella sarebbe arrivata tra pochi minuti.

Entrando nel salone, Mia vide una bella donna Krinar seduta lì, intenta a chiacchierare con Korum delle spiagge locali. Alta e magra, ricordava a Mia una modella brasiliana, con la carnagione scura, i capelli castani con riflessi dorati e brillanti occhi color nocciola. Ancora una volta, qualcosa assillò gli angoli della mente di Mia, qualche sfuggente ricordo su cui non riusciva a concentrarsi.

Si avvicinò a loro, e la femmina K si alzò e allungò la mano verso Mia. "Ciao" disse calorosamente. "Sono Ellet."

Sorridendo, Mia le strinse leggermente la mano, sorpresa dal saluto umano. A parte la cugina di Korum, Leeta, Mia non aveva parlato con molte femmine K. Tutti e quattro gli altri assistenti del laboratorio di Saret erano maschi, e Mia non aveva ancora socializzato con nessuno.

"Grazie per essere venuta" disse Mia. "Non immagini nemmeno quanto apprezzi il tuo aiuto."

"Oh, è un piacere" disse Ellet, con un sorriso a trentadue denti, e a Mia piacque immediatamente. "Questa è la mia prima volta in Florida, e mi piace da morire. È molto simile alla Costa Rica, ma molto più sviluppata e con tanti umani!"

Mia sollevò un sopracciglio dalla sorpresa. Lo sviluppo e l'eccessiva presenza di esseri umani di solito erano fattori negativi per la maggior parte dei Krinar, ma Ellet sembrava affermare il contrario.

"Ellet adora gli umani" disse Korum schiettamente. "Sono la sua specialità. Non so nemmeno perché viva a Lenkarda—New York sarebbe un posto più adatto a lei."

"È un po' troppo fredda e sporca per i miei gusti"

disse Ellet, sorridendo. "Ma la Florida sembra molto più affascinante."

"Davvero?" chiese Mia, fissandola. "Ti traferiresti qui per fare cosa? Aprire una clinica?"

Ellet sorrise. "Mi piacerebbe, ma probabilmente non otterrei l'autorizzazione. È contro il mandato."

"Il mandato?"

"Il mandato di non interferenza—una delle condizioni sotto le quali gli Anziani hanno accettato di lasciarci vivere qui, sulla Terra" spiegò Ellet, rivolgendo a Korum un'occhiata rapida e indecifrabile.

"Oh, capisco" disse Mia, anche se non era vero. Sapeva che i K non avevano condiviso la tecnologia e la scienza, e presumeva che fosse perché volevano vedere come sarebbe andato il loro grande esperimento evolutivo. Tuttavia, non aveva capito che esisteva un vero e proprio mandato.

Prima che potesse fare altre domande, il campanello suonò. Marisa era arrivata.

Mia andò ad aprire la porta.

Per l'ennesima volta, sua sorella era pallida, con il colore scuro dei capelli che accentuava il malsano pallore del viso. Il medicinale che Korum le aveva dato ieri ovviamente aveva smesso di far effetto.

"Ellet è già qui" le disse Mia. "È molto gentile—ti piacerà."

Marisa annuì, sembrando un po' verde. "Mia" sussurrò: "E se scoprisse che c'è qualcosa che non va in me o nel bambino? Qualcosa che i nostri medici non sono riusciti a diagnosticare? E se fosse qualcosa di brutto—di molto brutto?"

"Che cosa? No! Sono sicura che stai benissimo. Probabilmente si tratta solo di uno strano squilibrio ormonale... Non puoi cominciare a stressarti con i sé, prima ancora che il medico ti visiti! Vieni qui..." Mia l'abbracciò e sentì il suo esile corpo tremarle tra le braccia.

In quel momento, Ellet e Korum raggiunsero il corridoio, avendo probabilmente sentito qualcosa con il loro affilato udito Krinar.

"Tu devi essere Marisa" disse Ellet calorosamente, avvicinandosi alla sorella e studiandola con uno sguardo inquisitore sul volto perfetto.

Marisa si staccò dalla sorella minore, sembrando un po' stordita all'idea di doversi confrontare con una creatura così bella.

La donna Krinar le rivolse un bel sorriso. "Sono Ellet" disse gentilmente: "E sono un'esperta di biologia umana. Ti prego, non preoccuparti, non hai nulla di cui temere. Vieni, andiamo nel salone e ti darò un'occhiata. Anche se dovesse esserci qualcosa che non va, sono certa che possiamo risolverla. Ormai, il corpo umano ha pochi misteri per noi."

Marisa annuì, sembrando un po' rassicurata, ed entrarono tutti nel salone.

"Puoi rimanere un minuto in piedi?" chiese Ellet, raggiungendo un piccolo dispositivo bianco poggiato sul tavolino accanto al divano. Prendendolo, lo diresse verso la sorella di Mia, strofinandoglielo lentamente sul corpo dalla testa alle dita dei piedi, concentrandosi soprattutto sulla zona dello stomaco.

Poi, poggiando il dispositivo, disse: "Il tuo medico non ti ha detto che hai un'iperemesi gravidica al limite?"

Marisa sbatté le palpebre. "Uh, aveva menzionato qualcosa del genere, ma pensavo che fosse solo il nome per indicare una forte nausea e il vomito..."

"Lo è. È una condizione che si verifica quando si hanno livelli eccessivi dell'ormone beta hCG. Potrebbe essere pericolosa, se rimanessi gravemente disidratata, e non credo che i medici umani sappiano trattarla, a parte somministrare flebo nei casi più estremi e assicurarsi che ci si riposi. Tuttavia, dovrei riuscire a risolvere il problema, in modo che il resto della tua gravidanza proceda senza problemi."

Marisa le rivolse un'occhiata disperatamente speranzosa. "Davvero? Puoi curarmi?"

"Posso normalizzare i livelli ormonali. Visto che sei solo al primo trimestre, può capitare di avere la nausea ogni tanto, quindi ti darò qualcosa da poter prendere per questo. Ma potrai mangiare e tornare a fare tutto normalmente—e cominciare a riprendere peso."

"E il bambino? Sta bene?" chiese Marisa, tremando.

Ellet sorrise. "Sì. Sarà una bellissima bambina."

"Oh mio Dio, una bambina!" Lacrime di felicità riempirono gli occhi di Marisa. Diceva sempre di volere una bambina, ricordò Mia, e ora sembrava che il suo sogno stesse diventando realtà. Mia le sorrise e le strinse la mano.

"Va bene, pronta? Avremo bisogno di privacy per la prossima fase" disse Ellet.

"Potete andare in una delle camere al piano di sopra" disse Korum. "Vi aspettiamo qui."

Marisa sembrava un po' nervosa. "Che cosa farai?" chiese a Ellet. "È una specie di operazione?"

"Non ti taglierò o niente del genere" la rassicurò la K. "È solo un piccolo dispositivo che deve entrare dentro di te. Ci vorranno circa cinque minuti, e poi potrai tornare a casa."

"Dai" la incoraggiò Mia. "Andrà tutto bene..."

Marisa ed Ellet salirono al piano di sopra, e Mia si sedette accanto a Korum. "Grazie ancora per aver chiesto a Ellet di venire qui" gli disse. "È straordinaria."

"Sì, è una delle persone più gentili che conosca" ammise Korum. "È ancora relativamente giovane, avendo solo quattrocento anni, ma è molto appassionata di ciò che fa e ha dato molti contributi nel suo campo." Sembrava ammirarla.

All'improvviso, uno spiacevole pensiero balenò nella mente di Mia. "Tu e lei siete mai...?" Ellet era una delle donne più belle che Mia avesse mai visto, persino a Lenkarda.

Korum si strinse nelle spalle. "Non c'è mai stato niente di serio—solo un piccolo flirt qualche anno fa. Niente di cui dovresti preoccuparti."

Mia deglutì, con lo stomaco che improvvisamente bruciava dalla gelosia. "Eravate amanti?" Un'ondata di nausea la sommerse, immaginandoli insieme a letto, con le labbra della K sul corpo di Korum, e con le mani che lo toccavano nelle zone intime.

"Solo per poco tempo. Devi capire una cosa, dolcezza—il sesso è una divertente attività ricreativa per noi. A meno che non si svolga nel contesto di una relazione seria, non gli attribuiamo alcun significato."

Mia lo fissò, cercando di metabolizzare per un attimo e di scacciare le spiacevoli immagini pornografiche che persistevano nella sua mente. "Ma allora, che cosa determina se avete una relazione seria o meno?"

"Se teniamo all'altra persona e in che misura."

"E non tenevi a Ellet?"

Scosse la testa. "No. Eravamo troppo simili. Abbiamo capito presto che non c'era molto, a parte l'attrazione iniziale—che è scomparsa dopo poche settimane."

"Ma è così bella... Come puoi non essere più attratto da lei? E lei da te?" chiese Mia sottovoce, sentendosi irrazionalmente turbata. Che cosa avrebbe potuto desiderare Korum da una normalissima umana, che non poteva assolutamente reggere il confronto con una delle sue ex amanti? Se la sua attrazione verso Ellet era svanita così in fretta, quale possibilità poteva avere Mia di continuare a ricevere le sue attenzioni ancora a lungo? Stavano insieme solo da poco più di sei settimane. Entro un mese si sarebbe stancato di lei?

Korum si allungò e le prese la guancia nel grande palmo caldo. "Mia" disse piano: "Che cosa ti preoccupa?

Ho conosciuto migliaia di belle donne, ma non ho mai voluto nessuna quanto voglio te..."

Mia lo guardò, con il nodo nello stomaco che si allentò.

"E tu sei molto più attraente per me, fisicamente, rispetto a lei" continuò, con gli occhi che assunsero una sfumatura più brillante. "Come puoi ancora avere dubbi su questo? Non basta che ti tengo incatenata al mio letto? Se fossi più attraente per me, rimarrei sepolto nel tuo bel corpicino giorno e notte... e poi dove finiremmo?"

Un caldo rossore si diffuse sul viso di Mia, sentendosi reagire fisicamente a quelle parole. Al tempo stesso, si rese conto che sua sorella ed Ellet sarebbero scese tra un minuto. "Korum, per favore" sussurrò: "E se ci sentissero?"

Le rivolse un sorriso malvagio. "Allora scoprirebbero una cosa sconvolgente—il fatto che facciamo sesso..."

Neanche a farlo apposta, Mia sentì dei passi provenienti dalle scale, e Marisa entrò nella stanza, seguita da Ellet.

Staccandosi rapidamente da Korum, Mia saltò in piedi e corse verso sua sorella. "Marisa! Com'è andata?"

Marisa scosse la testa, come se fosse in un leggero stato di shock. "Non ho sentito quasi niente, quando Ellet mi ha toccata, e ora sto già cominciando a sentirmi meglio..."

"Ti sentirai ancora meglio tra un paio d'ore, man mano che le nanoparticelle normalizzeranno gradualmente la produzione ormonale" osservò Ellet, sembrando soddisfatta. "Inoltre, se dovessi avere ancora qualche residuo di nausea, prendi quella polvere che ti ho dato e dovresti star bene per il resto della tua gravidanza. E come ti ho detto, sarei felicissima di essere qui al momento del parto..."

Marisa tirò su col naso, con gli occhi pieni di lacrime, e poi abbracciò Ellet, ovviamente sorprendendo la K. "Grazie, Ellet, davvero! Vorrei che tutti sapessero quant'è gentile la tua specie —"

Ellet ricambiò l'abbraccio un po' goffamente. "Grazie, Marisa, ma ricorda quello che ti ho detto. Non puoi andare in giro a raccontarlo alla gente—altrimenti mi metteresti nei guai. Non dovremmo interferire troppo con gli umani—"

"Perché no?" chiese Mia. "Qual è il problema, se aiutate una donna incinta?"

Korum si avvicinò e le avvolse un braccio intorno alle spalle, tirandola a sé. "Te lo spiegherò dopo, dolcezza" disse, e c'era una nota di avvertimento nel suo tono. "Per il momento, perché non fai una passeggiata insieme a Marisa? Devo parlare con Ellet di alcune cose riguardo a Lenkarda."

Voleva essere lasciato solo con la sua ex amante? La malata sensazione di gelosia che pensava di avere sotto controllo riaffiorò in piena forza. Tuttavia, annuì rigidamente e chiese: "Marisa, ti andrebbe di fare una passeggiata sulla spiaggia?"

Sua sorella sorrise. "Certo. Sarebbe fantastico" disse,

e Mia capì che i segnali della tensione non erano sfuggiti all'occhio acuto di Marisa.

Korum si chinò per baciarla sulla fronte e poi la liberò dal suo abbraccio. "Vai pure" disse. "Il tuo frullato del mattino è in cucina. Ne ho preparato uno anche per Marisa. Potete portarli con voi, se volete."

Mia lo ringraziò, e le due sorelle uscirono con i frullati.

CAPITOLO DICIOTTO

"Eva bene, sorellina, sputa il rospo. Che mi dici della tua reazione?" Marisa bevve un sorso del suo frullato e guardò Mia con fare impaziente, mentre passeggiavano sulla riva, con le onde dell'oceano che sbattevano sulla sabbia a pochi metri di distanza.

Mia diede un calcio a una piccola conchiglia, scagliandola lontano e facendo riempire le infradito di sabbia. "Ho appena saputo che ha avuto una relazione con Ellet in passato" disse a Marisa tristemente. "E ora vuole stare da solo con lei in casa. Come avrei dovuto reagire?"

"Ahi."

"Sì."

Marisa rimase in silenzio per alcuni secondi, apparentemente riflettendo. "Non credo che ci sia più nulla tra loro..." disse pensierosa. "Anzi, ne sono abbastanza certa. Ha occhi solo per te—è quasi spaventosa l'intensità con cui ti guarda. Tuttavia, non si è comportato molto bene. Ma forse dovevano parlare di affari."

"Probabilmente" concordò Mia, scrollando le spalle. "Ha detto che tra loro è finita da alcuni anni e che non c'è mai stato niente di serio. Eppure, non riesco a immaginarli insieme, sai?"

Per un minuto, camminarono avvolte nel silenzio, bevendo lentamente i frullati e guardando l'acqua.

Poi, Marisa ruppe il silenzio. "Lo ami tanto, non è vero?" chiese, sembrando preoccupata per la prima volta.

Mia sospirò e guardò la sabbia. "Più di quanto immaginassi" ammise. "Più di quanto potessi mai immaginare."

"Oh Mia..."

"Lo so, lo so. Non ho bisogno di una predica. Non può finire bene, credimi, lo so."

Sua sorella si allungò e le strinse la mano. "Beh, per quello che conta, sembra pazzo di te. Assolutamente pazzo. Non ho mai visto niente del genere. Ti guarda come se volesse divorarti—e come se farebbe qualsiasi cosa per te. Sembra ossessionato da te, sorellina..."

Mia rise, con le parole di Marisa che le misero il buon umore. "Oh, per favore, sono sicura che stai esagerando. Abbiamo solo una buona chimica, tutto qui—"

"No, Mia" Marisa scosse la testa, sembrando seria. "Avete molto più di quello. Non so nemmeno come descriverlo. Osserva ogni tua mossa. È un po' inquietante, in realtà. E non sembra poter stare più di un paio di minuti senza toccarti..."

Mia arrossì un po', chiedendosi se la sorella avesse sentito la conversazione di prima. In quel caso, Ellet l'aveva sicuramente sentita; i Krinar tendevano ad avere un senso dell'udito più fino rispetto alla maggior parte degli umani.

"Come hai fatto a innamorarti di lui, a proposito?" chiese Marisa con malcelata curiosità. "Non mi hai mai raccontato tutta la storia, a parte quella stronzata sull'amante di Dubai... Sei sempre stata così cauta e attenta alle regole—non riesco a immagine che tu abbia deciso di iniziare una relazione con un K."

Mia esitò. Non voleva più mentire a sua sorella, ma non voleva nemmeno raccontare tutta la storia alla famiglia. "Non è stato facile per me" ammise. "Ero abbastanza spaventata all'inizio, e Korum può essere... minaccioso a volte. Ma ero molto attratta da lui, ovviamente, e lui era molto insistente... e, beh, conosci il resto della storia."

Marisa la fissò. "Capisco. Sono sicura che ci sia dell'altro, ma puoi dirmelo quando sarai pronta."

"Grazie, Marisa. Sei la sorella migliore che potessi avere" le disse sinceramente.

"Lo so—e sono anche molto modesta." La sorella sorrise, e Mia fece lo stesso.

Camminarono ancora un po', ognuna persa nei propri pensieri, fin quando Marisa non parlò di nuovo. "Non c'è modo di far funzionare le cose tra voi?" chiese, con espressione seria. "Niente?"

Mia scosse la testa. "No, non vedo come. Apparteniamo letteralmente a specie diverse—con durate di vita molto diverse. Prima o poi mi lascerà... e non so proprio come farò a sopravvivere a quel punto."

"Oh Mia... Tesoro, non so nemmeno cosa dire..." C'era un'espressione di intensa compassione sul bel viso di Marisa.

"Non devi dire niente" le disse Mia con calma. "È colpa mia, che mi sono innamorata di lui. Avrei potuto trovarmi un ragazzo simpatico e normale—uno come Connor—ma no, dovevo innamorarmi di un alieno. Sono sicura che alla fine mi riprenderò... e forse conoscerò anche un umano a cui vorrò bene."

"Ne hai parlato con lui?"

"No" rispose Mia sinceramente. "Sono troppo felice al momento per farlo. Per una volta, sto cercando di godermi il momento—di divertirmi senza pensare alle conseguenze..."

Marisa sorrise, ma c'era ancora un'ombra di preoccupazione sul suo viso. "Brava, ragazza. Carpe diem e tutto il resto."

~

Il Krinar osservava le due ragazze che camminavano lentamente lungo la spiaggia. Erano entrambe carine, ma solo una suscitava il suo interesse.

Era inutile osservarla ora, razionalmente lo sapeva. Avrebbe dovuto concentrarsi sul nemico, non su una piccola umana, che poteva rappresentare una minaccia per i suoi piani.

Eppure, non riusciva a distogliere lo sguardo.

Lei rise, alzando il viso verso il sole, e lui zoomò l'immagine, fermando un attimo la registrazione. La ragazza separò le labbra, mostrando i denti bianchi, e la pallida pelle sembrava luminosa, quasi brillante.

Sembrava felice, e lui si sentì quasi in colpa per quello che doveva fare. Se l'indomani fosse andato tutto bene, sarebbe stata stravolta per un po'.

Almeno fin quando non avrebbe avuto la possibilità di alleviarle il dolore.

~

QUELLA SERA, Korum condusse tutta la famiglia a cena, portandoli in un ristorante gourmet, che era stato recentemente aperto a Hammock Beach, un'esclusiva comunità privata non troppo lontana da Ormond.

Con sorpresa di Connor, c'era il pesce sul menù, così come la bistecca e il caviale. I prezzi per i prodotti animali erano astronomici, naturalmente, con alcuni dei piatti che costavano all'incirca quello che alcuni insegnanti guadagnavano in una settimana. I suoi genitori rimasero a bocca aperta davanti al menù, sbalorditi, fin quando Korum non disse fermamente che la cena l'avrebbe offerta lui e che non avrebbe accettato proteste in proposito. Dopo un'iniziale esitazione, la famiglia cedette, con Connor che ordinò una costata di manzo e i genitori che condivisero un cocktail di gamberetti come antipasto e l'aragosta come piatto principale. Mia optò per delle tagliatelle all'uovo, mentre Marisa ordinò un blinis in stile russo con il caviale. Korum, come al solito, scelse principalmente piatti a base vegetale, anche se accettò un po' di burro sulle verdure hibachi. "Una delle invenzioni umane più squisite" disse.

La prima parte della cena trascorse senza problemi, con Korum che chiese gentilmente ai genitori del lavoro e di come fossero venuti in quel Paese da piccoli. Sembrava particolarmente interessato all'esperienza dell'immigrazione e al processo di adattamento per gli umani. I genitori erano più che felici di parlarne, e la conversazione proseguì tranquillamente.

Dopo qualche bicchiere di vino, tuttavia, il cognato cominciò ad avventurarsi in un territorio meno sicuro. "Allora, come mai siete venuti sulla Terra?" chiese Connor, guardando Korum con malcelata curiosità.

Mia si bloccò, ricordando l'opinione piuttosto bassa del suo amante sulla razza umana e sul loro trattamento della Terra—il pianeta che i K consideravano la loro futura dimora.

Ma non era il caso di preoccuparsi. La facciata spensierata di Korum era salda. "Il nostro sistema solare è molto più vecchio del vostro" spiegò con indifferenza. "E la nostra stella comincerà a morire molto prima del vostro sole. Così, abbiamo cominciato a prepararci per quell'eventualità. Inoltre, è una buona cosa avere a disposizione più ubicazioni: se dovesse verificarsi qualche disastro cosmico su Krina o sulla nostra galassia natale, almeno alcuni Krinar sopravvivrebbero."

"Oh, wow, siete davvero previdenti, eh?"

Connor sembrava sorpreso, e Korum gli rivolse un sorrisetto prima di spostare la conversazione sull'infanzia di Mia e su com'era all'asilo.

Il resto della cena volò, con la famiglia che faceva a gara per avere la possibilità di raccontare la storia più divertente e imbarazzante su Mia da bambina—dalla sua strana preferenza per i vestiti viola, quando aveva tre anni, a Marisa che la corrompeva con le caramelle per farsi aiutare con i compiti di matematica in prima elementare.

"Mi resta difficile credere che Mia abbia mai dovuto essere costretta a fare i compiti" disse Korum, sorridendole. "Non riesco a farla smettere nemmeno ora. La sua etica del lavoro è incredibile—anche Saret è sorpreso, e lui ha avuto molti assistenti talentuosi e ambiziosi nel corso degli anni."

I genitori sorrisero, sembrando orgogliosi e contenti, e Mia si rese conto ancora una volta di quanto Korum fosse un manipolatore esperto. Aveva la sua famiglia in pugno, nonostante il fatto che avrebbero dovuto essere follemente preoccupati che la loro figlia più piccola avesse una relazione con un predatore extraterrestre. Non che le desse fastidio, naturalmente. Il suo amante stava facendo esattamente quello che Mia voleva—tranquillizzare i genitori—ed era grata per questo.

La cena si concluse intorno alle dieci. Salutando la famiglia, Mia salì sulla Ferrari di Korum e si diressero verso casa, con l'umana che si sentiva felice e sazia dopo il delizioso pasto.

~

La mattina successiva, dopo essersi svegliata, Mia si alzò dal letto piena di energia. Lavandosi rapidamente i denti, indossò il due pezzi che Korum aveva lasciato per lei e andò a cercarlo.

Lo trovò seduto sul bordo della piscina, a prendere il sole come un grosso gatto. A differenza degli umani, Korum non si scottava mai, con la carnagione che aveva sempre la stessa tonalità leggermente abbronzata. Riflettendo, la ragazza si rese conto che in qualche modo era riuscita a evitare le scottature finora, pur non avendo messo la protezione solare. Per un attimo, si chiese se Korum le avesse dato qualcosa per proteggere la pelle senza che lei lo sapesse e poi smise di pensarci, troppo emozionata all'idea di cominciare la giornata.

Vedendola entrare nell'area della piscina, Korum le rivolse un sorriso lento e sensuale, che ricordò a Mia le cose cattive che le aveva fatto la notte scorsa. Il ventre le si strinse dal piacere. Non sembrava averne mai abbastanza di lei—né lei di lui—al punto tale che Mia stava cominciando a chiedersi se non fossero diventati dipendenti l'uno dall'altra. Ovviamente, Korum l'aveva avvertita sulla dipendenza dal sangue, non sulla dipendenza dal sesso, ma non riusciva a immaginare di desiderarlo più di quanto già facesse.

Degli arbusti alti e una solida recinzione bianca circondavano l'area della piscina, nascondendola dalla vista di chiunque passasse sulla spiaggia e garantendo la privacy per i residenti della villa. Incoraggiata, Mia si avvicinò e gli passò una mano sul petto, godendo della sensazione della sua pelle liscia e scaldata dal sole.

Lui sorrise e le prese la mano, portandola alla bocca per un bacio. "Ah, la mia signora si è svegliata" la prese in giro, mordicchiandole leggermente il dorso della mano.

Un brivido di piacere l'attraversò a quel tocco, sentendo improvvisamente molto più caldo. Combattendo il rossore, domandò: "Vuoi andare in spiaggia questa mattina?"

Dovevano incontrare i suoi genitori per pranzo e poi andare in auto fino a St. Augustine per visitare la Fattoria dell'Alligatore, una delle attrazioni della zona preferite di Mia. Tuttavia, erano solo le nove del mattino, quindi avevano tantissimo tempo a disposizione.

"E la colazione?" le chiese. "Non hai fame?"

"Posso mangiare una banana durante il viaggio" gli disse Mia, morendo dalla voglia di fare un bagno nell'oceano. "Sono ancora sazia dopo la cena di ieri."

"Andiamo, allora."

LA SPIAGGIA davanti alla loro casa era bellissima e quasi

completamente deserta. Pur non essendo una spiaggia privata, non c'erano alberghi nelle vicinanze e nessun parcheggio accessibile a possibili visitatori. Di conseguenza, solo i ricchi residenti delle case di fronte al mare e qualche altra anima coraggiosa che faceva lunghe passeggiate sulla spiaggia potevano essere visti lì.

Uscendo dall'area della piscina dove c'era un cancello, camminarono su uno stretto ponte di legno che conduceva dalla casa alla sabbia, evitando le dune.

Appena lasciarono il ponte, Mia tolse le infradito e corse verso l'acqua, desiderosa di testarne la temperatura. In quel periodo dell'anno, l'Atlantico non era così caldo come sarebbe stato d'estate, ma non le importava. Nonostante fossero le prime ore del mattino, fuori era già caldo, e non vedeva l'ora di provare la freschezza dell'oceano.

Nuotarono per un'ora intera, finché Mia non si sentì piacevolmente stanca, con i muscoli doloranti per l'inusuale esercizio fisico. Rimase sorpresa dalla propria resistenza; a parte qualche nuotata serale in Costa Rica, non aveva praticato molto sport negli ultimi mesi. Forse era ancora in forma dopo l'anno scorso, quando Jessie aveva iscritto entrambe a una corsa di beneficenza di cinque chilometri e Mia si era esercitata come una pazza per prepararsi. Oppure tutto quel cibo nutriente che le preparava Korum le faceva bene.

Quando finalmente uscirono dall'acqua, Mia si distese su un grande asciugamano che avevano portato da casa, e Korum si sdraiò accanto a lei. Chiudendo gli occhi, l'umana si rilassò, con i raggi del sole che le scaldavano la pelle. Si domandò vagamente se dovesse mettere la crema protettiva, ma si sentiva troppo pigra per muoversi. Solo qualche minuto, promise a se stessa, il necessario per produrre un po' di vitamina D...

Poco dopo, una piacevole sensazione di solletico la svegliò dal sonnellino.

Aprendo gli occhi, girò la testa di lato, strizzando gli occhi per la luce luminosa. Korum era sdraiato lì accanto a lei, appoggiato su un gomito. Guardandola con un sorriso, le accarezzava delicatamente il fianco con un lungo dito. I suoi capelli neri brillavano alla luce del sole, e negli occhi ambrati c'era un caldo bagliore.

"Che cosa c'è?" mormorò Mia, sentendosi un po' a disagio. Il bikini che indossava non lasciava molto all'immaginazione, e il modo in cui la stava fissando la faceva sentire assolutamente timida.

"Niente" disse piano. "La tua pelle è così incantevole sotto questa luce. Non mi ero mai reso conto di quanto potesse essere bella la carnagione così chiara."

"Uhm, grazie..."

"E arrossisce anche molto bene" mormorò, passandole le dita sulle guance improvvisamente troppo calde.

Mia gli rivolse un sorriso leggermente imbarazzato. Era ancora una novità per lei avere una relazione, avere qualcuno che la toccasse ed ammirasse in quel modo. E avere una creatura così splendida sdraiata accanto a lei

—andava oltre qualunque cosa Mia avrebbe mai potuto immaginare.

"Quanto ho dormito?" gli chiese, ricordando l'estemporaneo pisolino. "Non volevo..."

"Non tanto. Circa venti minuti o giù di lì."

La ragazza sbadigliò delicatamente, coprendo la bocca con il dorso della mano. "Mi dispiace... Devi esserti annoiato—"

"Non mi annoio mai con te" disse, continuando a studiarla. "Mi piace guardarti dormire. Sembri sempre così dolce e tranquilla... come un angelo dai capelli scuri. Trovo molto rilassante osservarti mentre dormi."

Mia gli sorrise. A volte Korum era molto strano. "È positivo, immagino, considerando quanto dormo."

Sorrise, sistemandole un ricciolo dietro l'orecchio. "Hai fame? O sei ancora sazia dopo la cena di ieri?"

Mia rifletté. "Potrei mangiare. Ma non pranzeremo con i miei genitori tra poco?"

"Mancano ancora due ore. Probabilmente morirai di fame nel frattempo."

"Hmm, d'accordo. Voglio prima fare un'altra nuotata."

"Certo. Vuoi andare ora?"

"In realtà devo prima correre in bagno" ammise Mia. "Mi aspetti? Torno tra pochi minuti."

"Vai pure" disse Korum, sorridendo. "Aspetterò."

Saltando in piedi, Mia corse verso la casa. Entrando nell'area recintata della piscina, utilizzò uno dei bagni al primo piano. Poi si diresse verso la spiaggia, entusiasta all'idea della piacevole freschezza dell'acqua sulla sua pelle surriscaldata.

Avvicinandosi alla recinzione, aprì il cancello... e si bloccò.

Proprio fuori dalla recinzione, con il paesaggio che la nascondeva dalla vista di chiunque fosse sulla spiaggia, c'era Leslie—una delle combattenti della Resistenza con cui Mia aveva lavorato.

E tra le sue braccia muscolose aveva una pistola puntata direttamente contro il petto di Mia.

CAPITOLO DICIANNOVE

*P*er qualche secondo, il gelido terrore tenne Mia completamente immobile, incapace di pensare o reagire. Proprio come un cervo davanti ai fari accesi, notò una parte del suo cervello con inquietante divertimento. Le sue gambe erano deboli e pesanti, come se stesse camminando sulle sabbie mobili, e i suoi occhi socchiusi potevano vedere solamente l'arma letale puntata contro di lei.

Poi, un'ondata di adrenalina l'attraversò, schiarendole le idee e inviando la frequenza cardiaca alle stelle. Se non avesse fatto qualcosa, sarebbe morta, pensò Mia con lucidità. Korum era troppo lontano per aiutarla, se avesse urlato; il proiettile l'avrebbe raggiunta ben prima che lui avesse potuto avvicinarsi alla casa.

"Mani in alto, troia" ordinò Leslie, con i delicati lineamenti contorti dall'odio appena riconoscibili.

"Fottuta traditrice, otterrai esattamente quello che meriti—"

"Che cosa ci fai qui, Leslie?" la interruppe Mia, cercando di tenere il tremore fuori dalla voce e sollevando lentamente le mani. *Non mostrare la tua paura a un cane rabbioso. Non mostrare mai la tua paura. Lasciala parlare. Prendi tempo.*

"Credevi davvero di farla franca?" sbottò Leslie, con le braccia che tremavano, mentre toccava nervosamente il grilletto con il dito. "Credevi davvero di poter tradire la tua specie e di vivere felice e contenta, scopando quel mostro?"

I suoi vestiti erano strappati e sporchi, osservò Mia con qualche parte semi-funzionante del cervello. La ragazza doveva essersi data alla fuga da un bel po' di tempo.

"Leslie, ascoltami" disse disperatamente Mia, sapendo che probabilmente le rimanevano solo pochi secondi. "Se mi spari, Korum ti ucciderà. Non riuscirai a scappare. Sentirà il colpo, e sarà su di te—"

Un sorriso folle e trionfale illuminò il viso di Leslie. Per un attimo, sembrò incredibilmente allegra. "Oh, pensi che metterò in pericolo la mia vita uccidendoti?" disse con disprezzo. "Credi che io sia stupida? No, troia, per quanto mi piacerebbe mettere fine alla tua inutile esistenza, i miei ordini sono quelli di tenerti viva—viva e fuori dai piedi, mentre lui si occupa del tuo amante…"

Inorridita, Mia la fissò, con la paura che si diffondeva nelle vene. "Che cosa vuoi dire?" sussurrò, con il cervello appena in grado di riflettere sulle implicazioni. "Lui chi?"

Leslie rise, chiaramente godendo della reazione di Mia. "Lo sapevo. Sapevo che ti eri innamorata di quel mostro. Avevo detto a John di non fidarsi di te, ma era stupidamente convinto che fossi dalla nostra parte. Ma io lo sapevo. Sapevo che eri il tipo in grado di innamorarsi della bella apparenza. Sei diventata anche dipendente? Vai in giro chiedendo ai K di morderti ogni ora, come faceva mio fratello prima che lo uccidessero?"

I pensieri di Mia turbinavano in preda al panico, con il cuore che batteva così forte che sembrava sul punto di esplodere dalla cassa toracica. Allo stesso tempo, una furia cominciò lentamente a crescerle nella profondità dello stomaco. "Lui chi?" ripeté a denti stretti, con voce bassa.

Le labbra di Leslie si piegarono nell'imitazione di un sorriso. "Credi che i Keith fossero soli?" disse con aria ironica. "Pensi che, visto che sono stati catturati, sia finita lì?"

Stupefatta, Mia poté solo fissarla in stato di shock.

"Oh sì, ci sono altri K coinvolti" confessò Leslie, con un crudele piacere sul viso. "Stanno facendo a pezzi il tuo amante, mentre parliamo..."

Mia cercò di respirare, con i polmoni incapaci di mandare giù aria a sufficienza. La sua vista si oscurò per un secondo, e poi una rabbia diversa da qualunque altra cosa avesse mai sperimentato la attraversò, senza lasciare spazio alla paura.

E all'improvviso, seppe esattamente che cosa doveva fare.

Per un attimo, il suo sguardo si concentrò su un punto appena dietro le spalle di Leslie, e lasciò che un'espressione di gioia selvaggia le illuminasse il viso.

Sorpresa, Leslie si voltò per guardare un attimo dietro di lei, e Mia la colpì, stringendo le mani intorno alla pistola, mentre la ragazza si rese conto di essere stata ingannata.

La forza del salto di Mia fece cadere entrambe a terra, e Mia finì sopra di lei, con la disperazione che le diede la forza che non credeva di possedere. Tuttavia, Leslie riuscì a mantenere la presa sull'arma, con la sua formazione e la stazza che le garantivano un enorme vantaggio, e rotolarono, mentre ognuna cercava di avere il controllo della pistola.

La ragazza più pesante finì sopra, spingendo Mia a terra. Colpì Mia nello stomaco con il ginocchio, e lei ansimò, temporaneamente privata dell'aria. Allo stesso tempo, Leslie si avventò sulla pistola con entrambe le mani, quasi spezzando il braccio dell'avversaria. Quest'ultima notò appena il dolore, attenuato dall'adrenalina che le scorreva nelle vene e dalla furia omicida che le offuscava la mente.

Per la prima volta nella sua vita, Mia capì come ci si sentisse a voler davvero uccidere qualcuno, facendolo a pezzi e vedendolo sanguinare. Con una nebbia rossastra che le oscurò la vista, combatté in tutti i modi per la propria sicurezza o per quello che sembrava giusto. Il suo viso finì vicino alla spalla di Leslie, e la morse, affondando selvaggiamente i denti nella parte carnosa del braccio. La combattente urlò, e Mia godé del suo dolore, del sapore metallico del sangue che le riempì la bocca. La colpì duramente col ginocchio, sbattendolo sull'osso pubico di Leslie, con tutta la forza che Mia poté raccogliere, e la ragazza rimase a bocca aperta, allentando leggermente la presa sull'arma.

Quella era proprio l'occasione che Mia stava aspettando.

Invece di tirar via la pistola, si abbassò, piegandosi contemporaneamente. Il dito indice di Leslie, preso nel paragrilletto, si contorse, e la ragazza urlò, mentre il dito cedette, piegandosi innaturalmente all'indietro.

Sfruttando la distrazione, Mia strappò l'arma, togliendola dalla mano di Leslie.

E poi, appena consapevole delle proprie azioni, colpì con forza selvaggia il cranio di Leslie.

Il corpo della ragazza si afflosciò, col sangue che sgorgava dal punto in cui il duro oggetto metallico le aveva colpito la testa. Ansimando e rabbrividendo, Mia la spinse via, con la mente concentrata su un solo pensiero: raggiungere Korum prima che fosse troppo tardi.

Saltando in piedi, afferrò la pistola e scappò via, ignorando la ragazza rimasta a terra, incosciente.

MIA CORSE più velocemente che mai, con i polmoni in fiamme e il ponte in legno duro che le tagliava i piedi nudi. La pistola sembrava pesante nella sua mano estranea.

Dall'altra estremità del ponte, vide un maschio Krinar che le dava le spalle, con il braccio destro disteso e puntato contro Korum—che era immobile, con lo sguardo fisso sull'oggetto nell'altra mano del K.

Leslie non aveva mentito. Un minuto dopo, e forse sarebbe stato troppo tardi. Rallentando leggermente, Mia sollevò la mano, puntandola contro l'ampia schiena del K davanti a lei, e premette il grilletto.

Non accadde nulla, si sentì solo un leggero clic. *Non era carica, la dannata arma non era carica.*

Lanciando l'arma da una parte, corse ancora più velocemente. Dei punti scuri danzavano davanti ai suoi occhi, interferendo con la vista, mentre il cervello cercava di ricevere ossigeno a sufficienza. Tutto intorno a lei diventò sfocato, grigio, mentre si precipitava verso la scena con ogni grammo di forza rimasto nel corpo. Tutto quello che riusciva a vedere, tutto quello su cui riusciva a concentrarsi, era la scena davanti ai suoi occhi.

E poi arrivò lì, e vide il K che si stagliava davanti a lei, con il grande corpo tremante e il sudore che brillava sul retro del collo. Con il ruggito del suo battito cardiaco nelle orecchie, Mia sentì vagamente il tono calmo della voce di Korum, mentre cercava di convincere il K ad allontanare l'arma e ad ascoltarlo—e intravide l'orrore sul volto dell'amante, quando la vide correre e comprese le sue intenzioni.

Senza riflettere ulteriormente, Mia saltò sul K,

senza pensare alla futilità del suo attacco, con le dita che afferrarono e si aggrapparono ai suoi capelli. Sorpreso e gridando dal dolore improvviso, il K se ne liberò con un colpo potente, facendola volare sulle dune a quasi quattro metri di distanza.

Sbattendo pesantemente il fianco sinistro sul terreno, Mia rimase sdraiata lì per un attimo, stordita, con il vento che le toglieva il fiato. E poi i suoi polmoni si espansero e fece un respiro ansante, inalando altra aria. Confusa e disorientata, cercò di rialzarsi, rotolandosi sullo stomaco e cercando di mettersi a quattro zampe.

Quando provò a muoversi, un terribile dolore la colpì al braccio sinistro.

Sbirciando, guardò al suo fianco, e le girò la testa alla vista di un osso bianco che le sporgeva da un lacerato tessuto sanguinante nella pelle. Un'improvvisa nausea calda le ribollì nella gola e reagì in modo incontrollabile, con il contenuto dello stomaco che si riversò sull'erba secca della duna.

Sistemandosi sul lato destro, cercò di strisciare, con le membra deboli e tremanti, quando due braccia forti la sollevarono, cullandola su un familiare petto.

Tremando completamente, Korum si inginocchiò nella sabbia, stringendola tra le braccia e facendola oscillare avanti e indietro. Il suo respiro era pesante e irregolare, e Mia poté sentire il cuore battere come un tamburo nel petto.

"Mia... Oh dolcezza, credevo di averti perso..." Il terrore nella sua voce era l'immagine speculare del timore che lei aveva provavo vedendolo in pericolo. Sembrava incapace di aggiungere altro, tenendola sul petto, mentre cercava di riprendere il controllo. Nonostante il panico, sembrava consapevole del braccio ferito, facendo attenzione a non provocarle ulteriore dolore.

"Il-il K..." riuscì a balbettare. "H-ha...?"

"Non ti preoccupare" disse Korum con voce roca. "Non è più una minaccia. Sei viva e questo è tutto ciò che conta."

Continuando a stringerla, si alzò in piedi. "Non guardare" disse duramente, portandola verso il ponte.

Mia chiuse gli occhi per un secondo, ma quello la faceva sentire ancora più nauseata, così li riaprì immediatamente.

E capì subito come mai Korum l'aveva avvertita di non guardare.

Sulla sabbia, a pochi metri da loro, giaceva l'aggressore. Il corpo era ormai difficilmente riconoscibile, con il braccio destro mancante e un buco sanguinante, dove c'erano la testa e il collo. Il sangue era ovunque, ricoprendo il cadavere sfigurato e infiltrandosi nel terreno sabbioso.

Per un attimo, Mia pensò che non poteva essere reale, ma il fetore metallico era innegabile, così come il sottostante olezzo di qualcosa di molto più disgustoso, come le acque reflue. La puzza della morte, realizzò con una parte ancora razionale del cervello. Non l'aveva mai sentito prima, ma qualcosa di primitivo dentro di lei lo riconobbe e si ritrasse.

Un inorridito gemito le sfuggì dalla gola prima che potesse sopprimerlo.

Korum imprecò, e accelerò il ritmo fin quando non cominciò a correre verso casa, continuando a fare attenzione a non scuoterle il braccio ferito.

Chiudendo gli occhi, Mia cercò di respirare profondamente, di convincersi che aveva appena assistito alla scena di un film, che non c'era davvero un essere intelligente morto e consumato dalla sabbia di Ormond Beach. Ma le immagini davanti ai suoi occhi erano troppo vivide e innegabili, e lo stomaco si contorse. Se non l'avesse svuotato appena un minuto fa, avrebbe vomitato di nuovo.

Il K che la teneva tra le braccia aveva letteralmente fatto a pezzi l'avversario.

CAPITOLO VENTI

Con lo stomaco sottosopra, spinse istintivamente sul torace di Korum con la mano destra, ma lui ignorò il suo debole tentativo di liberarsi.

"Shh, tesoro, andrà tutto bene" mormorò fieramente, entrando nell'area della piscina e portandola verso casa.

Mentre attraversavano il cancello, Mia aprì di nuovo gli occhi e vide che il corpo di Leslie era ancora lì, proprio fuori dal cancello della piscina. Con uno strano distacco, si chiese se anche la combattente della Resistenza fosse morta. Sapeva che avrebbe dovuto essere spaventata a quel pensiero, ma in quel momento si sentiva semplicemente intorpidita—intorpidita e fredda dentro.

Korum la condusse su per le scale, verso il grande bagno al secondo piano. Mettendola dolcemente in piedi, aprì la doccia e regolò i comandi dell'acqua mentre Mia era lì, ad osservare svogliatamente le sue azioni. Una specie di foschia era scesa sulla sua mente, proteggendola parzialmente dalla brutale realtà della situazione. Sapeva cosa stava vedendo, ma non sembrava toccarla in alcun modo, come se stesse accadendo a qualcun altro.

Tutto il corpo di Korum era ricoperto di sangue e sabbia, compresi i capelli. Sembrava essere sopravvissuto a una battaglia—che, in realtà, era vero. Se aveva assimilato correttamente quella scena spaventosa, aveva ucciso l'altro K a mani nude.

La bile calda le risalì nella gola, e la trattenne con uno sforzo. Pur sapendo di essere priva di difese, era ancora inorridita dal fatto che il suo amante fosse capace di quel livello di violenza.

Ma ciò che la spaventava ancora di più era il fatto che lo fosse anche lei.

Perché sotto sotto, era incredibilmente felice che l'altro K fosse morto—che era il suo corpo, non quello di Korum, a giacere lì, fatto a pezzi. Se il suo attacco fosse andato a buon fine... Se fosse riuscito a uccidere Korum, Mia l'avrebbe volentieri ucciso—o comunque avrebbe fatto qualunque cosa per provare a farlo.

Spostò gli occhi sulla sinistra e vide il suo riflesso nel grande specchio appeso al muro. Striature di sangue secco le rigavano il viso, intorno alla bocca—nel punto in cui aveva morso Leslie, si rese conto. Sporcizia, sabbia e frammenti di erba le ricoprivano il corpo per lo più nudo, e avèva qualche rametto nei capelli, che contribuivano al suo folle aspetto omicida.

"Ecco, ti porto dentro" disse Korum con dolcezza, prendendola in braccio con premura e portandola nella cabina doccia, dove impostò l'acqua alla temperatura perfetta.

Il getto caldo era straordinario sulla sua pelle, e Mia capì di sentirsi fredda, congelata dentro, nonostante il caldo. E poi tremò. Il suo corpo doveva essere scosso, pensò con un'obiettività quasi clinica. Non osò guardare il braccio per paura di imbarazzarsi di nuovo; per ora il dolore era in qualche modo tollerabile, come se le avessero somministrato un anestetico. A differenza della maggior parte delle persone, Mia non si era mai rotta niente, e si chiese se ci si sentisse sempre così. Se era così, allora non era terribile, ed era sicuramente sopportabile.

"Rimani qui" disse Korum. "Torno subito con qualcosa per il tuo braccio."

Mia annuì obbedientemente, e lui scomparve per un minuto, tornando con una piccola pillola. Entrando nella doccia, gliela porse e le disse di inghiottirla.

Lei lo fece, e il dolore palpitante si attenuò quasi immediatamente.

"Chiudi gli occhi e non guardare" disse. "Dico sul serio, Mia. Tienili chiusi."

Facendo un respiro profondo, chiuse gli occhi. Poté sentire le mani dell'alieno sul suo braccio ferito, che lo manipolavano con delicatezza—e in qualche modo, non sentì alcun dolore, quando lo raddrizzò, rimettendo l'osso al suo posto.

"Ho finito" le disse con voce rauca. "Ora puoi riaprire gli occhi."

Mia lo guardò, e la gelida maschera che l'avvolgeva improvvisamente andò in frantumi.

Dei duri singhiozzi le uscirono dalla gola e si accasciò a terra, tremando incontrollabilmente. Tutto il terrore e la violenza che aveva appena vissuto le tornarono alla mente, travolgendola. Avrebbe potuto perderlo, sarebbero potuti morire entrambi, lui aveva brutalmente massacrato un altro Krinar e lei avrebbe potuto uccidere Leslie... Era troppo, e Mia portò le ginocchia al petto, con il corpo che rabbrividì per la forza dei singhiozzi ansimanti.

"Mia, shhh, tesoro, è finita. È finita, te lo giuro..." mormorò, inginocchiandosi e tirandola più vicino a sé. Raggiungendola, diresse il getto della doccia in modo che l'acqua cadesse su di loro e la lasciò piangere, sapendo che era esattamente quello di cui aveva bisogno in quel momento.

Qualche minuto dopo, i singhiozzi cominciarono ad attenuarsi, e la sollevò, mettendola attentamente in piedi e togliendole il costume. Poi, versando il sapone nel palmo, lavò ogni centimetro del suo corpo e le mise lo shampoo ai capelli, rimuovendo tutte le tracce di sangue e sporcizia. Poi, fece lo stesso per sé, finché non furono entrambi completamente puliti.

Chiudendo l'acqua, uscì dalla cabina doccia e tornò con un grande asciugamano morbido, che le avvolse intorno. Troppo traumatizzata per fare altrimenti, Mia rimase lì, accettando le sue premure.

"È morta?" chiese apaticamente, pensando alla ragazza che aveva lasciato sanguinante e incosciente davanti al cancello della piscina.

Korum scosse la testa, asciugando anche se stesso. "Non credo—l'ho vista respirare, mentre passavamo. Ho chiamato i guardiani che stavano in zona a sorvegliare la tua famiglia. Sono quasi qui. La prenderanno in custodia e ripuliranno il resto—"

"Chi era? Lo conoscevi?"

Per un attimo, la rabbia brillò negli occhi di Korum, che poi si controllò con un visibile sforzo. "Sì" rispose, e l'umana poté sentire la rabbia appena soppressa nella sua voce. "Non sapevo che fosse coinvolto con i Keith. Non posso credere che abbia ingannato tutti in quel modo."

Mia continuò a guardarlo, e lui fece un respiro profondo, cercando di calmarsi.

"Si chiamava Saur" spiegò Korum con tono uniforme. "Lavorava nel tuo laboratorio—nel laboratorio di Saret—da quando siamo venuti per la prima volta sulla Terra. È stato lui ad andarsene poche settimane fa, lasciando il posto che hai preso tu. Saret parlava sempre molto bene di lui. Saur era il suo assistente più giovane e più brillante—almeno fino all'arrivo di Adam. Non so che cosa lo abbia spinto a lasciarsi coinvolgere dai Keith; aveva così tanto da offrire alla nostra società... E non so come mai sia venuto qui per ucciderci..."

"Per *ucciderti*" lo corresse Mia, rabbrividendo a quel pensiero. "Leslie mi ha detto che i suoi ordini erano di tenermi viva e fuori dai piedi, mentre lui si occupava di te..."

Sollevò le sopracciglia. "Capisco" disse pensieroso, facendola uscire dal bagno e conducendola verso la camera da letto.

Le aveva già preparato i vestiti da indossare per il pranzo con i genitori—un bel prendisole color pesca e un tanga di seta bianco—e la vestì con cura, come se fosse una bambina, con le mani particolarmente gentili intorno al suo braccio rotto.

Che ormai non faceva più male, si rese conto Mia.

Incuriosita, si guardò il braccio sinistro e sbatté le palpebre, non riuscendo a credere ai propri occhi. Al posto della macchia sanguinante con l'osso che sporgeva appena qualche minuto fa, ora c'era una pelle perfettamente liscia, senza alcuna traccia di lesioni.

Sorpresa, mosse il braccio, e notò che funzionava abbastanza bene. Lo sollevò, flettendo il bicipite, e tutto sembrava funzionare normalmente. Come aveva fatto quella piccola pillola a guarirla?

In generale, si sentiva molto meglio. La doccia e il medicinale avevano fatto miracoli per il suo stato fisico, anche se la mente stava ancora cercando di accettare tutto quello che avevano appena passato.

"Dovrebbe andare tutto bene adesso" disse Korum, guardandola esaminare il braccio.

Anche lui si era vestito, indossando una maglietta bianca e un paio di jeans. Era talmente stupendo—e talmente *vivo*—che Mia quasi ricominciò a piangere al pensiero di ciò che era accaduto.

"Ora" disse piano, avvicinandosi e sollevandole il mento con le dita: "Dimmi... A che cazzo stavi pensando quando hai rischiato la vita in quel modo?"

Mia sbatté le palpebre, sorpresa dalla malcelata furia nella sua voce. "Leslie ha detto che lui ti avrebbe ucciso. H-ha detto che t-ti avrebbe fatto a p-pezzi..." Con la voce tremante al ricordo di quell'orrore, riuscì appena a trattenere le lacrime che le riempivano gli occhi di nuovo.

"E allora? Hai deciso di saltare addosso a una combattente esperta, che ti ha puntato una pistola contro? Di affrontare un Krinar che avrebbe potuto ucciderti con un colpo solo?" Korum stava quasi tremando dalla rabbia, con gli occhi completamente assorbiti da quelle minacciose striature gialle. "Non ti rendi conto di quanto sei fragile e delicata? Della facilità con cui qualcosa può farti del male o ucciderti?"

Mia deglutì. "Non l'avrei sopportato, se ti fosse successo qualcosa—"

"A me? Come credi che mi sarei sentito, se qualcosa fosse successo a *te*?" Era quasi fuori di sé, con i denti stretti e un muscolo che gli pulsava nella mascella. Non l'aveva mai visto in quello stato, e Mia si chiese vagamente se avrebbe dovuto averne paura. Dopotutto, aveva appena ucciso brutalmente un essere intelligente. Eppure, per qualche ragione, non riusciva a provare nemmeno un grammo di paura. In qualche modo, nelle ultime settimane, era passata dalla convinzione che l'avrebbe uccisa per averlo spiato al sentirsi completamente al sicuro con lui. Anche se era arrabbiato, non le avrebbe fatto del male; ora lo sapeva con assoluta certezza.

"Non lo so" gli disse, notando che i suoi occhi brillavano ancora di più. Prima che potesse battere ciglio, la sollevò e si sedette sul letto, cullandola sul grembo. Tenendola così forte da permetterle a malapena di respirare, le seppellì il viso tra i capelli, e Mia poté sentire i tremiti che gli scuotevano il grosso corpo muscoloso.

"Non lo sai?" sussurrò duramente. "Davvero non sai che sei tutto per me?"

Non riuscendo a credere alle proprie orecchie, Mia lo spinse sul petto per mettere un po' di distanza tra loro, in modo da guardarlo in faccia. "Lo so?"

"Certo che lo sai." La guardò con un'intensità che Mia non aveva mai notato prima. "Come puoi dubitarne?"

"Stai... stai dicendo che mi ami?" chiese tremando, temendo anche solo di dar voce a quella possibilità. E se le avesse detto di no? E se avesse frainteso tutto, e le avesse riso in faccia, deridendola per la sua stupidità? Le si strinse il petto dall'ansia anticipatoria.

"Mia, ti amo più della vita stessa" disse, con voce carica di emozione. "Se ti succedesse qualcosa... Se morissi, non vorrei continuare a vivere. Mi capisci?"

Mia annuì, troppo sopraffatta dai propri sentimenti per poter dire qualcosa. L'amava? Quel bell'uomo straordinario l'amava?

Socchiuse gli occhi. "E se riproverai a mettere in pericolo la tua vita in quel modo—"

Mia non lo lasciò finire. Si allungò e affondò le mani nei suoi capelli, abbassandogli la testa verso di lei. E poi lo baciò, esprimendo la profondità delle sue emozioni nel modo migliore in cui erano abituati a farlo.

In un primo momento, si bloccò, come se avesse paura di farle male, ma poi gemette con la gola e ricambiò il bacio, stringendole nuovamente le mani intorno, con la bocca affamata e disperata sulla sua.

Mia si aggrappò a lui con la stessa disperazione, con la paura di prima e l'adrenalina che si trasformarono in eccitazione. Era vivo—erano entrambi vivi—e il suo corpo lo desiderava, sentendo il bisogno di riaffermare quel fatto nel modo più primitivo e istintivo possibile.

Finì di schiena sul letto, sotto il suo corpo pesante e muscoloso, con le mani che gli strappavano freneticamente la maglietta. Si sentiva come se fosse affamata, come se sarebbe morta senza il suo tocco, con il corpo che gridava per essere riempito da lui. Il suo bacio la consumò, con la lingua che le spinse in profondità nella bocca, e Mia godette, desiderando il suo sapore, volendo tutto da lui. Sentiva insopportabilmente caldo, con la pelle troppo sensibile per contenere il desiderio che bruciava dentro di lei, e si inarcò verso di lui, cercando freneticamente di avvicinarsi ancora di più.

Lui gemette di nuovo, con la reazione di Mia che gli provocò una reazione altrettanto appassionata. Le infilò la mano sinistra nei capelli, tenendole la testa ferma per depredarle la bocca, mentre le sollevò la gonna con la mano destra, esponendo la parte inferiore del corpo. Ora c'erano solo il piccolo tanga e i jeans a dividerli, e si liberò anche di quelli, strappandole la biancheria intima e togliendosi i pantaloni. E poi fu dentro di lei con una spinta potente, con il cazzo che la penetrò senza problemi.

Sospirando per lo shock dovuto all'entrata improvvisa, Mia affondò le unghie nelle sue spalle, stordita e assolutamente sollevata di averlo dentro di lei. Era incredibilmente caldo e spesso, e la sua forza era esattamente quello di cui aveva bisogno in quel momento. Le tremarono i muscoli, che si distesero intorno alla sua grande asta, mentre il nucleo interno si sciolse, liquefatto dalla sensazione di lui che la riempiva così perfettamente, colmando il vuoto dentro.

L'alieno cominciò a muoversi, con ogni colpo che la spingeva più in profondità nel materasso, e lei gridò, con la tensione interna che raggiunse il culmine fin quando tutto il corpo non sembrò esplodere per la forza dell'orgasmo, con l'apertura che gli pulsava incontrollabilmente intorno al cazzo.

Sospirando, si alzò sui gomiti, fissandola con occhi quasi dorati. Delle gocce di sudore erano visibili sulla fronte, e il volto era arrossato sotto la tonalità abbronzata della pelle. Era magnifico e selvaggio, e Mia non riusciva a staccare gli occhi dall'ardente intensità nel suo sguardo. Non aveva ancora raggiunto il culmine, e il suo cazzo era ancora duro dentro di lei.

"Sei mia" le disse con voce roca, e Mia non poteva dubitarne, non con lui sepolto così profondamente dentro di lei, dentro il suo cuore. Si sentiva incredibilmente vulnerabile, ma ora sapeva che anche lui lo era—che anche lei aveva qualche potere su di lui.

"E tu sei mio" rispose, stringendo le mani sulle sue spalle, e sentì l'asta spingere dentro di lei, mentre il suo corpo reagì fisicamente a quelle parole.

Ricominciò a spingere duramente, con i fianchi che martellarono, imprimendosi sulla sua carne con ferocia quasi identica alla sua. Mia sentì ogni spinta in profondità nel ventre, con la punta del cazzo che spingeva contro la cervice, con un piacere così forte che rasentava il dolore... e poi lo sentì gonfiarsi ulteriormente dentro di lei e il suo corpo si strinse, mentre un altro violento orgasmo l'attraversò. Allo stesso tempo, lui si gettò tra le sue braccia, raggiungendo l'orgasmo con un grido roco, liberando il seme dentro di lei con caldi spruzzi.

Per un minuto, rimasero così, con i corpi che si unirono, mentre il loro respiro tornò alla normalità e i battiti cardiaci rallentarono. Mia non si era mai sentita così legata a un'altra persona in vita sua. Era come se avessero cessato di essere individui separati, come se l'atto sessuale li avesse legati in un modo che andava oltre la fisicità. Poteva sentire il cuore dell'alieno battere in sintonia con il suo, con il calore e il profumo del suo corpo che la circondava, coccolandola mentre la stringeva nel suo abbraccio, piacevolmente pesante sopra di lei.

Dopo un po', si spostò e la tirò a sé, lasciandola sdraiare sul suo torace. Mia sapeva che doveva alzarsi e pulirsi, che dovevano partire al più presto per il pranzo con i genitori, che avevano ancora molte cose di cui discutere—ma in quel momento, voleva solo rimanere lì con lui, lasciando fuori il resto del mondo.

Lo amava e lui amava lei, e questo era tutto ciò che importava adesso.

~

I GUARDIANI ARRIVARONO qualche minuto dopo, con la navicella che atterrò senza alcun rumore sulla spiaggia vicino alla casa. Abbottonando i jeans e dandole un bacio sulla fronte, Korum andò a salutarli, lasciando Mia a rinfrescarsi prima del pranzo.

Alzandosi, la ragazza notò vagamente che le gambe continuavano a tremarle e che il sesso palpitava per i residui del loro appassionato incontro. Non aveva idea di come sarebbe stato il sesso con un altro uomo, con un umano, ma aveva il forte sospetto che ciò che sperimentava ogni sera—e spesso durante il giorno— non era affatto tipico. Forse in futuro, dopo aver passato più tempo insieme, il loro insaziabile desiderio l'uno per l'altra si sarebbe un po' attenuato, ma per ora nessuna quantità di sesso sembrava sufficiente. Era quello che intendeva Korum con chimica insolita? Sapeva che sarebbe stato così fin dall'inizio?

Andando al bagno, si spruzzò un po' d'acqua sul viso e cercò di lisciare i ricci, rendendoli più presentabili. Sotto il pallore della sua pelle, il viso brillava con un colorito più roseo, e le labbra erano più piene, più gonfie dopo tutti quei baci. Sembrava felice e soddisfatta, niente a che vedere con le condizioni in cui era prima. Aveva l'aspetto e l'odore di una persona che aveva appena fatto sesso. Chiaramente era necessaria un'altra doccia.

Dieci minuti dopo, era pulita e indossava un nuovo abito. Era quasi giunto il momento di dirigersi verso St. Augustine, così andò a cercare Korum.

Lo trovò nell'area della piscina, a parlare con tre maschi Krinar, che indossavano uniformi color grigio chiaro. Ricordava di aver visto uniformi simili sui K che avevano catturato i Keith due settimane fa.

Dovevano essere i guardiani che Korum aveva menzionato.

Uno dei guardiani teneva Leslie, che ora era cosciente e sembrava avere un forte mal di testa o una commozione cerebrale. Mia si sentì enormemente sollevata. Non l'aveva uccisa dopotutto, né sembrava averle causato danni permanenti. Tuttavia, Leslie sembrava terrorizzata per essere stata catturata dalle creature che considerava dei veri e propri mostri, e Mia quasi si sentì male per lei, ricordando quanto temesse Korum all'inizio. Quasi— perché non poteva dimenticare che la ragazza le aveva puntato una pistola contro e aveva cospirato per uccidere Korum.

Ora che riusciva nuovamente a riflettere, Mia si chiese perché Saur volesse che Leslie tenesse lei—Mia —viva e fuori dai piedi. Pensava che sarebbe stata utile alla Resistenza? O voleva qualcos'altro da lei? E perché

Korum era il suo bersaglio? Nulla di tutto ciò aveva senso.

Improvvisamente, le venne in mente qualcosa. La perdita di memoria dei Keith! Se Saur aveva avuto accesso ad alcune delle tecnologie del laboratorio e aveva la conoscenza sufficiente, poteva essere stato proprio lui a cancellare i loro ricordi. Infatti, Adam una volta aveva menzionato che Saur lavorava sulla manipolazione della mente.

Emozionata, Mia si avvicinò a Korum e ai guardiani. Rivolgendo loro un enorme sorriso, disse: "Mi sono appena resa conto di una cosa... Se Saur lavorava nel laboratorio di Saret—"

Korum annuì. Ovviamente, aveva già capito tutto. "Esatto. Questo spiegherebbe molte cose—anche se non ho ancora compreso le sue motivazioni."

Leslie lì osservò conversare con un'amareggiata espressione sul viso angosciato. "Troia di una xeno" mormorò, rivolgendo a Mia un'occhiata carica d'odio.

"Chiudi il becco" le disse Korum freddamente, fissando la ragazza con uno sguardo sprezzante sul viso. "Dovresti ringraziare qualunque patetica divinità in cui credi che Mia non è rimasta ferita oggi—e che la pistola non era carica. Se le fosse successo qualcosa, tu e tutti i tuoi amici della Resistenza avreste imparato il vero significato della sofferenza. Mi capisci?"

La combattente deglutì visibilmente, ma rifiutò di distogliere lo sguardo. Mia ammirò con riluttanza il suo coraggio; se Korum avesse rivolto quelle parole a *lei*, sarebbe morta dalla paura. Forse lo stesso valeva per Leslie, ma sicuramente non lo dava a vedere.

Mia si chiese che cosa sarebbe successo alla ragazza. I K l'avrebbero lasciata andare dopo averle inserito nel corpo i dispositivi di sorveglianza, come avevano fatto ai combattenti della Resistenza che li avevano attaccati? Decise che l'avrebbe chiesto a Korum, una volta rimasti soli. Nonostante tutto, sperava che Leslie non sarebbe stata punita troppo severamente per le sue azioni; la combattente non sembrava una brutta persona—solo molto accecata dall'odio per i K.

Altri due guardiani attraversarono il cancello. "Abbiamo finito" disse uno di loro in Krinar. "Tutte le prove sono state registrate e rimosse."

"Bene" disse Korum. "Grazie per essere venuti qui così in fretta."

Il guardiano che aveva appena parlato annuì. "Prego. Se dovesse venirti in mente qualche altra cosa relativa a questo attacco, contattaci."

Korum promise di farlo, e i guardiani se ne andarono, portando Leslie con loro.

"Che cosa le faranno?" chiese Mia, notando l'espressione in preda al panico sul volto della ragazza, mentre un guardiano la conduceva verso la spiaggia.

"Sarà sottoposta alla riabilitazione" disse Korum. "Ha causato fin troppi problemi, e le riserveremo lo stesso trattamento che abbiamo riservato agli altri leader della Resistenza, che abbiamo catturato finora."

"Riabilitazione?"

Ora che Mia aveva trascorso del tempo nel

laboratorio di Saret, sapeva che influenzare la mente di qualcuno in quel modo era una procedura molto complessa e delicata. Era facile provocare danni irreparabili, e ogni cervello era diverso—ciò che funzionava per una persona poteva non funzionare per un'altra. La manomissione mentale era il ramo più avanzato della neuroscienza Krinar—e persino Saret aveva ammesso che era ancora molto imperfetta.

"Non lo stesso tipo di riabilitazione dei Keith" spiegò Korum. "Una versione molto più mite. Non serve lo stesso sforzo con gli umani; potrebbe cavarsela con una lieve perdita di memoria."

Nel frattempo, a Mia venne in mente qualcos'altro. "Korum" chiese lentamente: "Non finirai nei guai, vero? A causa di quello che è accaduto sulla spiaggia?" A causa del Krinar che aveva fatto a pezzi—ma non riusciva a dirlo.

Le rivolse un sorriso rassicurante. "No. Si è trattato di un evidente caso di autodifesa, e ho delle registrazioni per dimostrarlo."

"Registrazioni?"

Sollevò la mano, mostrando il palmo. "La tecnologia incorporata è molto utile. Inoltre, se abbiamo bisogno di dettagli più specifici, possiamo ottenere alcune immagini dai satelliti che abbiamo nell'orbita della Terra. Quello che succede su una spiaggia pubblica come quella non è mai un segreto. Potrebbe esserci un'investigazione, solo per seguire il protocollo, ma non ci sarà un processo."

Mia tirò un sospiro di sollievo. "Sono così contenta."

Facendo un passo verso di lui, gli avvolse la vita con le braccia e lo strinse forte, respirandone il profumo caldo e familiare. Anche lui l'abbracciò, premendola contro di sé con una mano e accarezzandola con l'altra. Rimasero così per un minuto, semplicemente godendo l'uno della vicinanza dell'altra, lasciando che l'orrore della giornata si dissipasse nel calore del loro abbraccio.

CAPITOLO VENTUNO

Mia si ritrovò con i genitori per pranzo a St. Augustine, in un piccolo e caratteristico ristorante chiamato The Present Moment Cafe. Prima del K-Day, era uno dei pochi ristoranti vegani della zona, che proponeva diversi ingredienti esotici e piatti insoliti. Ultimamente, quei ristoranti erano molto più comuni—i ristorantini economici e le bisteccherie ora erano una rarità—ma il locale aveva ancora la reputazione di essere uno dei migliori per i cibi gourmet a base vegetale.

Korum insistette per pagare il pranzo, e i genitori acconsentirono dopo qualche protesta. Tra un piatto e l'altro, li intrattenne con alcune storie sulla sua prima visita alla Terra settecent'anni fa e su come l'Europa fosse diversa a quell'epoca. Mia poté vedere che i genitori erano assolutamente affascinati—proprio come lei, in realtà—e il tempo passò molto rapidamente.

Vedendolo interagire così facilmente con la sua famiglia, Mia si meravigliò per l'incredibile compostezza di Korum—o forse era semplicemente bravissimo a recitare. Rideva e scherzava con i genitori come se non fosse successo niente, come se non avesse appena ucciso un K a mani nude. Cercò di non pensarci, di superare gli eventi della mattinata, ma non riusciva a togliersi le immagini inquietanti che continuavano a passarle per la mente.

Anche se Mia sapeva che la violenza era stata una parte importante della storia e della cultura dei Krinar, sembravano averla superata. Per lo meno, la ragazza aveva avuto quell'impressione durante il suo soggiorno di due settimane a Lenkarda. Sapeva che lo sport preferito di Korum consisteva nel combattere—e sapeva delle sfide nell'Arena. Ma quello non aveva niente a che vedere con l'uccisione di qualcuno sulla spiaggia. A Korum non importava affatto delle proprie azioni? L'uomo che amava—e che apparentemente ricambiava il suo amore—era un assassino privo di rimorsi? E se le cose stavano così, *le* importava?

Dopo un paio d'ore, salutarono i genitori e si recarono alla Fattoria dell'Alligatore, una delle attrazioni più famose di St. Augustine. Korum sembrava molto interessato alle creature con il sangue freddo, spiegando che erano molto diverse da quelle che avevano su Krina.

Mentre attraversavano i sentieri, studiando le varie specie di alligatori e coccodrilli, Mia decise di parlare di una cosa che aveva in mente da quella mattina.

"Avevi già ucciso in passato?" gli chiese, cercando di sembrare indifferente.

Korum si fermò e la guardò. "Mi stavo chiedendo quando ti saresti avvicinata all'argomento" disse piano, e sul suo viso apparve un'espressione indecifrabile. "Che cosa ti piacerebbe sentirmi dire, dolcezza? Che non sono mai stato in situazioni in cui dovevo difendere me e gli altri? Che sono riuscito a vivere duemila anni senza aver mai dovuto togliere una vita?"

Mia deglutì, fissandolo. "Capisco."

"Capisci?" La sua bocca si contorse leggermente. "Davvero? So che hai condotto una vita molto tranquilla, tesoro, e sono felice per te. Se avessi potuto risparmiarti quello a cui hai assistito questa mattina, credimi, l'avrei fatto."

"Quante?" Mia sapeva che avrebbe dovuto smettere, ma non riusciva a farne a meno. "Quante persone—Krinar o umane—hai ucciso nella tua vita?"

Sospirò. "Non tante quante probabilmente immagini. Da giovane, ero una testa calda e scatenavo risse per questioni che ora sembrano piuttosto banali. Molti dei miei avversari mi sfidavano nell'Arena, e accettavo le sfide. E quando ci si trova nell'Arena... Beh, potresti non capirlo, ma è molto difficile fermarsi non appena esce la prima goccia di sangue. Nel bel mezzo della battaglia, agiamo puramente d'istinto—e il nostro istinto ci dice di distruggere il nemico a tutti i costi. Ecco perché i combattimenti nell'Arena sono così pericolosi e così rari ultimamente, perché il risultato è spesso abbastanza letale—"

"Perché il vostro governo non li ha messi fuori legge?" interruppe Mia, cercando di comprendere quella stranezza della cultura Krinar. "Perché non vi liberate di un'usanza così barbarica? La vostra società è così avanzata in tanti altri campi..."

"Perché la violenza è più contenuta in questo modo —meglio controllata, se vuoi" spiegò con calma, guardandola con quegli occhi ambrati. "Se qualcuno ha un problema con me, può sfidarmi nell'Arena invece di fare del male alla mia famiglia. Le vendette si verificano occasionalmente, ma sono molto più rare rispetto al passato—e la nostra società è molto più pacifica di conseguenza. Tecnicamente, è illegale uccidere qualcuno nell'Arena, ma nessuno è mai stato perseguito per essersi lasciato trasportare durante un equo combattimento."

"È quello che è successo oggi? Ti sei lasciato trasportare dal combattimento?"

Annuì, irrigidendo la bocca. "Sì... ma il mio unico rimpianto è quello di non aver avuto la possibilità di interrogarlo, di scoprire perché ha fatto quello che ha fatto. Ti aveva fatto del male—avrebbe potuto facilmente ucciderti—e ha meritato esattamente quello che ha ottenuto."

Mia distolse lo sguardo, non sapendo cosa dire. Aveva ucciso per proteggerla—e probabilmente lei avrebbe fatto lo stesso per lui—ma continuava a ritenere spaventoso sapere che era capace di togliere la vita a qualcuno con una tale facilità.

"Che cosa mi dici degli umani?" chiese, mentre

camminavano, ripensando a tutte le voci che aveva sentito sulla brutalità dei K durante i mesi del Grande Panico. "Hai ucciso molti umani?"

Non rispose per alcuni momenti. "Perché lo stai facendo, Mia?" disse sottovoce, quando si fermarono davanti a un grande recinto per alligatori. "Perché fai domande di cui non vuoi conoscere la risposta?"

"Non lo so" gli disse Mia sinceramente. "In qualche modo, sei ancora un mistero per me. Ti amo, eppure sento di conoscerti appena..."

Guardò giù nell'acqua, affascinato, osservando gli alligatori che scivolavano via senza problemi. I turisti mantenevano le distanze dal punto in cui erano loro; come la maggior parte degli umani, avevano giustamente dedotto che il K tra loro era di gran lunga la creatura più pericolosa nelle vicinanze. Ormai Mia era così abituata che non ci faceva nemmeno caso. Ogni volta che uscivano in pubblico, la presenza di Korum attirava inevitabilmente bisbigli e sussurri tra la popolazione umana.

Dopo un po', si voltò per guardarla. "Sì, Mia" disse stancamente." Ho ucciso alcuni umani. Alcuni per autodifesa, altri per motivi diversi. Ho avuto molte interazioni con la tua specie nel corso dei secoli, e non tutte sono state buone. C'è qualcos'altro che vorresti sapere?"

Mia inumidì le labbra, fissandolo. "Avresti ucciso Peter quella notte? Nel locale? Se non ti avessi fermato?"

"Non mi hai fermato, Mia" disse Korum

freddamente. "Avevo già deciso di lasciarlo andare come avvertimento. La sua offesa non era abbastanza grave da giustificare qualcosa di più."

Un respiro che non si era resa conto di trattenere le sfuggì dalle labbra. "Capisco."

"Certo" aggiunse, con gli occhi scintillanti: "Se ti avesse toccato di più—se avesse dormito con te—il risultato sarebbe stato diverso."

Il cuore di Mia saltò un battito. "Lo avresti ucciso?" sussurrò, con un brivido lungo la schiena.

Korum non rispose, la guardò solo... e lei capì che quello che aveva sempre pensato di lui era vero.

Era pericoloso—non per lei, ma per tutti gli altri. Per quanto potesse sembrare una creatura civilizzata dall'esterno, avanzata com'erano i K nella scienza e nella tecnologia, sotto sotto, era un predatore. Un predatore con una natura violenta e un istinto territoriale profondamente radicato.

Un predatore che a quanto pareva l'amava quanto lei amava lui.

~

QUELLA SERA, Marisa e Connor tornarono a cena, e Korum preparò una versione ridotta del banchetto che aveva preparato il giorno precedente. Sua sorella era molto allegra, con la pelle che ora aveva un colorito sano e gli occhi scintillanti. Il suo appetito era tornato alla normalità, e aveva ripreso a mangiare tutti i suoi cibi preferiti. Qualunque procedura Ellet avesse eseguito su di lei, sembrava aver avuto l'effetto promesso.

Connor era più che grato. "Finalmente ho di nuovo mia moglie" confessò, quando Marisa andò al bagno. "Le ultime settimane sono state un inferno—ho avuto così paura che avrebbe dovuto trascorrere il resto della gravidanza in ospedale. Le storie dell'orrore che abbiamo sentito sulle donne nella sua condizione..."

Korum gli sorrise. "Sono contento che tutto abbia funzionato. Ellet è piuttosto brava—"

Mia sentì un pizzico di gelosia alla lode della donna che era stata la sua amante, ma fece del proprio meglio per ignorarla.

"—ed è stata contentissima di poter aiutare in questa situazione."

Dopo cena, i quattro decisero di andare a vedere un film—l'ultimo thriller di James Bond con un K come cattivo. Korum fu molto divertito dal presupposto, in particolare dalla parte in cui l'agente umano riusciva a mettere nel sacco il malvagio K, e a usare la tecnologia Krinar per sventare il suo piano di sterminare tutti gli umani. Il cattivo era interpretato da un attore umano che effettivamente aveva fatto un lavoro abbastanza decente nell'imitazione di un K con l'aiuto della grafica, ma Mia trovò la sua performance inadeguata. Tuttavia, Marisa e Connor lo apprezzarono, e riempirono Korum di domande sulla via del ritorno verso casa.

Mentre Mia osservava le loro interazioni, si rese conto che la famiglia era completamente affascinata dal suo amante. Non avevano mai visto il suo lato intimidatorio, e non avevano motivo di temerlo—come lo temeva lei all'inizio. Per loro era un affascinante straniero che sapeva intrattenerli con infiniti fatti e racconti interessanti, un generoso benefattore che aveva già dato loro l'inestimabile dono di una salute migliore e un ragazzo gentile che trattava Mia come una principessa.

E Mia ne era felice. Nemmeno nei sogni più selvaggi si sarebbe aspettata che la sua famiglia accogliesse così bene l'amante alieno. Aveva pensato che ne sarebbero stati spaventati e che si sarebbero preoccupati per lei—e probabilmente sarebbe stato così, se Korum non avesse cercato in tutti i modi di conquistarli. Quello, più di ogni altra cosa, dimostrava quanto tenesse a lei. Sapeva che la sua famiglia era importante per lei, e si era assicurato che avrebbero preso bene la loro relazione—o comunque il possibile, sapendo che il fidanzato della figlia non era umano.

Rivolse nuovamente i pensieri al futuro, e sentì un familiare dolore nel petto—la stessa sensazione che provava sempre quando pensava all'inevitabile fine della loro relazione. L'amava, ma sicuramente non poteva durare per sempre. Per quanto tempo sarebbe rimasta giovane e bella? Dieci anni, venti, se fosse stata fortunata? Certo, alcune attrici erano stupende anche a quaranta o cinquant'anni. Forse lo sarebbe stata anche Mia, soprattutto se la medicina Krinar si fosse estesa anche al campo della cosmetica. Immaginò Ellet procurarle un lifting e quasi rabbrividì al pensiero che la bella K l'avrebbe vista vecchia e rugosa.

Infine, tornarono a casa e salutarono Marisa e Connor, che presero la loro auto e andarono via.

Sorridendo, Mia li salutò ed entrò in casa, dove Korum era già seduto sul divano, studiando qualcosa nel palmo.

Sentendo entrare Mia, alzò la testa e le rivolse un sorriso. "Sei stata molto silenziosa sulla strada del ritorno" disse, guardandola con espressione inquisitrice. "Non ti è piaciuto il film?"

Si avvicinò e si sedette accanto a lui. "È stato divertente" rispose, alzando le spalle.

"Allora, qual è il problema? Sei ancora turbata per quello che è successo oggi?" Si allungò e le prese la mano, massaggiandole leggermente il palmo in un modo che la fece sciogliere dentro.

"No." Mia fissò la grande mano che l'accarezzava teneramente. Le sue dita sembravano piccole e delicate nella presa di Korum, con il pallido colore della carnagione che contrastava eroticamente con la sua tonalità più scura. "Beh, forse. Non lo so. Sto cercando di non pensarci troppo. Il film è stato una buona distrazione, in realtà..."

"Allora, che cosa c'è?" Chiaramente non aveva intenzione di cambiare argomento.

Mia alzò gli occhi per incrociare il suo sguardo. "Stavo solo pensando al futuro, tutto qui. So che dovrei concentrarmi sul presente e godere di quello che abbiamo ora, ma a volte non riesco a farne a meno—"

Si chinò verso di lei e la baciò leggermente, fermando con le labbra le sue parole successive. "Ne riparleremo quando torneremo a Lenkarda" mormorò, tirandosi indietro e guardandola con un'espressione piuttosto enigmatica sul viso. "Non preoccuparti di niente ora. Andrà tutto bene, te lo prometto."

Sorpresa, Mia sbatté le palpebre, e ricordò che lui aveva menzionato qualcosa di simile poche settimane prima, quando erano ancora a New York. Insopportabilmente curiosa, aprì la bocca per fargli un'altra domanda, ma Korum la baciò di nuovo e ogni pensiero razionale scomparve dalla sua testa.

Prendendola in braccio, la portò nella camera da letto al piano di sopra, e Mia non ebbe la possibilità di riflettere per il resto della notte.

CAPITOLO VENTIDUE

*L*a mattina seguente, Mia si svegliò tra le braccia di Korum. Era un evento così insolito che aprì gli occhi non appena si rese conto di cosa stava succedendo.

Era distesa su un fianco, cullata contro il suo corpo. Erano entrambi nudi, e sentiva la sua erezione semidura, che le spingeva sulla curva delle natiche. Sorpresa, si voltò per guardargli il viso e vide che era sveglio.

Notando i suoi movimenti improvvisi, le sorrise e le strofinò le labbra sulla fronte. "Sei sveglia, vedo."

Annuì, sbattendo le palpebre nel tentativo di scacciare la sonnolenza. "Che cosa ci fai qui? Di solito ti svegli molto prima..."

"Non volevo lasciarti sola" spiegò Korum dolcemente, accarezzandole la guancia. "Sembravi avere un sonno agitato, gridando ogni due ore, e volevo assicurarmi che stessi bene."

Colpita, Mia si strinse a lui, abbracciandolo forte. "Grazie" mormorò nella sua palla. "Credo di aver avuto degli incubi a causa di ieri." Ricordava vagamente di aver sognato armi e sangue, ed era sorpresa di essere riuscita a dormire tutta la notte. Indubbiamente, la presenza di Korum accanto a lei aveva aiutato.

Le accarezzò lentamente i capelli. "Certo, mia cara. È del tutto comprensibile."

"Hai mai degli incubi?" gli chiese, staccandosi, con la studentessa di psicologia in lei improvvisamente incuriosita.

"Raramente" ammise Korum, giocando con i lunghi riccioli dell'umana. "Di solito dormo profondamente per un paio d'ore, e poi mi sveglio. Non ricordo l'ultima volta che ho fatto un sogno. Può succedere, ma è più raro che avvenga rispetto agli umani. Il nostro ciclo del sonno è un po' diverso."

"Oh, capisco."

"Che cosa vuoi fare oggi?" chiese. "Non abbiamo programmi in questo momento."

"Stavo pensando che stasera potremmo nuovamente cenare con i miei genitori, ma non ne ho idea per quanto riguarda il giorno... Niente spiaggia, però—non credo di essere pronta per tornarci."

"Certo." Il corpo dell'extraterrestre si irrigidì per un attimo. "Perché non facciamo qualcosa di completamente diverso? Che ne dici di un viaggio a Orlando? Potremmo visitare uno di quei parchi tematici con le montagne russe e tutto il resto—"

"Come Disney World?" Mia lo guardò, incredula.

"Certo" disse seriamente. "Oppure Universal. Quello è per adulti, no?"

Non riuscendo a controllarsi, Mia scoppiò a ridere. "Davvero? Vuoi andare agli Universal Studios?" Immaginò loro due in fila per l'Incredibile Hulk, e tutti i turisti spaventati a morte, vedendo un K vicino ai loro figli.

"Sì, perché no?"

Già, perché no. Continuando a ridacchiare, Mia disse: "Ok, ci sto. Possiamo andare alle Isole dell'Avventura—quella è la parte degli Universal Studios con più ottovolanti. Come raggiungeremo Orlando? In macchina?"

"Potremmo. Non mi dispiacerebbe guidare—mi consentirebbe di esplorare meglio la zona." Le sorrise, sembrando così affascinante e spensierato che non poté fare a meno di baciargli la fossetta sulla guancia sinistra.

Tuttavia, quando le sue labbra gli toccarono il viso, percepì il cambiamento d'umore in lui. Ormai era talmente in sintonia con l'alieno che comprese immediatamente quello che voleva. Quando si ritrasse, la guardò sotto le palpebre semichiuse. "È questo il motivo per cui di solito non rimango a letto con te" mormorò, prima di sfiorarle le labbra e di farsi strada con la mano tra le sue cosce.

E durante l'ora successiva, dimenticarono tutto di Orlando, presi dalla cavalcata selvaggia.

∼

DUE ORE DOPO, sfrecciarono sull'autostrada a oltre centosessanta chilometri orari. Con qualcun altro al volante, Mia sarebbe morta dalla paura, ma i riflessi di Korum erano migliori di quelli di qualsiasi pilota di auto da corsa, e si sentiva assolutamente al sicuro con lui. Per i primi venti minuti del tragitto, guidò col tettuccio abbassato, ma i capelli di Mia continuavano a coprirle il viso, e dovettero fermarsi per tirarlo su.

"Dovrei tagliare questo cespuglio" mormorò Mia, quando tornarono sull'autostrada, cercando di lisciare l'esplosione di ricci sulla testa. Era inutile. Il vento e i suoi capelli non andavano d'accordo.

"Non pensarci nemmeno" disse Korum seriamente. "Adoro i tuoi capelli lunghi."

Mia sospirò. "Bene. Allora li farò lisciare..."

"Perché? I tuoi ricci sono bellissimi. Lasciali così."

"Sei strano" gli disse Mia. "Alla maggior parte degli uomini piacciono i capelli lisci e setosi, non il nido di uccelli che ho qui sopra—"

"Non mi interessa cosa piace alla maggior parte degli uomini. Lascia i capelli così come sono." Il suo tono non lasciava spazio a obiezioni.

Mia sorrise, scuotendo mentalmente la testa. Anche per quella banale questione lui doveva assumere il controllo. Era strano che non le importasse più di tanto ormai, anche se non era cambiato niente. Era ancora la sua charl, e lui continuava ad avere fin troppo potere sulla sua vita. La differenza era che ora sapeva che lui l'amava, che non era solo un giocattolo umano per lui.

Le tornò in mente un episodio dell'incontro con Leslie. "Korum" disse con esitazione: "Che cos'è esattamente questa dipendenza dal sangue di cui mi hai avvertita? Leslie me ne ha parlato ieri..."

Tenendo lo sguardo sulla strada, Korum chiese: "Che cos'ha detto?"

Mia si sforzò di ricordare le parole esatte della ragazza. "Qualcosa sul fatto che suo fratello ne era dipendente e che andava in giro implorando i K di morderlo ogni ora, fino quando non l'hanno ucciso..."

Per alcuni secondi, Korum rimase in silenzio. "Sembra un caso particolarmente sfortunato" disse qualche minuto dopo. "Dev'essere accaduto non molto tempo dopo il nostro arrivo qui."

"Che cosa vuoi dire?"

"Ricordi quando ti ho detto che non abbiamo più bisogno di sangue per sopravvivere? Che ormai è soltanto una fonte di piacere per noi?"

"Sì, certo."

"Beh, a quanto pare assumerne grosse quantità ha un effetto collaterale. Il piacere è così intenso da causare dipendenza a noi—e agli umani da cui lo preleviamo. Tuttavia, affinché un Krinar ne diventi fisicamente dipendente, deve bere dallo stesso umano più spesso di un paio di volte alla settimana. In sostanza, i Krinar diventano dipendenti dalla specifica firma del DNA in quel sangue umano. È un particolare effetto collaterale della riparazione genetica che ci permette di sopravvivere senza sangue. Alcuni dei nostri migliori scienziati attualmente stanno studiando questo fenomeno, cercando di capire perché succede e come può essere fermato."

Mia lo guardò, affascinata. "Quindi, che cosa succede quando si diventa dipendenti? È fisicamente doloroso?"

"Quando il Krinar è separato dall'umano per qualsiasi ragione, sì. Non sopravvivono più di qualche ora senza ottenere la dose—e questo è un problema sia per l'umano che per il Krinar."

"È questo che è successo al fratello di Leslie? Non sono sicura di aver capito..."

"No, funziona diversamente per gli umani. La vostra specie diventa dipendente dalla sostanza nella nostra saliva, ma qualsiasi saliva Krinar funzionerebbe. Non so esattamente che cosa sia successo al fratello di Leslie, ma posso avanzare qualche ipotesi. Potrebbe essere rimasto coinvolto in uno dei primi club-x—"

"Club-x?"

"Club-x, club-xeno—è il termine che utilizzate per i nightclub in cui si recano gli umani per interagire con la nostra specie."

Mia sbatté le palpebre. "Non ne ho mai sentito parlare. Sono come i siti web in cui gli umani mettono gli annunci per voler far sesso con i K?"

Sembrò vagamente divertito. "Più o meno. I siti web di solito sono per coloro che sono solo curiosi. Pochissime persone che si iscrivono lì trasformerebbero la loro fantasia in realtà. Quelli seri si recano nei club-x."

"Davvero?" Mia era stupita di non averne sentito

parlare prima. "Dove si trovano questi club? Ce n'è qualcuno a New York?"

"No, sono vicini ai nostri Centri—generalmente non ci piace andare nelle grandi città. Forse è per questo che non lo sapevi. Ce ne sono alcuni in Costa Rica, alcuni in New Mexico e in Arizona, alcuni in Tailandia e nelle Filippine..."

"E i K vanno davvero in questi luoghi?"

Korum annuì. "Alcuni sì, soprattutto quelli riluttanti ad avventurarsi fuori dai Centri. Non ci sono mai andato personalmente, perché non ho problemi a trascorrere qualche ora nelle città umane. Molti Krinar sì, però; non sopportano la folla o l'inquinamento, quindi i club rappresentano un modo utile per avere rapporti sessuali con gli umani."

"Quindi, pensi che il fratello di Leslie possa essere andato in un club-x?"

"È altamente probabile. Negli ultimi due anni, questi luoghi sono diventati più rigorosamente regolamentati. Ora a ogni umano è permesso entrare solo due volte a settimana, e ai Krinar che vanno lì non è concessa la condivisione di quell'umano per la nottata. Tuttavia, i primi tempi, era tutto molto più disorganizzato, e alcuni umani si lasciavano trasportare. Andavano a letto con uno o più Krinar ogni notte, facendosi prelevare il sangue troppo spesso."

Mia arricciò il naso, disturbata da quel pensiero. Quando Korum le aveva preso il sangue, era stata un'esperienza così sublime che non poteva immaginare di condividerla con qualcun altro. Naturalmente, non aveva idea di come fosse avere rapporti sessuali con altri, quindi probabilmente non era un confronto equo. "Capisco."

"La mia ipotesi è che il fratello di Leslie fosse diventato gravemente dipendente. Non so perché sia morto. Forse era diventato violento e ha cercato di costringere una donna Krinar—questo può succedere e potrebbe essere il motivo per cui è stato ucciso—"

"Un umano che costringe una Krinar?"

"Non ho detto che ci si riesca sempre. Le nostre donne sono molto più deboli degli uomini Krinar, ma sono più forti degli umani. Tuttavia, un tentativo potrebbe essergli costato la condanna a morte. Nessun umano sano proverebbe una cosa simile, naturalmente, ma alcuni di questi dipendenti non sono razionali, soprattutto dopo essere stati privati di sangue per un bel po'."

Mia rabbrividì. Sembrava tutto così terribile. "Esiste una cura?" domandò, cercando di immaginare quanto dovessero essere disperate quelle povere persone.

"Non ancora. Per quanto ne so, è ancora in fase sperimentale."

"Quando l'avete scoperta? La dipendenza, voglio dire. Prima o dopo che siete venuti qui?"

"Lo sappiamo da qualche millennio, ma non era considerata un vero problema finché non siamo venuti qui. Succedeva principalmente tra charl e cheren, ed era considerata una parte del legame di coppia. E dato che quelle relazioni erano estremamente rare, nessuno pensava male. Naturalmente, ora che viviamo tra gli umani, è molto diverso."

"Capisco..." Mia guardò fuori dal finestrino, cercando di comprenderne le implicazioni. Qualcosa non aveva senso per lei, ma in quel momento non riusciva ad essere molto lucida.

E poi le venne in mente.

Voltandosi per guardarlo, aggrottò la fronte dalla confusione. "Korum, che cosa succede quando il charl muore? Per i Krinar, voglio dire. Se sono dipendenti da quell'umano in particolare, come fanno a continuare a vivere?"

Per un attimo, Korum non rispose. Poi, disse piano: "Il charl non muore, Mia."

Sorpresa, Mia lo fissò. "Che cosa vuoi dire?" sussurrò, credendo di non aver sentito bene.

Rimase in silenzio, e lei vide i muscoli della sua mascella stringersi. All'improvviso, sterzò sulla corsia di destra e si diresse verso l'uscita, ignorando lo stridio dei freni e il frastuono dei clacson dai conducenti a cui aveva tagliato la strada. Spaventata, Mia si aggrappò alla maniglia della portiera con la mano destra, cercando di sostenersi. Un minuto dopo, raggiunsero il parcheggio del Comfort Inn, e Korum mise l'auto in modalità "parcheggio."

Girandosi, le disse sottovoce: "Non lasciamo che gli umani che amiamo muoiano, dolcezza. Tu, Maria,

Delia—siete tutte vicine all'immortalità. Non invecchierete, non vi ammalerete, e qualunque infortunio vi capiterà—purché non sia davvero irreparabile—guarirà rapidamente, proprio come accade a me."

CAPITOLO VENTITRÉ

Per alcuni secondi, Mia rimase a bocca aperta dallo shock. Era uno scherzo? "M-ma c-come?" balbettò. "Io non sono una Krinar—"

"No, sicuramente non lo sei" concordò Korum. "Sei umana, lo sei sempre stata."

"Allora, come?" Mia riusciva a malapena a riflettere su quello che le stava dicendo. "Com'è possibile?"

"Hai notato che guarisci più velocemente? Forse che ti senti meglio, più energica?"

Mia annuì, con il cuore che le galoppava nel petto.

"E non ti sei mai chiesta come fosse possibile? Come ha fatto il tuo braccio a guarire così rapidamente ieri?"

"Pensavo che mi avessi dato qualcosa" mormorò Mia. "Quella pillola..."

"La pillola era un antidolorifico; non aveva la capacità di guarirti in quel modo. Per farlo, avrei avuto bisogno di apparecchiature specializzate simili ai dispositivi che ho usato in precedenza su di te. No, tesoro, il tuo braccio è guarito così bene, perché ora ci sono milioni di nanociti altamente avanzati e complessi nel tuo corpo, e la loro unica funzione è quella di mantenerti in salute, riparando qualsiasi danno—sia a livello cellulare che di DNA."

"Che cosa?" Delle macchie scure apparvero davanti alla sua vista, e respirò profondamente, rendendosi conto di aver smesso di respirare per un secondo. "Che cosa intendi dire? Come sono entrati nel mio corpo?"

"Ellet li ha impiantati su mia richiesta la prima notte dopo il tuo arrivo a Lenkarda" spiegò, studiandola con vigili occhi color ambra. "Ti ho portata al suo laboratorio, e lei ha eseguito la procedura."

A Mia girava la testa, e non sembrava riuscire a comprendere ciò che le aveva appena detto. "T-tu mi hai portata al laboratorio di Ellet? Mentre dormivo? Mi hai fatto questo d-due settimane fa?"

"Sì" rispose, con gli occhi che lentamente tornarono ad essere più dorati. "Non volevo rischiare che ti succedesse qualcosa, posticipandola ulteriormente."

Lo fissò, assolutamente scioccata. "Perché non me l'hai detto? Perché non me l'hai chiesto prima di farlo?"

"Non potevo rischiare che tu rifiutassi" disse semplicemente. "Eri ancora troppo arrabbiata, troppo risentita, quando ti ho portata lì. E sinceramente, mia cara, ero troppo arrabbiato con te—troppo arrabbiato e ferito per offrirti una cosa del genere e discutere su quell'argomento. Il tuo tradimento mi ha ferito, Mia. Logicamente, capivo perché l'avevi fatto, ma nonostante ciò mi ha ferito più di qualsiasi altra cosa chiunque altro mi abbia mai fatto..."

Mia deglutì, con le lacrime che le riempirono gli occhi. "Mi dispiace... Mi dispiace così tanto—"

"E poi" proseguì Korum, sostenendo il suo sguardo: "Dopo la procedura, ho aspettato a dirtelo perché volevo vedere come sarebbe evoluto il nostro rapporto, se mi avresti amato quanto io amavo te..."

"Mi stavi mettendo alla prova?"

Annuì. "In un certo senso. So quant'è importante l'immortalità per la maggior parte degli umani. Volevo che amassi *me*... e non solo la lunga vita che ti avrei donato. Te l'avrei detto una volta tornati a Lenkarda, ma l'argomento continuava a riaffiorare, e non volevo mentirti."

Con i pensieri sempre più frenetici, Mia si allungò verso la portiera, cercando di trovare la maniglia di quell'auto sconosciuta.

"Che stai facendo?" chiese bruscamente, socchiudendo gli occhi.

"Io... ho bisogno di un minuto" disse, con il braccio tremante mentre apriva la portiera. Si sentiva violata e invasa, e la consapevolezza che l'uomo che amava le avesse fatto quello le faceva male. "Ho solo bisogno di un minuto—"

Prima che potesse scendere dalla macchina, la raggiunse, spostandosi sul sedile del passeggero. "Fermati, Mia. Non andrai da nessuna parte."

Sentendosi come se stesse iperventilando, Mia balzò fuori dall'auto, ignorando il suo ordine. Aveva bisogno di un po' di distanza tra loro, necessaria per metabolizzare tutto quello che aveva appena saputo.

Le afferrò il braccio, mentre cercava di divincolarsi. "Smettila di comportarti così. Hai detto di amarmi—ieri hai addirittura rischiato la vita per salvarmi—e sei arrabbiata perché possiamo stare insieme a lungo?"

Mia scosse freneticamente la testa, cercando di sfuggire alla presa di Korum—un futile tentativo, ovviamente. "No, certo che no!" Poteva sentire l'isteria nella sua voce. "Ma non me l'hai nemmeno chiesto! Come hai potuto fare una cosa così importante senza chiedere il mio parere?"

"E che cosa avrei fatto?" Il suo tono era freddo, e l'espressione dura. "Donarti una salute perfetta? Una lunga vita?"

Mia sentì che la testa era sul punto di esploderle. "Impiantare qualcosa nel mio corpo! Eseguire una procedura medica su di me senza che io lo sapessi e senza il mio consenso!"

"Ti ho fatto un regalo, Mia." I suoi occhi erano quasi completamente gialli a quel punto. "Non è che ti ho rubato un rene—"

"Hai rubato la mia volontà di scelta!" Mia si rese vagamente conto che stava urlando, ma non le importava. La sua vista era sfocata dalla rabbia, e si sentiva tremare per la forza delle emozioni. Tutta la frustrazione delle ultime settimane riaffiorò in superficie. "Hai rubato la mia capacità di prendere decisioni! Sì, ti amo, ma questo non ti dà il diritto di trattarmi come un oggetto. Non capisci, Korum? Non ti rendi conto di come mi faccia sentire sapere che puoi farmi qualcosa del genere?"

La fissò, e lei vide il muscolo che gli pulsava nella mascella tesa. "Ho fatto la cosa migliore per te. Ti ho donato l'immortalità, Mia. Non era questo che ti preoccupava? Il nostro futuro insieme?"

"Il futuro in cui sarò trattata come una schiava per secoli e secoli? Il futuro in cui non avrò voce nelle decisioni sul mio corpo, sulla mia vita? Quel genere di futuro?" chiese Mia amareggiata, troppo furiosa per riflettere su quello che stava dicendo.

Lo sentì respirare forte. "Sali in macchina, Mia" le ordinò, con voce bassa e fredda. "Ti stai comportando in modo irrazionale."

"Altrimenti?" disse sfacciatamente. "Mi costringerai? Mi obbligherai?"

"Se devo, sì. Sali ora."

Tremando dalla rabbia, Mia salì e lo guardò chiudere la portiera del passeggero, per poi avvicinarsi al lato del conducente.

"Torneremo a casa" disse, uscendo dal parcheggio con gli pneumatici che stridettero. "Non credo che un parco tematico sia una buona idea in questo momento."

～

IL TRAGITTO verso casa trascorse avvolto nel silenzio, con Mia che guardava fuori dal finestrino e Korum concentrato sulla guida. Impiegarono meno di trenta minuti a tornare, con il tachimetro che raggiunse i duecentodieci chilometri orari. Fortunatamente, non vennero fermati dalla polizia. Mia aveva il forte sospetto che qualsiasi agente di polizia tanto sfortunato da affrontare Korum in quelle condizioni non se la sarebbe cavata bene.

Anche se desiderava tanto passare del tempo da sola, il silenzioso tragitto ebbe quasi lo stesso effetto su di lei, concedendole il tempo per pensare. Con la rabbia che lentamente si raffreddava, rifletté sulle implicazioni di ciò che le aveva appena detto. L'aveva resa immortale—o almeno quasi immortale per un essere biologico, si corresse mentalmente. Sarebbe ancora potuta morire, se il suo corpo fosse rimasto danneggiato senza possibilità di riparazione, proprio come Korum—ma non sarebbe potuta morire a causa dell'invecchiamento o della malattia, come il resto dell'umanità.

Significava che avrebbe vissuto migliaia di anni? Non riusciva nemmeno a immaginare la lunghezza di quel tempo. Aveva solo ventun anni, e anche solo i trenta sembravano lontani. Mille anni? Le sembrava possibile solo nelle favole. Niente invecchiamento, niente malattie... L'alieno aveva ragione; era il sogno di ogni umano che diventava realtà. Era il *suo* sogno che diventava realtà.

Ma il modo in cui lui l'aveva fatto... Mia fissò i palmi, dove aveva ancora i dispositivi di monitoraggio che le aveva impiantato quando l'aveva irradiata. Perché era così sorpresa che le avesse fatto qualcos'altro? Ovviamente la considerava "sua," la sua charl, a cui poter fare tutto quello che voleva. Sì, le aveva fatto un dono inestimabile, ma le aveva anche strappato qualsiasi apparenza di illusione sulla vera natura della loro relazione. Non era il suo ragazzo, né il suo amante; era il suo padrone. Non aveva alcuna volontà quando si trattava del proprio corpo, della propria vita, e lui chiaramente non vedeva niente di sbagliato nel fare quello che voleva.

Nelle ultime settimane, aveva vissuto in un mondo fantastico, felice di stare con lui, di aver ottenuto la straordinaria opportunità che le aveva dato, del modo in cui aveva interagito così bene con la sua famiglia... E per tutto quel tempo non aveva capito che l'aveva cambiata profondamente, che non era la stessa Mia di sempre.

Immortalità. Sembrava così assurdo, così impossibile... Per millenni, la gente aveva cercato quella sfuggente fonte di giovinezza, eppure i K l'avevano sempre avuta. Un brivido l'attraversò, rendendosi perfettamente conto di cosa significava: i Krinar avevano il potere di prolungare indefinitamente la durata della vita umana, ma avevano deciso di non farlo.

Il mandato di non interferenza.

Doveva essere quella l'unica spiegazione. I Krinar avevano creato la sua specie, e continuavano a giocare a essere Dio. Gli umani non erano altro che un esperimento per loro, e Mia capì quanto fosse stata sciocca a sperare che Korum l'avrebbe considerata una sua pari. Forse l'amava a suo modo, ma non la vedeva come una persona, come qualcuno che aveva gli stessi diritti fondamentali. Come avrebbe potuto, quando la sua specie considerava gli umani come nient'altro che loro creazioni, il risultato del loro grande progetto evolutivo?

L'auto uscì dall'autostrada, e Mia scese non appena si fermò, correndo verso casa. Non riusciva a guardare Korum in quel momento, non riusciva a essere razionale. Non ancora, non finché non avesse avuto la possibilità di metabolizzarlo ulteriormente.

Con suo sollievo, non la seguì, concedendole lo spazio necessario.

Corse al piano di sopra e si chiuse a chiave in una delle camere degli ospiti. La serratura era fragile, ovviamente; probabilmente non avrebbe scoraggiato un umano, tanto meno un Krinar. Tuttavia, la faceva sentire un po' meglio sapere di avere quella barriera tra loro.

Sedendosi sul letto, Mia si guardò le mani, stringendole sul grembo. Sul pollice destro, c'era sempre stata una piccola cicatrice; si era tagliata con un coltello da cucina quando aveva sette anni, cercando di sbucciare una mela. La cicatrice era scomparsa ormai. Come aveva fatto a non notarlo prima?

Alzandosi, si avvicinò al grande specchio appeso al muro vicino all'entrata. L'immagine riflessa sembrava assolutamente normale. Stesso viso pallido, stessi ricci scuri e indisciplinati. Eppure, con un'ispezione più accurata, poté scorgere le sottili differenze. La pelle, generalmente con un po' di lentiggini, era completamente liscia e bianca, senza nemmeno un accenno di macchie. Il lieve danno del sole che aveva accumulato nel corso dei suoi ventun anni sembrava scomparso. Anche i capelli sembravano più sani, senza doppie punte—eppure, non andava dal parrucchiere da oltre sei mesi.

Sollevando il braccio, lo flesse leggermente, guardando il piccolo muscolo muoversi sotto la pelle. Anche il corpo era leggermente cambiato; era sempre stata esile, ma ora sembrava un po' più tonica, come se si fosse esercitata regolarmente. Ricordava come aveva nuotato per un'ora, come aveva combattuto Leslie, vincendo... A quanto pareva, la miglior forma fisica era uno dei vantaggi di quella procedura.

Non la stupiva che Ellet le fosse sembrata un volto così familiare. Mia ricordò il sogno che aveva fatto, quando era arrivata a Lenkarda per la prima volta—un sogno in cui una bella donna la toccava con dita eleganti. Ellet. Era stata Ellet. Korum aveva portato Mia nel suo laboratorio per la procedura, e la ragazza doveva essere rimasta semicosciente.

Tornando a letto, Mia si sdraiò e si raggomitolò in una palla, portando le ginocchia al petto. Si sentiva nauseata, e sapeva che era tutto nella sua testa. Non poteva star male ora; era un'impossibilità fisica. Ma la sgradevole sensazione nello stomaco rimase, con le viscere che si contorsero, quando immaginò Korum che la drogava e la portava dalla sua ex amante. Immaginò Ellet eseguire la procedura sul suo corpo inconscio e rabbrividì.

Come aveva potuto farle quello? Come aveva potuto donarle qualcosa di così prezioso, qualcosa che non aveva nemmeno osato sperare, distruggendo allo stesso tempo la sua fiducia? E come poteva stare con qualcuno che aveva fatto qualcosa di simile, che aveva completamente ignorato la sua volontà?

Eppure, come non poteva?

Cercò di immaginare un futuro senza Korum, e gli anni le passarono davanti, grigi e vuoti. Se non l'avesse mai conosciuto—se non avesse mai sperimentato la sua passione, le sue premure—sarebbe stata felice, ma ormai... Ormai era necessario quanto l'aria. Pur quando passava solo pochi minuti lontana da lui, sentiva la sua assenza così acutamente che era come se mancasse una parte di lei. Se l'avesse lasciata, non solo sarebbe stata devastata; semplicemente avrebbe smesso di esistere, di essere una persona. Non sarebbe stata altro che un guscio vuoto, una semplice ombra di quello che era prima.

E anche lui si sentiva così?

Le lacrime le riempirono gli occhi a quel pensiero. Era per quello che l'aveva fatto? Perché non poteva aspettare, non riuscendo a sopportare la possibilità di eventuali incidenti, se avesse ritardato la procedura anche solo di un paio di settimane? L'aveva privata della libertà di scelta a causa della potenza dei suoi sentimenti per lei?

Cercò di immaginare come si sarebbe sentita, se qualcuno che amava fosse diventato debole e fragile, soggetto a malattie e danni. Korum era sempre stato così forte, così invulnerabile; a parte quella volta sulla spiaggia—e prima, quando lei aveva lavorato per la Resistenza—non si era mai preoccupata per la sua salute e il suo benessere.

Ma lui si preoccupava costantemente per lei. Lo sapeva.

Faceva di tutto per prendersene cura, per assicurarsi che fosse al sicuro e che mangiasse bene, che guarisse da ogni ferita, a prescindere dalla gravità. Sapendo quanto fossero importanti la scuola e la carriera per lei, non aveva cercato di limitarla. Anzi, le aveva fatto un dono incredibile, dandole la possibilità di sentirsi felice e soddisfatta in quell'aspetto della sua vita. Si era anche assicurato che la sua famiglia si sentisse a proprio agio con la loro relazione. Le aveva dato tutto—tranne la capacità di decidere per se stessa.

No, non poteva immaginare una vita senza di lui—e ormai non ce n'era bisogno. Nel bene e nel male, sarebbero stati insieme per sempre, e il suo stupido cuore si riempì di gioia a quel pensiero. Non sapeva se l'avrebbe mai perdonato per aver eseguito la procedura senza il suo consenso—non ancora, almeno—ma poteva provarci. Ci avrebbe provato. Lo amava troppo per non farlo.

Dopotutto, ora avevano secoli a disposizione per far funzionare le cose.

CAPITOLO VENTIQUATTRO

Dieci minuti dopo, Mia si diresse al piano di sotto, pronta per parlare. Aveva un milione di domande per Korum, e non vedeva l'ora di ottenere le risposte.

Con sua sorpresa, lo trovò nel salone, a fissare l'oceano fuori dalla finestra. Sentendo i suoi passi, si girò per guardarla, e Mia si bloccò sulle scale, scioccata dall'espressione distante sul suo volto.

I suoi occhi sembravano vuoti, come se le stesse leggendo l'anima, e l'espressione sul volto era dura e illeggibile, non lasciando trapelare nulla.

"Korum?" Mia sapeva che le stava tremando leggermente la voce, ma non poté farci niente. Lo aveva visto freddo e beffardo, lo aveva visto arrabbiato e appassionato, ma non l'aveva mai visto in quelle condizioni. Era come se uno sconosciuto la stesse guardando, uno sconosciuto con i familiari lineamenti dell'uomo che amava.

"Le chiavi della macchina sono laggiù" disse, indicando il tavolino. La sua voce era piatta e priva di emozioni. "Mi assicurerò che Roger mandi tutte le tue cose a casa dei tuoi genitori. Per ora, ho trasferito il denaro sul tuo conto bancario, in modo che tu possa acquistare i beni primari, fin quando non arriverà il tuo bagaglio."

"Che cosa?" sussurrò Mia in modo impercettibile, sentendosi come se mancasse l'aria nella stanza. Il suo petto sembrava essere schiacciato in una morsa gigante, e non riusciva a far funzionare i polmoni.

"I guardiani continueranno a vegliare su di te e la tua famiglia per il momento, finché non ci saremo assicurati che Saur ha agito da solo. Dovresti essere piuttosto al sicuro ora che lui e Leslie sono stati catturati."

Il suo cervello non sembrava riuscire a riflettere su quello che le stava dicendo. "K-Korum? Di cosa stai parlando?"

Si voltò, guardando di nuovo fuori dalla finestra. "Questo è tutto, Mia. Puoi andare."

Senza rendersi conto delle proprie azioni, Mia scese lentamente le scale, con una sensazione di freddo che si diffuse in tutto il corpo. "Posso andare dove?" chiese, non riuscendo e non volendo capire. Fermandosi a qualche metro di distanza da lui, rimase lì, tremante, desiderando disperatamente che si girasse, che la guardasse col suo sorriso caldo.

Ma non lo fece. Era come una statua, assolutamente immobile. "A casa dei tuoi genitori, immagino" disse infine. "Non è lì che di solito trascorri l'estate?"

"Vuoi che m-me ne vada?" Mia riuscì a stento a balbettare quelle parole, a causa della costrizione nella gola. Un pozzo nero di disperazione sembrò aprirsi sotto di lei, pronto a travolgerla da un momento all'altro. Sicuramente non poteva voler dire sul serio, sicuramente non poteva volere davvero che se ne andasse...

"Prendi la macchina" disse, continuando a guardare fuori dalla finestra. "Sai guidare, no?"

"Non ho la patente con me" ribatté stizzita, fissandogli la schiena.

"Se ti ferma qualche poliziotto, pagherò io la multa. La patente e il resto delle cose ti verranno consegnate in settimana."

Con il nodo in gola sempre più grosso, la ragazza avvolse le braccia attorno a sé, cercando di contenere il dolore. "Perché?" sussurrò con voce roca. "Perché vuoi che me ne vada?"

"Non è quello che volevi?" chiese freddamente, girandosi per guardarla. Il suo viso era assolutamente inespressivo; solo le deboli striature gialle nelle iridi lasciavano intravedere qualche accenno di emozione. "Non è quello per cui hai combattuto tutte queste settimane? La tua libertà? Bene, ce l'hai." Si voltò di nuovo, respingendola.

Sentendosi soffocare, Mia mandò giù un po' d'aria. "Korum, per favore, non capisco—"

"Il mio inglese non è abbastanza chiaro per te?" Le

sue parole la colpirono come una frusta. "Sei libera di andare. Vai, vattene da qui."

Quasi soffocando sul singhiozzo che le sfuggì dalla gola, Mia indietreggiò, con il dolore del rifiuto quasi insopportabile. La parte posteriore delle sue ginocchia toccò il tavolino, e chiuse automaticamente la mano intorno alle chiavi della macchina. Afferrandole, Mia si voltò e corse fuori di casa, con la vista offuscata dalle lacrime che le rigavano il viso.

RAGGIUNSE L'AUTO, prima di accasciarsi. Tutto il suo corpo stava tremando, e riusciva appena a respirare a causa della pressione sul petto. Per qualche ragione, Korum non la voleva più. Voleva che se ne andasse. Dopo tutto quello che era successo, la stava lasciando andare.

Non aveva senso; niente aveva senso. Appoggiandosi all'auto, Mia si sedette sul terreno duro, abbracciando le ginocchia e cullandosi avanti e indietro. Dopo un paio di minuti, quando l'iniziale shock della sofferenza cominciò a svanire, cercò di raccogliere i pensieri per cercare di capire cosa fosse successo. Sicuramente, doveva esserci una spiegazione logica. Perché l'aveva resa immortale, se intendeva allontanarsi da lei? Perché si era impegnato tanto per far sì che la sua famiglia lo accettasse, se non gli importava di lei? Perché le aveva detto di amarla? Le aveva mentito? Aveva giocato con i suoi sentimenti? Quel pensiero era così doloroso che dovette respingerlo per il bene della propria sanità mentale.

O era stata tutta colpa sua? La sua reazione a quella rivelazione gli aveva fatto cambiare idea sulla loro relazione? Forse stava già cominciando a stancarsi, e quella era stata la goccia che aveva fatto traboccare il vaso. Portò il pugno alla bocca, mordendosi duramente per trattenere un grido di dolore. Non poteva immaginare la sua vita senza di lui, e lui non la voleva più. Lo aveva perso; per qualche ragione, l'aveva perso...

Sarebbe potuta salire in macchina e andarsene, cercare di salvare un po' di orgoglio invece di piangere nel suo vialetto, ma non riusciva a muoversi. Se fosse andata via ora, non l'avrebbe mai più rivisto. Korum non aveva più motivo di stare a New York, e non c'era alcuna garanzia che le sarebbe mai stato concesso di rimettere piede a Lenkarda. Se fosse andata via, la persona che amava più di qualunque altra cosa sarebbe scomparsa dalla sua vita.

Non poteva permettere che quello succedesse.

Con il viso bagnato dalle lacrime, si alzò risolutamente, togliendo la polvere e la ghiaia dal vestito. Se davvero Korum non la desiderava più, avrebbe dovuto sentirglielo dire. Avrebbe dovuto spiegarglielo, prima che lei se ne andasse senza combattere. Si era insinuato con forza nella sua vita, nel suo cuore, e ora pensava di poter andar via senza una spiegazione? Forse aveva avuto troppa paura di metterlo in discussione all'inizio, ma le cose non stavano più così. Se voleva sbarazzarsi di lei, avrebbe dovuto rimuoverla fisicamente da casa sua. Non se ne sarebbe andata, finché non avessero discusso.

E asciugandosi le guance con il retro del polso, Mia si diresse verso casa per affrontare l'unico uomo che avesse mai amato.

~

KORUM ERA NELLO STESSO POSTO, e continuava a guardare fuori dalla finestra. Sentendola avvicinarsi, si voltò. Per un attimo, un lampo di qualcosa apparve sul suo volto, prima di essere sostituito dalla solita maschera priva di espressioni.

"Non te ne sei andata" disse piano, studiandola attentamente. Mia sapeva che al suo sguardo aguzzo non sfuggivano i residui delle lacrime sul viso, né le tracce di sporco sulle gambe.

"No" rispose, con voce più dura del solito. "Non me ne sono andata."

"Perché no?" chiese, sembrando incuriosito, come se stessero parlando di qualcosa importante quanto un film che non le era piaciuto.

Mia strinse gli occhi. "Perché vuoi che me ne vada?" ribatté, sollevando il mento. "Ieri hai detto di amarmi, e ora non vuoi più stare con me?"

La sua espressione si rabbuiò, e i suoi occhi assunsero nuovamente quella pericolosa tonalità dorata. "Mia, se non te ne andrai ora, non lo farai più. Mai più. Mi capisci?"

Con il cuore che le martellava nel petto, l'umana lo fissò con aria di sfida. "No, non ti capisco. Non ti capisco affatto." E invece di allontanarsi, fece un passo nella sua direzione.

In un batter d'occhio, fu accanto a lei, muovendosi così velocemente che la ragazza sobbalzò dalla sorpresa. Allungò la mano e la strinse nella parte anteriore del suo vestito, tenendola ferma, mentre incombeva su di lei. "Che cosa non capisci?" disse piano, e lei sentì la rabbia a stento trattenuta nella vellutata morbidezza della sua voce. "Vuoi che ti supplichi di restare? Che ti ripeta quanto ti amo?"

Con il petto che saliva e scendeva rapidamente ad ogni respiro, Mia deglutì per sbarazzarsi dell'ostruzione nella gola. Non l'aveva mai visto così, ed era quasi spaventata. Quasi—perché ora sapeva che non le avrebbe mai fatto del male. Non fisicamente, almeno.

"Perché non sei andata via, quando ti ho dato la possibilità di farlo, Mia?" sussurrò duramente, tirandola a sé, finché non si ritrovò premuta contro il suo corpo, sentendo il calore che emanava e il duro rigonfiamento nei jeans. "Non sai quanto mi costi lasciarti andare?"

Non stava cercando di sbarazzarsi di lei. Le stava concedendo la libertà, perché pensava che fosse quello che voleva.

A quel punto, Mia quasi scoppiò di nuovo in lacrime. Korum l'amava; l'amava abbastanza da lasciarla andare, da superare il proprio bisogno di tenerla con sé.

Per la prima volta, le stava lasciando una scelta.

Con il cuore in festa, Mia lo fissò, vedendo i segni della tensione sul suo bel viso. L'amava e la stava lasciando andare. La grandezza del suo gesto non le sfuggiva. A quello splendido e potente uomo non era mai stato negato niente di quello che voleva—e ora sapeva senza ombra di dubbio che la desiderava. Il suo intelletto e l'ambizione avevano spinto Korum in cima alla società Krinar, ed era abituato ad avere una straordinaria quantità di influenza e di controllo. Qui sulla Terra, il suo potere era ancora più grande; essendo un membro della specie che aveva conquistato il suo pianeta, poteva fare quasi tutto senza conseguenze. Tra gli umani, era come un dio.

Come sarebbe stato esercitare quel genere di potere? Sarebbe riuscita a trattenersi, se avesse saputo che avrebbe potuto ottenere tutto ciò che voleva? Avere chiunque desiderava? Mia non si era mai posta quella domanda, e si chiese se le sarebbe piaciuta la sua risposta.

Il fatto che le stava lasciando una scelta... Sapeva quanto fosse difficile per lui, quanto andasse contro la sua natura. La considerava sua, e, secondo la legge Krinar, gli apparteneva. Il fatto che Korum stesse rinunciando a quel potere, che la stesse lasciando andare—questo, più di qualunque altra cosa, le dimostrava quanto fosse importante per lui.

Così, invece di trasalire per paura della sua rabbia,

gli fece scivolare le mani sul torace, stringendo il viso tra i palmi. Sostenendo il suo sguardo, sussurrò: "Non voglio andarmene. Non vorrò mai andarmene..."

Gli occhi dell'alieno si illuminarono ancora di più, e lei poté vedere le sue pupille espandersi, quando poggiò la bocca sulla sua, con le labbra rigide e quasi livide. La lingua le invase la bocca, per un bacio sconvolgente, e lei ricambiò con entusiasmo, felice del desiderio che poteva assaporare in quel bacio. Le mani di Korum si spostarono sulla sua schiena, stringendola fino a permetterle appena di respirare, e Mia poté sentire il suo grande corpo tremare dall'intensità delle emozioni.

Tirandosi un attimo indietro, ringhiò: "Resterai" e Mia annuì, sebbene quella non fosse una domanda. Alzandosi in punta di piedi, lo baciò di nuovo, e sentì la stanza girare, quando la prese in braccio, portandola sul divano.

L'autocontrollo di prima era completamente scomparso, e ora la ragazza poteva sentire la primitiva necessità che lo guidava. Non era delicato, e non voleva che lo fosse, non in quel momento, non quando aveva un disperato bisogno della sua passione. Le sue mani le strapparono l'abito, le mutandine, e poi si immerse dentro di lei, selvaggio dall'impulso di entrare, di possederla nel modo più elementare possibile.

Per la forza del suo ingresso, Mia gridò e si inarcò verso di lui, con le dita piegate come artigli, scavando nella parte posteriore del collo. Era incredibilmente duro e spesso, distendendola, riempiendola fino a farle dimenticare tutto il dolore per averlo quasi perso, sopraffatta dalla potenza delle sue spinte.

Chiuse la mano destra a pugno nei suoi capelli, le piegò la testa di lato, esponendo il collo, e poi la morse, strofinandole i denti affilati sulla pelle. Mia ansimò per l'improvviso dolore, e poi la bocca dell'alieno si avvicinò alla ferita e il mondo intorno a lei si dissolse, mentre l'estasi si diffuse nelle vene.

Per diverse ore, tutto quello su cui si concentrò fu l'oscura beatitudine del suo abbraccio.

CAPITOLO VENTICINQUE

"*D*immi di più su questa cosa dell'immortalità" disse Mia pigramente, guardandolo sollevare un lungo riccio e farle un cerchio con esso sulla spalla.

Erano sdraiati sul letto fianco a fianco, dopo essersi nuovamente saziati di sesso quella mattina.

Mia non riusciva a ricordare il resto della giornata precedente. Dopo averla morsa, non aveva ripreso conoscenza se non in tarda serata, quando l'aveva svegliata da un sonno profondo per la cena. Poi, l'aveva portata a letto, e lei si era di nuovo addormentata, aprendo gli occhi quella mattina solo per sorprenderlo a guardarla con un'espressione desiderosa sul volto. "Finalmente" aveva mormorato, prima di toglierle la coperta e strisciare sul suo corpo, facendole raggiungere l'orgasmo con la bocca esperta prima che fosse completamente sveglia. Poi, l'aveva presa un'altra volta, come se non potesse sopportare di essere fisicamente lontano da lei per poche ore.

Ora, girò la testa per guardarla, con un caldo bagliore negli occhi. "Che cosa vuoi sapere?" chiese, sorridendo.

"Tutto" rispose Mia. "Avete sempre saputo come farlo—come rendere gli umani immortali? E come funziona esattamente? Sono ancora umana o sono uno strano ibrido? Ho anche maggior velocità e forza? E cambierò anche fisicamente o resterò così per il resto della mia vita?"

Rise, alzandosi sul gomito. "Quante domande. Cominciamo da quelle semplici. Sì, sei ancora umana. No, non sei molto più forte o più veloce di prima, anche se sei più in forma. Tuttavia, guarisci molto velocemente. Se volessi diventare più forte, sarebbe facile per te; tutto quello che devi fare è iniziare a sollevare pesi e ad esercitarti. Il tuo corpo ora si rigenera così rapidamente che non avrai bisogno di periodi di inattività, e potresti arrivare a essere in forma come qualsiasi vostro atleta professionista nel giro di qualche settimana.

Ora hai anche maggior resistenza, sempre grazie alle rapide proprietà curative del tuo corpo. E no, non sei assolutamente un ibrido. I nanociti imitano le funzioni naturali del tuo corpo e riparano tutti i danni; è questo che fanno. Fanno tornare il tuo corpo al suo stato ottimale, quindi sì, non cambierai fisicamente. Rimarrai giovane e bella per i prossimi anni e secoli."

Mia ascoltò la sua spiegazione con il cuore che

cominciò a martellare dall'entusiasmo. "Wow" sussurrò con stupore. "Non so nemmeno cosa dire. Solo... wow."

Korum le sorrise, e poi la sua espressione si fece più seria. "Per quanto riguarda la prima parte della tua domanda, questa è una tecnologia relativamente nuova per noi. L'abbiamo solo da alcune migliaia di anni."

"Alcune migliaia di anni? È un lasso di tempo molto lungo..." Non avrebbero potuto donare l'immortalità agli umani in qualsiasi momento degli ultimi mille anni?

Sospirò. "Se lo dici tu."

"Korum" disse Mia con esitazione: "Che cos'è esattamente questo mandato di non interferenza? È per questo che non avete condiviso con noi nessuna delle vostre tecnologie?"

Annuì. "Sì. Il mandato di non interferenza è stato costituito dagli Anziani, e sostituisce tutte le leggi del Consiglio—"

"Gli Anziani?"

"Il più vecchi Krinar esistenti. Ci sono nove di noi che sono conosciuti come gli Anziani; sono quelli che vivono da milioni di anni. Lahur è il più vecchio, e si dice che viva da oltre dieci milioni di anni."

Stupefatta, Mia lo fissò. "Dieci milioni di anni?" Dieci milioni di anni fa, gli umani non esistevano nemmeno come specie. Ed esistevano Krinar così vecchi?

"È inimmaginabile perfino per me" disse Korum, comprendendo il suo stupore. "Devono aver visto così tanto, imparato così tanto durante tutta la loro vita.

Niente può essere paragonato alla saggezza degli Anziani."

"Dove sono?" chiese Mia, con la pelle d'oca su tutto il corpo, cercando di immaginare qualcuno così anziano. "Qualcuno di loro è venuto sulla Terra?"

"No, sono su Krina. Sono molto solitari; pochi Krinar li hanno conosciuti, e a loro sta bene così. Ho visto Lahur da lontano, ma sono uno dei pochi ad averlo fatto."

Mia aggrottò la fronte, perplessa. "Quindi, come hanno costituito il mandato? Come lo fanno rispettare?"

"Non hanno bisogno di farlo, Mia. Gli Anziani sono venerati nella nostra società; opporsi a loro è un reato punibile con la morte."

"Ma perché l'hanno fatto? Perché costituire un mandato tanto per cominciare?"

"Non so bene quali siano le motivazioni esatte" ammise Korum. "Ma so che due di loro fecero parte del gruppo di scienziati alla guida dell'evoluzione umana. Furono i creatori originari della vostra specie. Se dovessi avanzare un'ipotesi, direi che stanno ancora supervisionando quel progetto."

La fronte di Mia si corrugò ancora di più. "Allora, perché vi hanno lasciato venire sulla Terra?"

"Perché il Consiglio—in particolare, io, Saret e alcuni altri—li ha convinti che fosse necessario per la sopravvivenza dei Krinar. Le vostre armi, la vostra tecnologia stavano evolvendo così rapidamente e in una direzione così distruttiva da mettere in pericolo il vostro pianeta. E dato che prima o poi dovremo chiamare la Terra casa—quando la nostra stella morirà, tra un centinaio di milioni di anni o giù di lì—non potevamo permettervi di rendere questo pianeta inabitabile."

Mia cercò di riflettere. Non riusciva ancora a comprendere appieno questa faccenda degli Anziani. "Allora, come hai fatto a rendermi immortale nonostante il mandato?"

"Rivendicandoti come mia charl." I suoi occhi brillarono. "Siamo autorizzati a fare eccezioni per i nostri charl."

"Capisco." Mia lo guardò, ricordando la sua affermazione che essere un charl era un onore. Ora, capiva perché la pensasse così. Sì, i charl avevano pochi diritti nella società K, ma avevano qualcosa che nessun altro umano poteva ottenere—una salute perfetta e una durata di vita incredibilmente lunga. Anche negli Stati Uniti odierni, probabilmente molti avrebbero volentieri scambiato i diritti e le libertà di cui godevano per la possibilità di vivere anche solo qualche decennio in più, figuriamoci centinaia o addirittura migliaia di anni.

"E che mi dici dei miei genitori e di mia sorella?" chiese Mia, trattenendo il fiato. "Il mandato prevede eccezioni per loro?"

Un'espressione di sincero rammarico apparve sul bel volto di Korum. "No, Mia, mi dispiace. Non le prevede. Farò tutto il possibile per tenerli in salute e massimizzarne la naturale durata di vita, ma non posso dar loro quello che ho dato a te."

Mordendosi dolorosamente il labbro, Mia distolse lo sguardo. Lo sospettava, ma faceva male sentirne la conferma. Sarebbe rimasta giovane e sana, mentre tutte le persone intorno a lei sarebbero invecchiate e morte. Quel pensiero era insopportabilmente deprimente.

"Tesoro, vieni qui" mormorò, tirandola tra le sue braccia. "Mi dispiace tanto. Per quanto possa valere, farò una petizione agli Anziani da parte tua. Non so se servirà a qualcosa, però."

"Grazie" disse Mia, guardandolo negli occhi. "Grazie di tutto."

"Ti amo" disse piano, accarezzandole la schiena con la mano. "E farò qualsiasi cosa per te. Lo sai, vero?"

Mia sorrise, con il cuore sopraffatto dalle emozioni. "Io ti amo di più..."

"È impossibile" le disse, e l'intensità della voce la sorprese. "Ti amo così tanto che fa male. Se mi avessi lasciato ieri..."

Deglutendo per trattenere un'ondata di lacrime, Mia lo abbracciò più forte. "Non l'avrei mai fatto" disse con voce roca. "Non ti lascerei mai. Pensavo che non mi volessi più..."

"Ti vorrò sempre." Sembrava assolutamente convinto.

"Come fai a esserne certo?" chiese Mia, incuriosita. "Ci conosciamo da meno di due mesi. Come fai a sapere cosa proverai tra qualche anno?"

Le sue labbra si piegarono per un tenero sorriso. "È

qui che l'esperienza torna utile, dolcezza. So cosa provo—l'ho sempre saputo. La prima volta in cui ti ho tenuta tra le mie braccia, la prima volta in cui abbiamo fatto l'amore, ho capito che non mi ero mai sentito così. Non riuscivo a pensare ad altro che a te—al tuo sapore, al tuo odore, a come sollevavi il mento con testardaggine... Ho creduto che stessi perdendo la testa, perché stavo diventando ossessionato da una ragazza umana—una ragazza che non voleva stare con me. Volevo scoparti, sì, ma volevo anche tenerti al sicuro, portarti con me e non lasciarti mai andare..."

"Perché non me l'hai detto?" chiese Mia, con il cuore che saltò un battito a quelle parole. "Perché non mi hai detto prima cosa provavi?"

Il sorriso lasciò il suo volto, con espressione di nuovo seria. "Perché ero terrorizzato" ammise. "Perché non mi ero mai sentito così, e non sapevo come fare. Per la prima volta dopo secoli, sono stato guidato dall'emozione, anziché dalla ragione, e non ho sempre fatto le scelte più sagge quando si trattava di te. Volevo averti, e non riuscivo a pensare ad altro che non fosse quel bisogno, quella bramosia. Non sono stato abbastanza paziente, e ti ho spaventata... e poi ti sei lasciata coinvolgere dalla Resistenza. Ti amavo, e tutto quello che sembravi volere era farmi uscire definitivamente dalla tua vita. Anche dopo, quando hai detto di amarmi, non ero certo che provassi davvero quelle emozioni, e non sapevo se stessi giocando, dandomi quello che volevo—"

Mia scosse la testa, non riuscendo a credere alle

proprie orecchie. Era sempre sembrato invulnerabile, e la consapevolezza che aveva avuto il potere di fargli del male era davvero avvilente. "No, Korum" mormorò, alzando la mano per accarezzargli il viso. "Mi sono innamorata di te a New York. Anche se pensavo che volessi danneggiare la mia specie, anche se avevo paura di diventare la tua schiava sessuale, mi sono innamorata di te... E ora non posso vivere senza di te—"

Fece un respiro profondo e la strinse più forte a sé, seppellendo il viso nei suoi capelli. "E io non posso vivere senza di te, tesoro" sussurrò. "Non credo che potrò mai lasciarti andare, non più..."

"Allora, perché l'hai fatto? Perché hai cercato di lasciarmi andare ieri?"

Si distaccò, guardandola. "Perché ho capito che non potevo costringerti ad amarmi, a voler stare con me." Sulle sue labbra apparve un sorriso amareggiato. "Avrei potuto tenerti fino alla fine, ma non potevo costringerti ad amarmi. Non era più sufficiente, vedi, averti soltanto. Volevo di più—volevo che mi amassi volontariamente. Credevo di farti felice rendendoti immortale, ma ti sei arrabbiata... E allora ho capito che non potevo farti questo, che non potevo tenerti contro la tua volontà..."

"Oh Korum" mormorò Mia. "Non è contro la mia volontà. È da tanto che non è contro la mia volontà..."

La sua espressione si addolcì di nuovo. "Sono contento" disse piano, togliendole una ciocca di capelli dal viso. "Voglio che tu sia felice con me. Non volevo farti sentire come una schiava. È solo che non riuscivo a sopportare il pensiero che ti potesse succedere qualcosa, se avessi rimandato la procedura, lasciandoti abituare a Lenkarda e a stare con me. Pensavo che ti stessi dando qualcosa che avresti voluto..."

"Lo voglio. Lo voglio" disse Mia sinceramente. "Come puoi dubitarne? Mi hai dato un dono inestimabile, e non intendevo insinuare nulla... Ma, Korum, mi prometti una cosa?"

La studiò con uno sguardo attento. "Che cosa?"

"Mi prometti che non farai mai più una cosa senza prima chiedermi il consenso? Anche se pensi che sia per il mio bene, anche se non sei sicuro che io accetti?"

Esitò un attimo, e poi annuì con riluttanza. Poté vedere quanto gli costasse fare quella concessione, quanto andasse contro la sua natura. Ma le aveva dato la sua parola, e sapeva che avrebbe mantenuto la promessa.

"Grazie" disse, accarezzandogli la spalla. "Significa molto per me."

Sorrise e si chinò verso di lei, dandole un dolce bacio.

Quando si allontanò, Mia fece un'espressione seria e gli chiese: "Sai che cos'altro significherebbe molto per me adesso?"

Sembrava un po' preoccupato. "Che cosa?"

"Una deliziosa colazione" gli disse, e guardò il suo volto illuminarsi con un sorriso abbagliante.

~

VENERDÌ MATTINA, partirono per tornare a Lenkarda.

Il resto della loro visita in Florida era stato privo di eventi, e la sua famiglia si era rattristata vedendoli andar via. Korum promise che avrebbe riportato Mia per un paio di giorni prima della fine dell'estate, guadagnandosi l'abbraccio in lacrime della madre e un sincero ringraziamento dal padre. Marisa era stata particolarmente emotiva, ringraziando nuovamente Korum per tutto quello che aveva fatto per loro e poi arrossendo molto quando le diede un bacio sulla guancia come saluto.

"Mi mancheranno" disse Mia, mentre si dirigevano verso l'aeroporto, dove lui stava progettando di creare la navicella. "Vorrei davvero vederli più spesso."

"Lo farai" disse Korum, tenendo gli occhi sulla strada. "Non appena mi sarò assicurato che sia completamente sicuro, non c'è motivo per cui tu non possa andare a trovarli una volta ogni due settimane o giù di lì. Non ci vuole molto ad arrivare qui da Lenkarda—"

"Da Lenkarda?" chiese Mia gentilmente. "Pensavo che saremmo tornati a New York in autunno..."

Korum sospirò. "Se lo vuoi ancora, allora sì."

"Perché non dovrei volerlo?"

Scrollò le spalle. "Non hai davvero bisogno della laurea, se continuerai a lavorare nel laboratorio di Saret. Non è che a scuola impareresti qualcosa di più di quello che impareresti rimanendo a Lenkarda..."

"È questo che speri?" chiese Mia. "Che io decida di non tornare a scuola?"

"Preferisco Lenkarda a New York" confessò. "Ma non mi dà fastidio, se decidi di terminare il college. So che è ancora importante per te, e ho promesso che ti avrei riportata lì per l'anno scolastico. Nove mesi—non sono niente nel grande schema delle cose, e se ti fa stare tranquilla..."

Per la prima volta, Mia pensò seriamente alla possibilità di non finire la scuola. Korum aveva ragione: quello che stava imparando durante l'apprendistato superava qualsiasi cosa l'università avrebbe mai potuto insegnarle. E se Lenkarda fosse diventata la sua casa, una laurea universitaria non avrebbe avuto alcun significato. Saret le avrebbe consentito di tornare al laboratorio dopo un'assenza così lunga? Avrebbe detestato perdere quell'occasione per scrivere altri saggi e studiare per qualche altro esame. Ne avrebbe discusso presto col suo capo, decise Mia.

Arrivarono all'Aeroporto Internazionale di Daytona Beach, e Korum assemblò la navicella in una zona lontana, fuori dalla vista di qualunque altro umano. Mentre la capsula decollava silenziosamente, Mia ricordò quanto si fosse sentita spaventata, quando aveva lasciato New York, volando a Lenkarda per la prima volta. Era stato solo tre settimane fa? Sembrava che fosse passata una vita intera.

La ragazza che aveva lasciato New York era spaventata e traumatizzata, incerta del suo destino e non sapeva se avrebbe potuto fidarsi dell'uomo che amava—quello che considerava un nemico, quello che aveva tradito.

Non era più quella ragazza.

Questa Mia era assolutamente sicura dell'amore di Korum.

Negli ultimi giorni, la loro relazione aveva subito un ulteriore cambiamento. Ora c'era un'apertura che era mancata prima. Fino a quella discussione—prima di lasciarle scelta—Mia aveva ancora dei dubbi sul loro rapporto. Era un sentimento scomodo, sapendo che lui aveva tutto il potere e che non si faceva remore a usarlo—e ora si rese conto che aveva trattenuto una parte di sé come conseguenza, che gli aveva inconsapevolmente resistito.

Adesso, però, era diverso—sembrava diverso. Sì, era ancora la sua charl, ma non si sentiva più posseduta da lui. L'amava abbastanza da lasciarla andar via, da rinunciare al controllo su di lei, e quella consapevolezza era come un balsamo per l'anima, che guariva le cicatrici lasciate dal tumultuoso inizio della loro relazione.

Ogni sera, dopo la cena con la famiglia, andavano a passeggiare lungo la spiaggia e parlavano. Aveva scoperto alcune delle relazioni passate di Korum (ne aveva avute molte) e che non era mai stato innamorato. Pensava di esserne incapace. "Mi ha davvero sorpreso la profondità dei miei sentimenti per te" aveva confessato, e lei si era resa conto ancora una volta di quanto fosse stato difficile per lui lasciarla andare. Quel fatto dimostrava che i suoi sentimenti erano reali, che il loro legame sessuale poteva diventare il vero e proprio sodalizio che aveva sempre desiderato.

E ora, mentre la loro navicella volava verso la Costa Rica, Mia si allungò e strinse la mano di Korum. "Ti amo" disse, e vide un sorriso caldo apparire sul suo bel volto.

La sua vita non sarebbe potuta andare meglio.

EPILOGO

Stavano tornando.

Saur aveva fallito, ma il Krinar lo aveva previsto. Korum era un combattente troppo forte per poter essere ucciso così facilmente. Naturalmente, non aveva messo in conto che Mia rimanesse ferita. Quella parte era inaccettabile. Se il suo nemico non avesse ucciso Saur, l'avrebbe fatto il K.

Presto sarebbe stata di nuovo vicino a lui. Il Krinar alzò la mano e la fissò, immaginando di toccare la sua carne delicata, di accarezzare quella pelle setosa. Sarebbe stata così piccola, così fragile tra le sue braccia. Così vulnerabile. Avrebbe potuto farle tutto ciò che voleva, e lei non avrebbe potuto resistergli.

Il suo cazzo si agitò a quel pensiero, e maledisse l'apparente incapacità di controllarsi. In previsione del suo arrivo, si era recato in un vicino club-x e si era ingozzato di ragazze umane. Tutte e tre erano carine, con l'ambizione di una carriera a Hollywood. Una aveva perfino i capelli ricci, anche se di una tonalità più sul biondo sporco che non gli era piaciuta più di tanto. Le aveva scopate per ore, eppure era rimasto insoddisfatto.

Voleva *lei*.

E presto l'avrebbe avuta—insieme a tutto il resto. La sua settimana era stata abbastanza produttiva.

Un altro paio di giorni, e sarebbe stato tutto pronto.

FINE

RINGRAZIAMENTI

Grazie per aver letto *Ossessioni Intime*, il secondo libro della serie *Le Cronache dei Krinar*! Se poteste lasciare una recensione, ve ne sarei molto grata, perché le recensioni mi incoraggiano a scrivere e aiutano gli altri lettori a scoprire i miei libri.

La storia di Mia & Korum continua con *Ricordi Intimi* (Le Cronache dei Krinar: Volume 3).

Se vi piace questo mondo, ma preferireste altri personaggi, potete provare:

- *La Prigioniera dei Krinar* – Un romanzo standalone ambientato poco prima dell'Invasione

Se vi è piaciuto *Relazioni Intime*, potrebbero piacervi

anche questi romanzi dark e contemporanei di Anna Zaires:

- *La Trilogia Strapazzami* – La storia di Julian & Nora.
- *La Trilogia Catturami* – La storia di Lucas & Yulia.
- *Il Mio Tormentatore* – La storia di Peter & Sara.

Collaborazioni con mio marito, Dima Zales:

- *I lettori di pensieri* – Urban fantasy

Se desiderate ricevere una notifica quando il prossimo libro verrà pubblicato, iscrivetevi alla mia mailing list delle nuove pubblicazioni sul sito www.annazaires.com/book-series/italiano.

E ora, voltate pagina per un breve assaggio di *La Prigioniera dei Krinar, Strapazzami, Catturami,* e qualche altro mio lavoro.

ESTRATTO DI STRAPAZZAMI

Nota dell'Autrice: *Strapazzami* è una trilogia dark erotica su Nora & Julian Esguerra. Tutti e tre i libri sono disponibili.

~

Rapita. Portata su un'isola privata.

Non avrei mai immaginato che potesse succedermi questo. Non avrei mai immaginato che un incontro casuale alla vigilia del mio diciottesimo compleanno avrebbe potuto cambiarmi la vita in questo modo.

Ora appartengo a lui. A Julian. A un uomo che è così spietato quanto bello—un uomo il cui tocco mi fa bruciare. Un uomo la cui tenerezza trovo più devastante della sua crudeltà.

Il mio rapitore è un enigma. Non so chi sia, né perché mi abbia presa. C'è un'oscurità in lui—un'oscurità che mi spaventa anche se mi attira.

Mi chiamo Nora Leston e questa è la mia storia.

~

È sera ormai. Ogni minuto che passa, l'ansia sale sempre di più al pensiero di rivedere il mio rapitore.

Il romanzo che stavo leggendo non mi interessa più. Lo poso e cammino in cerchio per la stanza.

Indosso gli abiti che Beth mi ha dato prima. Non è quello che avrei scelto di indossare, ma è sempre meglio di una vestaglia. Un paio di mutandine di pizzo sexy e bianche e un reggiseno abbinato come biancheria intima. Un bel prendisole blu con i bottoni nella parte anteriore. Mi sta tutto benissimo in modo sospetto. Mi seguiva da tempo? Scoprendo tutto di me, compresa la mia taglia di vestiti?

Quel pensiero mi dà la nausea.

Cerco di non pensare a quello che avverrà, ma è impossibile. Non so perché sono così sicura che verrà da me stasera. Forse ha un intero harem di donne da qualche parte sull'isola e fa visita ad ognuna solo una volta a settimana, come facevano i sultani.

Eppure qualcosa mi dice che verrà presto. Ieri sera aveva semplicemente stuzzicato il suo appetito. So che non ha finito con me, neanche per sogno.

Finalmente, la porta si apre.

Cammina come se fosse a casa sua. Ed è proprio così, infatti.

Rimango di nuovo colpita dalla sua bellezza mascolina. Potrebbe essere un modello o una star del cinema, con un viso del genere. Se ci fosse giustizia nel mondo, sarebbe stato basso o avrebbe avuto qualche altra imperfezione sul volto per compensare.

Ma non è così. È alto e muscoloso, perfettamente proporzionato. Ricordo cos'ho provato ad averlo dentro e sento una sgradita scossa di eccitazione.

Indossa ancora jeans e T-shirt. Una grigia questa volta. Sembra preferire i vestiti semplici e fa bene a farlo. Il suo aspetto non ha bisogno di altri accessori.

Mi sorride. È quel sorriso da angelo caduto —oscuro e seducente allo stesso tempo. "Ciao, Nora."

Non so cosa rispondere, così sputo la prima cosa che mi passa per la mente. "Per quanto tempo hai intenzione di tenermi qui?"

Inclina leggermente la testa di lato. "Qui in camera? O sull'isola?"

"Entrambi."

"Beth ti farà fare un giro domani, potrai nuotare se vuoi" dice, avvicinandosi. "Non verrai chiusa a chiave, a meno che tu non faccia qualcosa di stupido."

"Tipo?" chiedo, con il cuore che mi batte forte nel petto mentre si ferma accanto a me e solleva la mano per accarezzarmi i capelli.

"Cercare di fare del male a Beth o a te stessa." La sua voce è dolce, il suo sguardo ipnotico mentre mi guarda.

Il modo in cui mi tocca i capelli è stranamente rilassante.

Sbatto le palpebre, cercando di spezzare il suo incantesimo. "E per quanto riguarda l'isola? Per quanto tempo mi terrai qui?"

Mi accarezza il viso con la mano, piegandola sulla mia guancia. Mi sorprendo ad appoggiarmi al suo tocco, come una gatta che viene coccolata, e mi irrigidisco subito.

Le sue labbra si arricciano in un sorriso presuntuoso. Il bastardo sa quale effetto ha su di me. "A lungo, mi auguro" dice.

Chissà perché, non mi stupisce. Non mi avrebbe portata fin qui, se avesse solo voluto scoparmi un paio di volte. Sono terrorizzata, ma non sono sorpresa.

Raccolgo il coraggio e passo alla prossima domanda logica. "Perché mi hai rapita?"

Il sorriso abbandona il suo volto. Non risponde, semplicemente mi guarda con uno sguardo blu imperscrutabile.

Comincio a tremare. "Hai intenzione di uccidermi?"

"No, Nora, non voglio ucciderti."

La sua negazione mi rassicura, anche se potrebbe benissimo mentire.

"Hai intenzione di vendermi?" riesco a malapena a far uscire le parole. "Come prostituta o qualcosa del genere?"

"No" dice a bassa voce. "Mai. Sei mia e solo mia."

Mi sento un po' più calma, ma c'è ancora una cosa che devo sapere. "Hai intenzione di farmi del male?"

Per un attimo, non risponde. Per un istante qualcosa di oscuro lampeggia nei suoi occhi. "Probabilmente" dice lentamente.

E poi si china in avanti e mi bacia, con le sue calde labbra morbide e delicate sulle mie.

Per un attimo, resto lì bloccata, senza rispondere. Gli credo. So che dice la verità quando afferma che mi farà del male. C'è qualcosa in lui che mi fa paura, che mi ha spaventata fin dall'inizio.

Non è come i ragazzi che ho frequentato. Lui è capace di qualunque cosa.

E sono completamente alla sua mercé.

Rifletto ancora una volta sulla possibilità di affrontarlo. Questa sarebbe la cosa normale da fare nella mia situazione. La cosa coraggiosa da fare.

Eppure non lo faccio.

Sento l'oscurità dentro di lui. C'è qualcosa di sbagliato in lui. La sua bellezza esteriore nasconde qualcosa di mostruoso dentro.

Non voglio scatenare quell'oscurità. Non so cosa accadrà se lo faccio.

Così, resto immobile mentre mi abbraccia e gli permetto di baciarmi. E quando mi tira di nuovo su e mi porta sul letto, non cerco in alcun modo di opporgli resistenza.

Anzi, chiudo gli occhi e mi abbandono alle sensazioni.

~

Tutti e tre i libri della trilogia *Strapazzami* sono già disponibili. Visitate il mio sito web all'indirizzo www.annazaires.com/book-series/italiano/ per saperne di più e per iscrivervi alla mia mailing list delle nuove pubblicazioni.

Nota dell'Autrice: *Catturami* è una trilogia dark romance, che vede come protagonisti Lucas & Yulia. Presenta delle somiglianze con la trilogia *Strapazzami*. Tutti e tre i libri sono disponibili.

Lo teme dal primo momento in cui l'ha visto.

Yulia Tzakova non è nuova agli uomini pericolosi. È cresciuta con loro. È sopravvissuta a loro. Ma quando incontra Lucas Kent, sa che il duro ex-soldato potrebbe essere il più pericoloso di tutti.

Una notte—è tutto quello che ci vuole. L'opportunità di farsi perdonare un incarico fallito e di ottenere informazioni sul commerciante d'armi, nonché capo di

Kent. Quando il suo aereo precipita, potrebbe essere la fine.

Invece, è solo l'inizio.

La vuole dal primo momento in cui l'ha vista.

A Lucas Kent sono sempre piaciute le bionde con le gambe lunghe, e Yulia Tzakova è stupenda. L'interprete russa potrebbe aver tentato di sedurre il capo di Kent, ma finisce nel letto di Lucas— che ha tutte le intenzioni di rivederla.

Poi il suo aereo viene abbattuto, e scopre la verità.

Lei lo ha tradito.

Ora, la pagherà.

~

Non appena la porta si apre, entra nel mio appartamento. Nessuna esitazione, nessun saluto— semplicemente entra.

Sorpresa, faccio un passo indietro, nel breve corridoio stretto che improvvisamente sembra troppo soffocante. Mi ero dimenticata di quanto fosse grosso, di quanto fossero larghe le sue spalle. Sono alta per essere una donna—abbastanza alta da fingere di essere una modella, se un incarico lo richiedesse—ma lui mi supera di una trentina di centimetri. Con il giaccone pesante che indossa, occupa quasi l'intero corridoio.

Ancora senza dire una parola, chiude la porta alle sue spalle e mi si avvicina. Istintivamente, mi ritraggo, sentendomi come una preda in trappola.

"Ciao, Yulia" mormora, fermandosi, appena usciamo dal corridoio. Il suo sguardo ceruleo è concentrato sul mio volto. "Non mi aspettavo di vederti in questo modo."

Deglutisco, con il cuore che mi batte all'impazzata. "Ho appena fatto un bagno." Voglio sembrare calma e sicura, ma mi ha letteralmente colta alla sprovvista. "Non mi aspettavo delle visite."

"No, me ne rendo conto." Un lieve sorriso appare sulle sue labbra, addolcendo i lineamenti duri della sua bocca. "Eppure, mi hai lasciato entrare. Perché?"

"Perché non volevo continuare a parlare dietro la porta." Faccio un respiro per calmarmi. "Posso offrirti un tè?" È una cosa stupida da dire, visto il motivo per cui è venuto, ma ho bisogno di qualche istante per riprendermi.

Solleva le sopracciglia. "Tè? No grazie."

"Allora, posso prendere il tuo giaccone?" Non riesco a smettere di comportarmi da brava padrona di casa, agendo con gentilezza per nascondere la mia ansia. "Fa piuttosto caldo qui dentro."

Un accenno di divertimento prende vita nel suo sguardo freddo. "Certo." Si toglie il giaccone e me lo porge. Rimane con un maglione nero e un paio di jeans scuri infilati negli stivali neri. I jeans gli stringono le gambe, mettendo in risalto cosce muscolose e polpacci forti, e sulla sua cinta vedo una pistola nella fondina.

Irrazionalmente, il mio respiro accelera a quella vista, e ci vuole un grande sforzo per impedire alle mie mani di tremare, mentre prendo il giaccone e lo appendo al mio piccolo armadio. Non mi sorprende che sia armato—sarei sciocca se non lo fosse—ma la pistola mi ricorda chi è Lucas Kent.

Che cosa è.

Non è un grosso problema, mi dico, cercando di calmare i miei nervi scossi. Sono abituata agli uomini pericolosi. Sono cresciuta in mezzo a loro. Quest'uomo non è molto diverso. Dormirò con lui, otterrò tutte le informazioni possibili e poi scomparirà dalla mia vita.

Sì, ecco cosa farò. Prima lo farò, prima tutto questo sarà finito.

Chiudendo la porta dell'armadio, mi stampo un bel sorriso sul viso e mi volto verso di lui, finalmente pronta a riprendere il ruolo della seduttrice sicura di sé.

Ma nel frattempo è già accanto a me, dopo aver attraversato la stanza senza fare il minimo rumore.

Il cuore riprende a battermi forte, e la mia ritrovata compostezza ricomincia ad abbandonarmi. È così vicino che posso vedere le striature grigie nei suoi occhi azzurri, così vicino che potrebbe toccarmi.

E un attimo dopo, mi tocca davvero.

Sollevando la mano, fa scorrere il retro delle sue

nocche sulla mia mascella.

Lo fisso, confusa dalla reazione immediata del mio corpo. La mia pelle si scalda e i capezzoli si induriscono, con il respiro che accelera. Non ha senso che questo duro e spietato estraneo mi ecciti così tanto. Il suo capo è più bello, più attraente, eppure il mio corpo reagisce a Kent. Tutto quello che ha toccato finora è il mio viso. Non dovrebbe significare niente, eppure in qualche modo è un tocco intimo.

Intimo e inquietante.

Deglutisco di nuovo. "Signor Kent—Lucas—sei sicuro che non posso offrirti qualcosa da bere? Forse un caffè o—" Le mie parole si affievoliscono in un rantolo senza fiato, quando raggiunge la cintura del mio accappatoio e la tira, con la stessa disinvoltura con cui si scarterebbe un pacco.

"No." Guarda il mio accappatoio che si apre, mostrando il mio corpo nudo. "Niente caffè."

Tutti e tre i libri della trilogia *Catturami* sono già disponibili. Visitate il mio sito web all'indirizzo www.annazaires.com/book-series/italiano/ per saperne di più e per iscrivervi alla mia mailing list delle nuove pubblicazioni.

ESTRATTO DA LA PRIGIONIERA DEI KRINAR

Nota dell'Autore: *La Prigioniera dei Krinar* è uno standalone che si svolge circa cinque anni prima della trilogia sulle *Cronache dei Krinar*.

Emily Ross non si sarebbe mai aspettata di sopravvivere alla caduta mortale nella giungla della Costa Rica, e sicuramente non avrebbe mai pensato di svegliarsi in un'abitazione stranamente futuristica, tenuta prigioniera dall'uomo più bello che avesse mai visto. Un uomo che sembra più che umano...

Zaron è sulla Terra per facilitare l'invasione dei Krinar —e per dimenticare la terribile tragedia che gli ha sconvolto la vita. Eppure, quando trova il corpo distrutto di una ragazza umana, tutto cambia. Per la prima volta dopo anni, prova qualcosa di più della rabbia e del dolore, ed Emily ne è la ragione. Lasciarla andare comprometterebbe la sua missione, ma tenerla con sé potrebbe distruggerlo nuovamente.

~

Non voglio morire. Non voglio morire. Ti prego, ti prego, ti prego, non voglio morire.

Continuava a ripetere ostinatamente quelle parole nella sua mente, una disperata preghiera che nessuno avrebbe mai ascoltato. Le sue dita scivolarono di un altro centimetro sul bordo di legno ruvido, spezzandosi le unghie nel tentativo di mantenere la presa.

Emily Ross era appesa—letteralmente—per le unghie a un vecchio ponte mal ridotto. Decine di metri sotto, l'acqua inondava le rocce, con il ruscello gonfio per le recenti piogge.

Quelle piogge erano in parte responsabili della sua situazione. Se il legno del ponte fosse stato asciutto, forse non sarebbe scivolata, facendo una storta. E sicuramente non sarebbe caduta sulla ringhiera, fracassandola sotto il suo peso.

Solo una disperata stretta dell'ultimo minuto aveva evitato ad Emily di precipitare verso la morte. Mentre scivolava verso il basso, la mano destra aveva afferrato una piccola sporgenza sul lato del ponte, lasciandola penzoloni in aria decine di metri sopra le rocce dure.

Non voglio morire. Non voglio morire. Ti prego, ti prego, ti prego, non voglio morire.

Non era giusto. Non doveva andare così. Quella era la sua vacanza, il suo periodo di rigenerazione. Come poteva morire proprio ora? Non aveva ancora iniziato a vivere.

Le immagini degli ultimi due anni attraversarono la mente di Emily, come le presentazioni PowerPoint che le avevano occupato tante ore di lavoro. Ogni notte, ogni fine settimana trascorso in ufficio—era stato tutto inutile. Aveva perso il lavoro a causa dei tagli del personale, e ora stava per perdere la vita.

No, no!

Emily dimenò le gambe, scavando più in profondità nel legno con le unghie. Alzò l'altro braccio, allungandosi verso il ponte. Non sarebbe accaduto. Non l'avrebbe permesso. Aveva lavorato troppo duramente per lasciare che uno stupido ponte della giungla avesse la meglio su di lei.

Il sangue le scorreva lungo il braccio, mentre il legno le lacerava la pelle delle dita, ma ignorò il dolore. La sua unica speranza di sopravvivenza consisteva nel tentativo di afferrare il lato del ponte con l'altra mano, in modo da potersi tirare su. Non c'era nessuno nelle vicinanze per salvarla, proprio nessuno; poteva contare solo su se stessa.

Emily non aveva riflettuto sulla possibilità che sarebbe potuta morire da sola nella foresta pluviale, quando era partita per quel viaggio. Era abituata a fare escursioni, ad andare in campeggio. E nonostante l'inferno degli ultimi due anni, era ancora in buona forma, forte, e pronta a correre e a praticare sport sia durante la scuola superiore che all'università. La Costa Rica era considerata una destinazione sicura, con un basso tasso di criminalità e una popolazione aperta ai turisti. Era anche poco costosa—un fattore importante vista la rapidità con cui si assottigliavano i suoi risparmi.

Aveva prenotato quel viaggio *prima*. Prima che il mercato peggiorasse di nuovo, prima di un altro ciclo di licenziamenti, che aveva causato la perdita del lavoro per migliaia di lavoratori di Wall Street. Prima che Emily andasse a lavorare lunedì, con gli occhi stanchi per aver lavorato tutto il fine settimana, solo per lasciare l'ufficio lo stesso giorno con tutti i suoi effetti personali in una piccola scatola di cartone.

Prima che la sua relazione durata quattro anni si sgretolasse.

La sua prima vacanza dopo due anni, e stava per morire.

No, non pensarci. Non succederà.

Ma Emily sapeva di mentire a se stessa. Sentiva le sue dita scivolare sempre di più, con il braccio destro e la spalla in fiamme per via dello stiramento nel sostenere il peso di tutto il corpo. La sua mano sinistra era a pochi centimetri dal lato del ponte, ma tanto valeva che quei centimetri fossero miglia. Non riusciva ad aggrapparsi con una forza tale da sollevarsi con un braccio.

Fallo, Emily! Non pensarci, fallo e basta!

Raccogliendo tutta la forza, fece oscillare le gambe in aria, sfruttando lo slancio per sollevare il corpo in una frazione di secondo. Afferrò il bordo sporgente con la mano sinistra, lo strinse... e il fragile pezzo di legno si spezzò, facendola gridare dal terrore.

L'ultimo pensiero di Emily prima di colpire le rocce fu la speranza di una morte istantanea.

~

L'odore della vegetazione della giungla, ricco e pungente, raggiunse le narici di Zaron. Inalò profondamente, lasciando che l'aria umida gli riempisse i polmoni. Era pulita lì, in quel piccolo angolo della Terra, quasi incontaminata come quella del suo pianeta.

Aveva bisogno di quella adesso. Aveva bisogno dell'aria fresca, di isolamento. Negli ultimi sei mesi aveva cercato di fuggire dai suoi pensieri, di esistere solo in quel momento, ma non c'era riuscito. Nemmeno il sangue e il sesso lo soddisfacevano ormai. Poteva distrarsi scopando, ma poi il dolore tornava sempre, più forte che mai.

Era davvero troppo. La sporcizia, le folle, il fetore dell'umanità. Quando non era avvolto da una nebbia di estasi, era disgustato, con i sensi sopraffatti dall'aver trascorso troppo tempo nelle città umane. Era meglio lì, dove poteva respirare senza inalare veleno, dove poteva sentire l'odore della vita invece di quello dei prodotti chimici. Pochi anni dopo, tutto sarebbe stato diverso, e avrebbe potuto riprovare a vivere ancora una volta in una città umana, ma non ancora.

Non prima di essersi stabiliti lì completamente.

Quello era il compito di Zaron: supervisionare gli insediamenti. Aveva fatto ricerche sulla fauna e la flora della Terra per decenni, e quando il Consiglio aveva chiesto la sua assistenza per l'imminente colonizzazione, non aveva esitato. Qualunque cosa era meglio che essere a casa, completamente permeata dai ricordi della presenza di Larita.

Non c'erano ricordi lì. Nonostante tutte le somiglianze con Krina, quel pianeta era strano ed esotico. Sette miliardi di *Homo sapiens* sulla Terra—un numero impensabile—e si stavano moltiplicando a un ritmo vertiginoso. Con la loro breve durata di vita e la conseguente mancanza di memoria a lungo termine, stavano consumando le risorse del loro pianeta con un profondo disprezzo per il futuro. In qualche modo, gli ricordavano la *Schistocerca gregaria* —una specie di locusta che aveva studiato diversi anni fa.

Naturalmente, gli esseri umani erano più intelligenti degli insetti. Alcuni individui, come Einstein, erano addirittura simili ai Krinar in alcuni aspetti del loro pensiero. Ciò non era particolarmente sorprendente per Zaron; aveva sempre pensato che fosse questo l'intento del grande esperimento degli Anziani.

Passeggiando per la foresta della Costa Rica, si ritrovò a pensare al proprio compito. Quella parte del pianeta era promettente; era facile immaginare piante commestibili provenienti da Krina che fiorivano lì.

Aveva fatto tante prove sul suolo e aveva alcune idee su come rendere ancora più rigogliosa la flora di Krina.

Intorno a lui, la foresta era lussureggiante e verde, impregnata del profumo di eliconie in fiore e del rumore dei fruscii delle foglie e degli uccellini appena nati. In lontananza, sentì il grido di una *Alouatta palliata*, una scimmia urlatrice nativa della Costa Rica, e qualcos'altro.

Accigliato, Zaron ascoltò più attentamente, ma il suono non si ripeté.

Incuriosito, si diresse in quella direzione, con gli istinti di cacciatore in allerta. Per un attimo, quel suono gli aveva ricordato l'urlo di una donna.

Muovendosi con facilità tra la folta vegetazione della giungla, Zaron scattò a gran velocità, saltando su un piccolo torrente e sui cespugli che trovava sul suo cammino. In quel luogo, lontano dagli umani, poteva muoversi come un Krinar, senza la preoccupazione di esporsi. Qualche minuto dopo, arrivò abbastanza vicino da poterne sentire il profumo. Forte e simile al rame, gli fece venire l'acquolina in bocca e risvegliare il sesso.

Sangue.

Sangue umano.

Raggiungendo la sua destinazione, Zaron si fermò, fissando la visuale davanti a lui.

Di fronte c'era un fiume, un torrente di montagna in piena per le recenti piogge. E sulle grandi rocce nere al centro, sotto un vecchio ponte di legno che attraversava la gola, c'era un corpo.

Il corpo frantumato e contorto di una ragazza umana.

~

La Prigioniera dei Krinar è ora disponibile. Visitate il mio sito web all'indirizzo www.annazaires.com/book-series/italiano/ per saperne di più e per iscrivervi alla mailing list delle nuove pubblicazioni.

BIOGRAFIA DELL'AUTRICE

Anna Zaires è un'autrice bestseller di sci-fi romance, romance contemporaneo erotico e dark del *New York Times, USA Today*. È appassionata di libri dall'età di cinque anni, quando sua nonna le insegnò a leggere. Da allora, vive sempre parzialmente in un mondo di fantasia, in cui gli unici limiti sono quelli della sua immaginazione. Al momento risiede in Florida. Anna è felicemente sposata con Dima Zales (un autore fantasy e di science fiction) e collabora strettamente con lui in tutti i suoi lavori.

Per saperne di più, visitate il sito www.annazaires.com/book-series/italiano/.